像天堂在放小小的焰火

乔叶——著

四川文艺出版社

图书在版编目（CIP）数据

像天堂在放小小的焰火/乔叶著. —成都:四川
文艺出版社，2018.4
ISBN 978-7-5411-4993-1

Ⅰ.①像… Ⅱ.①乔… Ⅲ.①中篇小说—小说集—中
国—当代 Ⅳ.①I247.5

中国版本图书馆CIP数据核字（2018）第040927号

XIANG TIANTANG ZAIFANG XIAOXIAO DE YANHUO

像天堂在放小小的焰火

乔 叶 著

责任编辑　孙学良
封面设计　叶　茂
内文设计　史小燕
责任校对　段　敏
责任印制　喻　辉

出版发行　四川文艺出版社（成都市槐树街2号）
网　　址　www.scwys.com
电　　话　028-86259287（发行部）　　028-86259303（编辑部）
传　　真　028-86259306

邮购地址　成都市槐树街2号四川文艺出版社邮购部　610031
排　　版　四川胜翔数码印务设计有限公司
印　　刷　成都东江印务有限公司
成品尺寸　140 mm×203 mm　1/32
印　　张　10.25　　　　　　　字　　数　240千
版　　次　2018年4月第一版　　印　　次　2018年4月第一次印刷
书　　号　ISBN 978-7-5411-4993-1
定　　价　48.00元

目录

黄金时间

1

扑通。这一天，来了么？听见那一声响，她就有了期待，或者说是预料。她慢慢地走过去，在客用卫生间门口站定，从错开的门缝里看见了他正在艰难蜷曲的腿。她让门缝略微大了一些，便看见了他的全身。他歪歪扭扭地倒在地上，裤子没提，露着硕大的臀，两丘小型的肉山。他两只手都捂着上腹，脸窝在纸篓那里，纸篓以四十五度角倾斜着，很俏皮。一小片微微发青的脸颊进入她的视线，摊在他嘴角的东西泛着白沫，形状不明，鼻尖有大滴的汗正在丰沛冒出。他呻吟着，声音极低。关上了门，这声音几乎就听不到。

这一天，终于来了。她确定了这一点。

她想笑。可这个时候，笑显然是不合适的。但是，为什么不呢？既然没有人可以妨碍她。于是她来到卧室，在梳妆台前面坐下，冲着镜子笑了笑。她看见自己脸部的肌肉动了一下，牙齿也露出了八颗，眼睛里却还是冷冰冰的，没有笑意，像卧着两条死蛇。

这不行。她对自己说。她冲着镜子又笑了笑，眼睛里却还是没有笑意。那就算了吧。她离开了镜子。

卫生间里传来一阵声音，叮叮当当，零零碎碎的，是敲打的动静。他在敲打着什么。什么呢？似乎是搪瓷物件，地板砖还是马桶壁？她听着那声音。有一搭没一搭，一搭强一搭弱，力道一点儿也不均匀。他在挣扎，他在挣扎。她当然知道。她又慢慢地走过去，推开卫生间的门。他的一只手还捂在上腹那里，另一只手抓着马桶的外壁，手指还在微微地动着。味道很难闻。她瞥了一眼马桶，有一截晦暗的黄色。这样子真是难堪。幸好他的脸窝在纸篓那里，她用不着去看。

她关上门，走到客厅。这个笨蛋，他不应该动的。他应该一动不动地等人来救他——但是，此时，他这么做似乎也没错。他很清楚她在睡觉，所以才想弄出点儿动静来努力惊醒她。如果他知道她已经醒了且已经来看过他两次，他还会这么动么？不过，反正也是要死了，如果动动会让自己痛快点儿，那干吗不动呢？……她摇摇头，不再想。那是他的事，用不着她来想。

她打开手机，马上有短信进来："恰城池之深处，合潜隐之念想。遍访红尘，邂逅此地……"是房地产广告。她忽然意识到了自己的糊涂，迅速关机，关机前看了一眼手机上的时间，六点十六分。两个六。那么，让事情顺利点儿吧。她随后又拔掉电视机旁的固定电话线。虽然可能性很小，但是也要杜绝——不能让任何电话在此刻打进来，绝不能。她不能和任何人在此刻说话，因为她不能让任何人知道她此刻已经醒来。幸好不少熟人都知道她神经衰弱，睡觉前一般都会关手机和拔电话线。

到此为止，事情仿佛是蓄谋已久地浑然天成。这真好。

抢救心肌梗死患者的黄金时间是四分钟，抢救脑溢血患者的黄金时间是三小时，她清楚地记得。那就按三小时的最大值算吧。不过，这三小时的黄金，她该怎么花呢？

她站在那里，深深地做了几个腹式呼吸。嗯，可做的事还是不少。

2

她打开电视，一个电视剧刚刚开始第二集，叫《在一起》，看名字就是家庭情感剧。电视真是一个好东西。她每天回家，第一件事就是打开电视。其实也不一定看，就是换换台，有合适的看两眼，没有合适的就随便哪个台，让它呜里哇啦地响着。《快乐男生》《奇舞飞扬》《非诚勿扰》《完美告白》，内蒙台的蒙语，新疆台的维吾尔语，延边台的朝鲜语，西藏台的藏语……有声儿，这最重要。只要有声儿就好。好在不用怎么搜罗，光一个央视就有那么多频道：体育、少儿、纪录、科教、空中课堂、环球购物、中国教育1、中国教育2，还有那么多外语频道：英语、法语、俄语、阿拉伯语、西班牙语。她寻常看的是音乐频道，15，"我像只鱼儿在你的荷塘……"是凤凰传奇，玲花的嗓子真利落。也没少看慢慢悠悠磨磨唧唧的戏曲频道，11，"我一无有亲啊，二还无有故，无亲无故，孤苦伶仃，哪里奔投……"是豫剧版的《白蛇传》。还是看12的《社会与法》吧，正播着扣人心弦的《女监档案》。一个乡村女人，生了两个孩子，和老公的感情本来就不好，做了结扎手术后更是被老公经常打骂。"你不能生了，倒贴钱都没人要你。"她急了，偷了人，为了证明自己不用倒贴钱也有人要。老公发现了，说要杀了她，她又慌又怕，就先把老公杀了，用一包老鼠药。这愚蠢的女人。

他在卫生间的地上，而自己在客厅里看电视。她想。她的眼睛盯着屏幕，没错，自己是在看电视。为什么这么喜欢看电视呢？这个问题她早前就想过，想了很久才总结了三条：一，它能给她提供各种花里胡哨的信息。这些信息都没什么用，可总归是个热闹。她冷清的心里，需要这些外在的热闹，不然从里到外的冷，会把她冻死的。二，可以自由选择。选择权让她愉悦。这世界上很多事情她无法选择：工作、薪水、结婚、离婚……但这遥控器却可以让她充分选择。虽然她只能看一个台，但她可以选择好多个，而且可以随时调换。这虚拟的权力和微小的自由，真好。三，可以让大脑停滞。那么多的面容，那么多的栏目，那么多的故事，那么多的噱头，能让她的脑子变得满满当当，让她什么都不用想。与其说这对大脑是一种占用，不如说其实是一种清洗。电视看饱之后，她常常可以睡个很好的觉。

嗯，电视这么好，那就好好看吧。她换到 15，此时此刻，还是听歌更合适。汪峰正在声嘶力竭："请把我埋在，埋在这春天里……"好吧，把你埋在这春天里。她看看自己的手。不用动手，她也能把他杀了。这一天，她已经等了那么久。

3

事情常常没有什么明确的开头。如果一定得有个开头的话，她想了又想，想了又想，也许，那个开头，就是 40 岁的那个下午。

那个下午，吃过午饭后，他就坐在沙发上看电视，她说："上床睡吧。"他说："不困。"她看着他。他一会儿就会困，就会点着他沉重的头颅，然后打起响亮的呼噜，和电视的噪音凑成一曲拙劣的交响乐。虽然毫无效果，可她也已经劝告了无数次。那么多次了，也不多这一次。于是她说："你一会儿就困了。还是上床睡吧。"他拉下脸，皱着眉道："别管我。"她刚刚收拾完餐桌，手里拿着一块抹布，看了看盘子里油腻腻的鸡骨头，又看了看他。客厅离餐厅不过几米远，她忽然觉得有万里之遥。他坐在那里，像是坐在大洋的另一端，他们之间，是无垠的海面。隔着这海面，她觉出了自己的荒唐。是啊，管他做什么呢？他是他，她是她。他永远是他，她永远是她。她真的没有必要管他，尤其是他还不让她管。

静了片刻，她说："好，从今之后我不再管你了。"他没说话，一心一意地看着电视，显然是没听见她说什么，或者是听见了也不以为意。是啊，在他的逻辑里，他是会不以为意。她还能把他怎么样呢？他肯定是这么想的。她收拾完了餐桌和厨房，他已经在沙发上睡着了。

她走到客厅，看着他。他的头靠在沙发背上，打着呼噜，嘴角流着涎水，一副痴傻的样子。阳光洒在滴水观音的绿色叶片上，柔和宁静。这么多年来，这样的场景她已经看了无数次。一向如此，只要吃完饭，只要有时间，无论是早上、中午还是晚上，他就一定会坐在沙发上，屁股纹丝不动地看着电视，很快睡着。遥控器不知道被摔坏了多少。她要是不叫他，他就会一直在沙发上睡，似乎沙发比什么都亲。她再怎么劝也是白搭。"你不知道这么睡有多舒服。各人有各人的喜好，你应该尊重我的喜好。"他振振有词。

一瞬间，她下了决定：尊重他的喜好，从今天开始。何况他的话听起来也有理。难道他不能有睡沙发的喜好么？难道这喜好就不该被尊重么？他没错。那么，是谁错了呢？她想。突然，她对自己的日子充满了鄙视和厌倦。这么多年来，自己过的是什么日子？买菜做饭，洗洗涮涮，走亲访友，上班下班……他慢慢地升迁着，她也慢慢地升迁着，都在单位熬成了有些面子却没有里子的中层。现在，儿子都已经读了重点中学的高中，成绩很不错。他不打她，不骂她，偶尔还夸一下她做的菜，甚至会陪她逛逛街……嗯，真是一个完美的三口之家。按很多人的说法，她和他算是所谓的伉俪情深，不但已经青春相伴，还大有指望白头到老。

可是，这一刻，突然间，她受不了了。自己过的这算是什么呢？他从没有给她买过花，从没有和她旅游过，从不记得她的生日，也不关注她的例假——偶尔关注也是因为他想过夫妻生活的时候，听到她说来了例假就会很不屑地嘲笑："又来了！整天来！"他也从没有像电视剧里那样，从后面亲昵地抱过她，倒是有一次他不知道是被什么触动了兴头要从后面和她做一次，匆匆结束后对她说："你怎么没洗干净？有味儿。"她含着屈辱和愤怒沉默。她从没有告诉过他，他从来都没干净过，她给他洗内裤的时候第一遍都要屏住呼吸，打完肥皂才敢松一口气。他也从没有好好地真正地亲过她，新婚的时候他亲过她的嘴唇和乳房，没几天就跳过了这个程序，直奔主题。每次看到电视剧里那些男女耳鬓厮磨地纠缠在一起亲耳朵，亲脖子，亲锁骨，甚至从他们暧昧的台词里听出他们还会亲对方那些最不能见人的部位，她都觉得浑身难受。他们是在演戏么？她觉得他们的戏演得真可笑。可是他们真的只是在演戏么？她愿意相信这些戏从电视剧里走出来的时候也是真的，这又让她艳羡。

可她不能对他说，所有这些，都不能说。花，旅游，从后面抱，那么亲她……哪一样说出来，都会让他怒目圆睁，惊天动地。他会说她不知足，不安分，有根浪筋——没错，她是有根浪筋。他没有。他把工资卡交给她，把单位发的所有福利都拿回家来，去儿子学校请老师们吃饭，打出租车会多要几张发票报销……他是个最俗常的最标准的过日子的人，这么多年，以婚姻为壳，她就和他待在这种日子里。她的浪筋如果被知道，那就是一个字：贱。

22岁那年她嫁给他，现在她已40岁。那个下午，隔着客厅到餐厅的那片海，她回忆着和他的过往，确凿无疑地认定：他和她从来都不是一路人。不是一路人却在一起过了18年，这已经足够漫长，漫长到了应该悬崖勒马立地成佛的地步。于是她没有把他从沙发上叫起来。那天，她自己一个人在卧室午睡，睡得很好。

自那以后，凡是看见他在沙发上睡，她都没有再叫过。有好多个晚上，他都在沙发上睡了一整夜，早上起来嚷嚷脖子疼，她不搭腔，他也就讪讪的了，但也只是讪讪而已。过几天，脖子好了，他依然常常在沙发上睡。客厅那里几乎成了他的天下，烟缸、袜子、茶杯，她不收拾，这些东西就在那里扔着。每逢周五，她会收拾一下。那一天，读寄宿高中的儿子会回来过周末。

那年冬天，元旦之前，她简单做了一些准备之后，跟他提出过一次离婚。所谓的准备也只不过是转移了一些存款，如果他万一爽快答应，她懒得和他争房子什么的，她只需要留些钱租个房子，过自己的日子。她预料他不会答应，果然。"为什么?"他问。"就是不想过了。"她说。他坚决地拒绝了："你是更年期，我不跟你计较。要么就是神经病，那更没办法跟你计较……平日看着你还挺正常的，你就是更年期。"他判定。不久，她又试探着跟儿子提了提："我想离婚。"儿子看了她一眼："那你就离呗。"她笑："你同意?"儿子低头去看书："你要离我拦不住，要我同意，那也不可能。"

她没有再跟任何人说过这事。是啊，他们的日子一直过得平平静静，安安稳稳，完全可以实现那首歌儿唱的"我能想到的最浪漫的事，就是和你一起慢慢变老"，可她居然不想要这份浪漫，如果不是神经病或者更年期，还能怎么解释呢？

　　还好不用向任何人解释。不解释的前提就是不再提离婚。毕竟已经40岁了，她已知道，不是任何人都有资格任性，正如不是任何人都有资格离婚——别说离不成，即使离得成，她以后的日子就好过了么？很快，她好像忘了这档子事，继续过着日子。日子貌似相同，只有她知道其中的差异：她在心里同他离了婚。

4

　　从那个下午开始，家里的气象就日渐没落下去。聚沙成塔，集腋成裘，都是不容易的事。不过塔还原成沙，裘还原成腋，还真是挺容易。下坡路总是好走的。她有些惊诧地发现：自己是这个家的核心，她不经营，不维持，这个家从里到外的精气神儿也就只能没落下去。她说神经衰弱，受不了他的呼噜，两人便分了房。幸好是三个卧室，分房分得也利落。她住到了儿子的房间，腾出了一格衣柜，把必需的衣服都挂了进去，此后连换衣服都不再让他看见。他们自然就几乎不再过夫妻生活——夫妻生活，真是个有意思的词儿啊。他们床上的那点儿事还真的只能用这个词来形容，也只有在那几分钟十几分钟的时候，作为夫妻他们才有点儿"生"的样子。可是从那以后，连这点儿"生"都慢慢地死了。夫妻"生"活路过他们的身上，一步一步地变成了夫妻"死"活。

　　起初他不甘心，强迫了她几次，看她如僵尸一般，也只好放弃。有一次，他说："你去医院看看到底是不是更年期。更年期就是会冷淡。"她沉默。他说："去看看，让医生开个方子调理调理。"她说："不想去。"他冷笑了一声，没再说话。

这世上的女人多着呢，他可以去外面找女人。和他分房之后，她就想到了这个。那就去吧。他嫖娼，他花钱，他得性病，都跟她没关系。他这个人，整个儿都和她没关系。后来，她索性连饭也不做了，反正他在家里也只是偶尔吃个晚饭。她早餐喝牛奶吃面包，中午在单位吃工作餐，晚上就喝碗粥再吃个水果，他要是吃，就再炒个青菜。他表示过不满，她不理会，他也就罢了。后来他干脆连这偶尔的晚饭也知趣地省略了，这更遂了她的意。

家里正儿八经开火的时候，就是周末，儿子回来。那两天，她睡书房。

家里就这么凉了。冬天凉，夏天也凉。一年四季都凉。夏天，再闷热的天，回到家里，她都会唰地冷下来。吃过晚饭，在外面散过步回到家，只要看到他在沙发上坐着，她就会以最快的速度冲个澡，回到儿子的房间，反锁上门，把衣服脱得干干净净，睡觉。有一天，他过来，直接推门，推不开，只好敲，带着怒气喊："反锁着门干啥呢？"她把衣服穿好，打开门，说："睡觉。"他说："那还用反锁着门？"她说："不想让别人进来。"他问："我是别人？"她说："你是别人。"他诧异地、却又无可奈何地看着她，她关上门。

那之后很久，他们连话都没有说过。可他始终不提离婚。她长得不错，工作也不错，比他还小 6 岁，离婚对他是太丢人的事，因此他根本不会提，她明白。她要想离婚成功，除非打官司，可是那太麻烦了，所以还是算了吧。何况又没有什么男人让她生发出打官司的动力。从 40 岁那年她开始上心留意：41，42，43，44，45，46，47，48，49，一直到现在，50，这些年，她都没有碰到过。——想起这个，她更觉得他的可憎。如果当初他同意离婚，如果她早早就一个人了，那恐怕会不一样吧？当然，很可能她也找不到什么合适的人再结婚，这年头，找那么一个人太难了，她一个离婚的女人，能碰到什么男人呢？老一点儿的，嫩一点儿的，俗一点儿的，雅一点儿的，英俊一点儿的，丑陋一点儿的……只要是只想上床不想结婚的，就无非是采野花的人，偷野食的人，那她就是野花，就是野食。这把年纪了，再去当野花野食？

可是，她一个人，这情形终归还是比两个人捆绑在一起要好一些吧？一个人，一个离了婚的女人，总是意味着一种新的可能性，哪怕是虚无缥缈的可能性……可她一直没有这种可能性，连这种可怜巴巴的可能性，她都没有。是他让她丧失了这种可能性，还是她自己放弃了这种可能性？

5

"在一起，我们在一起……"片尾曲响起，一集电视剧 45 分钟。还有两个多小时。她忽然想起，自己应该好好地洗一个澡。是的，好好地洗一个澡。他这一下，无论是什么结果，她都得拿出几天时间支应，肯定没有工夫好好洗澡了。——不管是脑溢血还是心肌梗死或是二者兼有，总之他的情况看起来已经足够严重，即使没死，他也算是丢了大半条命。作为准遗孀，她得打起十二分精神天天跑医院，在床头伺候他的吃喝拉撒，去街头雇合适的护工，去接不断线的关切电话，在世俗常理中忙得没有时间去洗澡。要是他死了呢？那她就是铁板钉钉的可怜遗孀。他的那些亲戚，他的那些兄弟姐妹，一定会纷纷从乡下和这个城市的各个角落闻讯而至，哭天抢地地帮忙办后事，原本沉睡着的血脉纽带因为他的死开始活泼舞蹈。他是静止的主角，她就是活着的主角。所有的人都会冲着她来，都会围着她转，问候她，关怀她，同情她，她得顶着汗臭和头屑迎来送往，在泛滥的安慰中奉献哭泣，肯定也不能再去洗什么澡。"都这个时候了，还去洗澡？这个女人，到底有没有心肝？"这样的声音怎么会没有呢？

所以，她要好好地洗个澡，先。她脱掉衣服，走进主卧卫生间。自从分房住以后，她已经很久没有在这个卫生间洗过澡了。这个卫生间一直是他在用。她跟他提过一次，让他只用这个卫生间，客用卫生间给她专用，可他却不听，两个卫生间总是随便用。她知道他是故意的，故意硌硬她，让她不痛快。她不再提，每次他用过客用卫生间，她都会好好地把里面的卫浴清理一遍。

果然脏。马桶壁和洗面池里都是浅浅的污垢。她用小刷子蘸着肥皂，仔仔细细地擦拭干净后才站到了花洒下，开始淋浴。可是她的毛巾都在客用卫生间里，不能再去拿。那就这么着吧，用手，自己洗自己的身体。

她把水温调低，先洗头发。她的头发很短，超短。过了40岁，她就把一头长发剪成了短发，还越剪越短。短让她觉得舒服。洗头发的时候，一点儿洗发水都能搓起满头的泡沫。洗完后一会儿就干。用速干毛巾稍微擦一下，20分钟内准会干透。这么短的头发，她常常都觉得自己有些不像女人。头发洗好，她把水温略略调高，用手揉搓起自己的乳房。自从和他不再有夫妻生活之后，她就常常这样揉搓自己的乳房。据说乳房需要这样的按摩，不然容易得乳腺癌。她可不想碰上这个。左乳头有些痒，她小心地用手指抠捏着，看着它很快耸立起来，似乎是在等待着什么。她微笑起来。很多个夜晚，她梦见有男人在亲吻它。她稍微下了些力，让它微微地疼痛起来。

她关掉花洒，取下淋浴头，冲洗下身，忽然想起新婚时他和她开的玩笑。她绵绵地抒着情，说："我的下半生就交给你了。"他慢慢地重复："下半身？下半身？那上半身呢？"她打他，他把她压到身下："记着，你的下半身可是交给我了呀。"她微笑。那时候的他，还是很懂幽默的。或者说，还是很舍得用幽默来对待她的。可是，不知不觉的，这幽默就没有了。或者说，对她没有了。偶尔，她听他接打别人的电话，他还是会开玩笑的。似乎只是在家里，他变得越来越无趣。她开玩笑，他也懒得接。渐渐地，她也懒得再开玩笑。"家里是最放松的地方，想怎样就怎样。"他说。这话当然不通。想无趣就无趣么？有趣就是一种社交礼仪，无趣就是给家里人看的么？或者说，家庭生活就该配无趣么？她不能明白。她想有趣。可她的想和他的想怎么能合到一起？于是她把这个闷在了心里。连幽默都得去争取的时候，实际上也没有什么争取的价值了。她想。

她深深地低下头，嗅着自己的身体。这沾着水汽的身体，有着沐浴液的清香。虽然很注意保持，可是她的腰身已经开始发胖，像吸够了水的馒头，虚涨着，一层层的肉在腰线上柔和地垂成模糊的边际。这没有人爱的身体，连她自己也不想爱了。她知道自己在嗅什么——真怕嗅到那股酸气啊。那种发酵似的，淡淡的酸气。她在同龄的女人身上闻到过，这顿时让她惊心起来。要是自己身上也有，这真是恐惧的事。不是怕老，只是不该这么老。老也该是体面的事，从容的事，雅洁的事，美丽的事，而不是这种带着酸气的事。还好，她一直没有闻到。她微微地放了心，又笑起自己来。已经 50 岁的女人了，还这么文艺，这么幼稚，这么矫情，真是的。可是，她就要这么文艺，这么幼稚，这么矫情。谁能把她怎么样？

从卫生间出来，她看了一眼电视。又是一个 45 分钟。

再做点儿什么呢？

6

她穿上浴袍，来到阳台上。厚厚的遮光窗帘还严丝合缝地拉着，她拨开一点缝儿，炫目的阳光像刀子一样锋利地扎进来，她闭上眼睛，眼皮子里升腾起五颜六色的光晕，来回游荡，变幻无穷，梦一样。她慢慢地睁开眼睛，眼前的景物一点点清晰起来。她喜欢窗户干净，每次钟点工过来，她让她做的一项重要工作就是擦窗户，所以家里的窗户都像是没有装玻璃一样。对面楼体上的瓷砖似乎触手可及，她伸出手，虚虚地摸了一把。

这是他们在这个城市住的第三套房子。第一套房子 80 平方，两房一厅一卫，他母亲单位的老房子。刚结婚的时候，老房子也有一种新鲜的喜悦。他们在那老房子里生了儿子，一直住到儿子小学毕业。然后他单位分房子，刮刮新的新房子，120 平方，三房一厅一卫。他们欢天喜地地搬了过去，他们一间，儿子一间，还有一间书房。那时候，他们对这房子满意极了，还抨击那些两卫的房子，说纯粹是浪费。"三口人，还两个卫生间，一个卫生间怎么就上不过来？"他说，她忙不迭地赞同。但是……她很快就觉得还是两个卫生间好，如果可以的话，甚至可以三个。每人一个。

这套房子是商品房，150 平方，高档楼盘，几乎用尽了他们的积蓄。其实是给儿子准备的。当时他们已经预备着，如果儿子将来在国内成家，就给儿子做婚房。可是儿子很快就到了加拿大，他们就搬了过来，把另两套房子出租了出去。搬的时候她还心存奢望：新房子，新气息，他们的日子或许会比以往有些改观吧？可是，没有。她在书房铺上地毯，点香，做瑜伽，他在客厅里看着电视打着盹，低着他那沉重的脑袋。她去超市采购回来，往冰箱里乒乒乓乓地放着东西，他在客厅里看着电视打着盹，低着他那沉重的脑袋。她跟着单位集体旅游，坐着深夜的火车回到这座城市，满面尘灰地打开家门，他还是在客厅里看着电视打着盹，低着他那沉重的脑袋。

　　呵，这到底是一个怎样的男人呢？在外面顺从，回家里霸道，典型的窝里横。在烈日下看到交警执勤，刚刚还感叹："做个交警真辛苦。"可当过斑马线时闯红灯被交警拦下教训，他转脸便大骂交警就是活土匪。碰到应酬的场面，别人对他讲几句赞美的客气话，他便飘飘然得厉害，回家对她复述了一遍又一遍，真心觉得那人是有识之士。谁讲他一句难听话，他会刻骨铭心地记着，随时念叨，并时刻留意着那人的消息，准备伺机反扑一把。常常谆谆叮嘱要她孝敬公婆，自己到父母那里连菜都不会给他母亲择一棵。不会修电灯和水龙头，且也毫不掩饰地蔑视这种小小的技艺。对那些去郊外扎帐篷露宿的人嗤之以鼻，说起看星星看月亮更是笑掉了大牙。对待自己的身体，他则是既在意又懒惰，既自负又胆小。说明天就健身，明天总在后天之后。说起死总是很潇洒，一有感冒发烧却一定会去医院打吊针。去年退二线以后，更是风声鹤唳，草木皆兵，可又绝不去锻炼，也不错过任何饭局，每次看到好吃的荤腥都忍不住，一定会吃得打着饱嗝才会满足。于是脸越来越肥，腰越来越粗，人似乎也越来越矮，却不能听人说肥说矮，只爱听雄壮和魁梧。早几年就有了高血压且三脂都高，却从不肯好好吃药，时时表示自己康健无恙。去年体检的时候医生说怀疑他脑血管动脉硬化得厉害，毛细血管痉挛性收缩和脆性也很堪忧，甚至冠状动脉都很有可能存在不稳定粥样斑块，建议他做个详细检查，他执意不肯，回家气势汹汹地对她吼："怀疑？怀疑个屁！无非是想黑我的钱！让那些机器扫一遍又一遍，好好的人都得病了。我好得很，离死还远着呢。我的身体我知道！"

她不说话，只是听着。她早已经习惯这样：听着，只是听着。如果说话，她只是在心里说，比如这句：你以为你知道，其实你不知道。你不知道的岂止是自己的身体？你什么都不知道。

不过真的，他人不坏，说到底，只是平庸，全面的平庸。可是，还不如坏呢，坏还代表着某方面酣畅淋漓的极致和纯粹，能让她觉得痛快。而他，只是让她闷，让她窒息。

天色越来越白，越来越亮，天空开始透出些微微的蓝意。她深吸了一口气。真是一个好天气。

7

还有一个小时，似乎适合睡一觉。她走到儿子的房间，在床上躺下。隔壁就是客用卫生间，敲打声没有了。这一片安静，正适合睡觉。

可是她睡不着。他就在隔壁。她想。他就在隔壁的地板上躺着。他醒着？还是昏迷着？或者是已经死了？她不知道。她知道的只是，现在还是黄金时间。她必须把这黄金时间给一寸寸地花掉，花掉，彻彻底底地花掉。

他要死了么？

儿子的床是硬床垫。儿子喜欢硬床垫，她也喜欢。大卧室的床是软床垫，每次睡，她都睡得很累。后来开始睡儿子的硬床垫后，每次醒来，她都会觉得浑身通泰。她真喜欢睡儿子的房间。这大男孩的房间，连灰尘都是那么茂盛可喜。她常打开儿子的衣柜看看他的衣服，觉得每个衣襟儿里都有一股子蓬勃的朝气。这才是生命呢，生机勃勃的命……儿子也是他的儿子，可她更觉得儿子是她的。就精神的基因来说，她觉得儿子就是她的。——当时儿子说要留在加拿大，他居然想装病让儿子回来，然后把儿子焊在身边。"能出国镀镀金就行了。咱就这一个儿子，他跑那么远，见都见不着，有什么用？"他说。"你养儿子是来用的？那你不如养猪呢。每年养一头，每头都能杀了吃肉。"她说。为了儿子的事，他们差点儿动手，他抢起手头的保温杯想要砸过去，抢了两下，到底没出手。可他眼睛里的恨意她历历在目。他不是心疼她，只是怕把她砸伤了还得去医院花钱，被邻居碰到了也丢人。可她知道他已经砸了，在心里砸的。她的心上已经被砸出了一块瘀血。好在瘀血已经不少了，多这一块也没什么。每当看着心上的瘀血她就想：会有一天的。会有的。

现在，他就躺在隔壁。她和他，隔着一堵墙。墙壁的此面，涂着厚厚的立邦漆。墙壁的彼面，贴着闪亮的瓷砖。

他要死了么？

也许，他早就该死了。他活得这么没有质量，活在这世界上就是浪费资源。可是他就是不死，也没人来杀他。她也不能。她很方便杀他，可是她不能。她不能为了杀他，把自己再搭进去。为了他这种人，不值。最好的方式就是他自己去杀自己，她只能期望他自己去杀自己。好在他的全面平庸除了让他苟活之外，在某种时刻居然也算得上是一种自杀的利器：三高，不吃药，不运动，无节制地腹型肥胖，好吃好喝好烟酒……她常在网上查脑溢血和心肌梗死的这些资料，每对症一样就知道他在自杀，一直。他还好强——前几天居然跟着她进了儿子的卧室，说要过夫妻生活。"其实我也没这念想了，不过医生说偶尔过一次对身体好，对男的好，对女的也好。"他说。她沉默。把医生的话搬出来，还说对她也好，不过是因为他自己想做又不想承认，这就是他的方式。她很快脱掉衣服，想着早做早了，反正他也用不了多少时间。可他没做成。他不服气，隔一会儿就试一试，到底没做成。最后下床离开，他说："年纪不饶人啊，这个年纪的男人都不中用了。"她看着他的背影无声地冷笑。自己不行了就要拉一大帮人殉葬，你以为你是谁啊能代表所有同龄人？她又看着自己裸着的身体，忽然想，一定也是她的问题，她让男人不行。她这个刀枪不入的样子，有几个男人见了能行呢？

她再也不可能重新开始了，即使他死去。他从根子里败坏了她对男人的胃口。她松了口气，心里既笃定又踏实，同时也恍然大悟：他是早已经死了，在她心里。而她虽然还没有像他那样死透，其实也已经离死不远。他在自杀的时候，也在一点一点地杀她。这让她更可以没有愧疚之心，真好。

他要死了么？以后，他再也不会来她这里自讨没趣，她也再用不着对他怀揣恶毒。他和她到了这个地步，尽管没有坐看云起时，好歹也算是行至水穷处。

他要死了么？也许，他真到了死的时候。最近两天连着两个晚上都有人请他吃饭，吃的都是川菜，今天早上，他一定是便秘重犯。

8

　　还有一点儿时间呢。她拿起床头柜上的杂志。《读者》《哲思》《格言》，都是这些讲道理的杂志，各种各样的道理。道理总是有道理的，可是在很多时候，道理是死的，是僵尸，是全须全尾就是不会呼吸的木乃伊。她翻起一本，找到一页，读了起来："那只蜜蜂在窗棂上飞舞了许久，它似乎是来寻觅什么的。窗棂上没有花蜜，它是来寻觅什么的呢……"她扔下，再翻一本，迎头碰上的题目就是《婚姻物语》。她又扔下。什么狗屁物语，她用脚趾头想也能想出这书里都在物语些什么，无非是彼此忠诚，感恩之心，距离产生美，给对方合适的空间……可是，还是看看吧，反正也没有什么更好做的事。她把书打开，这篇写的是爱情，啧啧，瞧瞧这句："爱情，就是天上的一朵云……"她笑起来。爱情，是一朵云么？或许吧。她第一次坐飞机的时候才知道：在云下看云，在云上看云，云都是那么柔和，那么白嫩，那么真实，有着不可思议的神性的美，可是当飞机飞进云里的时候，云就不见了。云成了一团一团的雾气，缥缈的，灰色的，雾气。

　　分房之后，他找过别的女人，不止一次。她知道。45岁那年，她去省城进修，半年时间。她每月回家一次，是为了见儿子，也是为了拿几件衣服换穿。难得这样成年之后还有单身进修的机会，脸庞都已经开始皱巴的男生女生都格外注意捯饬，尽量让衣服显得光鲜。她也不例外。例外总是很难的，她习惯了不例外。况且还有男生半真半假地和她调情，说喜欢她。第二个月回来，她在他床上发现了几根红色的头发。白色的床单，想不发现

18

都难。她回想了一遍，他们的亲戚朋友里，没有女人染这样的头发。她拿起那几根头发迎着阳光看了看，发根儿的地方是白的。这个女人已经不年轻了，起码三四十岁是有的。或者跟他的年纪一样，他那时已经51了。她把那几根头发扔回到床上，心如止水。无论他婚外嫖还是婚外恋，或者是和年轻时的某个女人旧情复燃，她都不会生气。她甚至欣慰：他还有这兴致和女人做这件事，或者说还有女人愿意和他做这件事，这真的挺好。哪怕那女人是为了钱——像他这样的男人，也舍不得掏多少钱。当然，如果不是为了钱，那更好，那简直都能够使她对他刮目相看了。

第四个月回去的时候，她又在床上看到了几根金黄色的头发，也是染的。那几根头发长长的，还打着微微的卷儿，显出几分妖媚的波浪。她终于确定，他就是嫖。她似乎嗅到了那女人身上放荡的味道，想到那些情色的词句：前门迎新，后门送旧。一双玉腕千人枕，半点朱唇万客尝——那些女人，那些睡过无数男人也被无数男人睡过的女人，他对着那些女人，恐怕要比对着她这张冷脸舒服无数倍吧……忽然间，她完全理解了妓女和男人的关系。妓女需要用身体去挣来银子，男人也需要妓女去安抚身体，一手交钱，一手交货，钱货两讫，皆大欢喜。

那次，她回到省城之后不久，就和一个男生上了一次床。她不多喜欢他，也不多讨厌他。和他上床很大的动因是好奇，想看看他在床上是什么样。结果很不怎么样。那个男生很慌张——他比她大两岁，已经是47岁的老男生了。真可怜。她也可怜。她只是觉得他们都真可怜。

和那男生就么一次。他又找过她几次，她都温和地拒绝了。说来了例假，说身体不舒服，说没时间，反正就是胡扯。她有的是时间，就是不给他时间。那一次对她来说就够了。和他单独在一起时，她很坚决地和他保持着距离。但当着同学们，他们很正常。他们混在同学中一起去 K 歌的时候，会四目相视地唱很多对唱的情歌。在餐厅里碰到，她会指着清炒芹菜苗对他说："吃这个，这个粗纤维，降血压。"

那是她五年前的事。五年前，她就已经活得那么透彻那么硬冷，或者说，那么无趣。和他一起熬了这么多年，把她的黄金时间几乎都熬干了，他终于成功地把她也熬成了一个无趣的人——当然也可能她原本就不多么有趣。在这彼此的无趣中，他们眼看着彼此一点点变老。他们不使拳脚地对彼此施虐，也让彼此受虐，没有丝毫快感，不，不能说没有丝毫快感，在儿子如常的笑容里，也会有一点儿快感。可那是什么狗屁快感啊，简直可以忽略不计。尤其是在此刻，她要不计。

——不，其实他没有那么成功。她忽然想。她笑了起来，还笑出了声。咯咯咯的笑声把自己都惊了一跳。不过，这真是很值得笑，不是么？他早该躺在医院里的，可他现在还躺在卫生间，很可能再过几个小时就会躺进太平间。一个无趣的人怎么能做出如此有趣的事呢？

嗯，自己居然还如此有趣，这真是可喜可贺。以后若是没有了他，在纯属于她的有限的黄金时间里，她确信自己会更有趣。

9

电视屏幕左下角的时针欢快地跳跃着，一下，一下。还有12 分钟。她慢慢地走向客用卫生间，推开门。他还躺在那里。当然，他也只能躺在那里，像一条壮硕的大虫，或者像一个肥胖的巨婴。他的手指已经不动了，全身都一动不动。纸篓已经完全倒地，他的头还埋在纸篓里。这样子真是难堪啊。

她跨过他的身体，走到他的脑袋旁边，慢慢地把纸篓抽了出来，然后蹲下身，看着他。他睁着眼睛。他居然还睁着眼睛。她看着他的眼睛。他看着她，她也看着他。他的眼睛里似乎什么都没有，又似乎什么都有。她知道自己的眼睛里也是这样。两个人就这么默默地看着，看着。突然，他的眼睛亮了一下，很快又暗了下去。再亮一下，再暗下去。终于，他沉沉地很累似的闭上了眼睛，再也没有睁开。

她站起身，走出去，在客厅里又静静地站了好一会儿，才拿起了手机，轻轻地摸到了开关键。

拥抱至死

1

今天是周四。下午，王和规没有上班。他请了假，请假的原因是这两天他有些感冒，精神不振，需要好好休息一下。当然这只是表面原因，内在原因是晚上他要和陈晓红一起吃饭，这个饭局需要他铆足了精神去应对。

陈晓红是他的妻子——他打算很快就让她变成前妻。饭局是陈晓红主动约的。她说她想和他谈谈。王和规当然知道她要谈的是什么，他也做好了谈的准备。确切地说，已经准备好了离婚。因此，这个饭局就显得态势严峻，意义重大，是分水岭，是标志牌，是终结曲，是鸿门宴，是谈判桌，是离人泪。

他正处的这个女孩子刚刚二十五岁，比陈晓红小十岁。这十岁可不得了。年轻不说，还不懂那么多，什么都由着他。上了床他说什么就是什么，下了床还是他说什么就是什么，对他一脸纯洁无辜的信任。这种感觉相当好。还有一个更重要的原因，是生孩子。陈晓红怕生孩子，怕来怕去耽误到了这么大，虽然已经勉强答应要生，可真要生又不知道到了什么时候。眼前这个姑娘要是生孩子倒是好年龄，生下来养着也是正当时。不比陈晓红，即便紧着怀紧着生，也都是三十五六的人了，到了五十岁，孩子一

22

朵花，她已经成了老太太。他么？到时候虽然也是五十岁，可女人的五十岁怎么和男人的五十岁比呢？还是小一些的女人和他更搭配些……想了这么多，打算得这么长久，不过打算的对象竟是结婚七年的结发妻子，王和规心里头还是有些难过。七年果然是婚姻的一劫。不离就是痒，离了就是痛啊。

长长的午睡醒来，王和规觉得感冒似乎又加重了一些。他喝了几口水，翻出了小药箱。一板印着外文字母的药片跃入视线。这些药片指甲盖大小，黄中带白，方中带圆，表面还有小小的两个字母凸起，一个是 A，一个是 M。他在脑子里搜索了一番，想起来了：这药好像叫"埃梅"，是一个医院院长送给他的——自从当上卫生局的医政处处长之后，他就再也没有亲自买过药。据说新近从法国进口过来，价格昂贵，治疗感冒有特效。那个院长还说：目前在国内，只有极少数人才有极少机会享用此药。

吃过药后，微微出了点汗，王和规准备出门。小狗三三跟在他身后为他送行。三三是陈晓红的宠物，想到离婚之后他很可能再也见不到三三，他生出一种条件反射般的伤感，于是他在鞋柜边弯下腰，抱起了三三。

事情就在这一瞬间发生了：三三不见了。地上只剩下了三三脖子上的红绳圈。

三三确实不见了。王和规下意识地笑笑。这算什么事？在自己臂弯里的三三说不见就不见了？

他不相信。

他开始找。卫生间，厨房，沙发下，窗帘后。

"三三！"他柔情万般地喊。

"三三！"他雷霆万钧地喊。

"三三！"他焦急万端地喊。

"三三三三三三三三！！！"他气急败坏地喊。

然而三三没有出来。始终没有。

"三三……"最后，王和规朝着空气喊。他的声音都有些嘶哑了。怎么可能？这怎么可能？这真是见了鬼了，一只明明抱在自己怀里的狗，怎么就在瞬间蒸发了？寻常人遇到不可思议的情况时总是掐掐自己的胳膊和腿，王和规自然也不例外。他将自己的全身上下都掐了一遍，连命根子都没放过，此起彼伏的疼让他确信：这一切都是真的。他看着镜子里的自己，白眼珠白，黑眼珠黑，没错，那是自己。他一动不动地看着自己，用上嘴唇碰着下嘴唇，无声地问自己：怎么回事？这到底是怎么回事？

他的大脑里突然奔涌出以前听说过的无穷无尽的灵异故事：深夜行路的司机邂逅白衣少女搭车，谁知却是丽人幽魂；两个旅客在一座古老的宫殿里偶遇黑衣侍从，随即便莫名其妙地死去；某大学一男生去洗漱间刷牙，向身边的陌生学友借牙膏，那人的脑袋上却只有头发没有五官……可人家都是从外人那里碰到了什么，而不是从自己这里发生了什么。三三，怎么就在自己的怀抱里消失了呢？

渐渐冷静下来，王和规开始分丝剥缕：灵异似乎是肯定的。灵异的源头只有两个，要么是三三出了问题，成了一只灵异的狗；要么就是他出了问题，成了一个灵异的人。现在三三已经失踪，无法求索，他能求索的只有自己。如果问题在于自己，那么会是自己哪里出了问题？王和规努力回忆自己刚才抱起三三时的所有细节：他弯下腰，用手拿起三三，直起身，将三三搂在怀里，轻轻抚摸三三的长毛——三三就是这时候消失的——难道是他的怀抱有了让三三消失的能力？

这个答案可是太有趣了。王和规笑了起来：呵呵，呵呵，呵呵……笑声弥漫在空气里，有些说不出的荒谬和荒凉。很快，他止住了笑。他自己都被自己笑声里的神经质吓住了。嗯，是有些紧张。或许是太紧张了。嗯哼，嗯哼，他咳了两声，走到客厅的博古架旁边，抱起一只花瓶。还好，花瓶还在。他抱起沙发上的靠枕，还好，靠枕还在。他又走到厨房抱住橱柜上的微波炉，还好，微波炉还在。

他微微地放了心。

手机响了，是陈晓红的短信，问他到哪儿了。王和规凝了凝神，把思想努力集中了一下。或许，刚才的事情只是偶然中的偶然，是老天开的一个莫名其妙的玩笑。他老人家不是经常开这种玩笑么？什么一个人从五楼跳下完好无损，一只乌龟不远千里去寻旧宅等等，可能这蹊跷事今天就让自己给碰上了。碰上就碰上了，只当自己充当了一次传奇故事的主角。只当自己是在做梦。那就不要想它了。目前最主要的事情是应付陈晓红。

王和规换上皮鞋，出了门。小区里很静。花园里没有一个人，倒有一只白色的小京巴迎过来，对他摇头摆尾，做可爱状。王和规本来不打算理睬它，不过，转念一想，他蹲下了身子，嘘嘘地朝它吹了两下口哨。小京巴顿时凑了上来。

"贝贝——"一个娇滴滴的女人声音从花园拐弯那里传来。

王和规连忙抱住了它。一瞬间，小京巴不见了。它金黄色的铜圈"咣当"一声轻轻落在了地上。

王和规缓缓地站起来，直直地站在那里。

"先生，你有没有看见一只白色的小京巴？"女人问。

王和规没有回答。他因过度意外而陷入痴呆的表情对女人来说无疑是一种轻屑，仿佛在蔑视和嘲笑她的无聊。她出于自卫撒了撇嘴角，继续寻找爱犬的芳影。

转眼看见了那个金黄色的铜圈，女人惊奇地瞪大眼睛，然后声音里带出了哭腔："贝贝——谁抢走了我的贝贝——"

2

王和规的朋友们都知道，他擅长拥抱。他朋友很多。当然当然，他这样活泼的人朋友当然很多，不多是说不过去的。朋友总是要聚会，酒足饭饱之后总是要分别，分别之后，他的拿手戏就来了：拥抱。

拥抱有讲究。因为朋友和朋友不同。朋友这两个字写起来都一样，处起来才知道有千差万别。王和规曾对陈晓红做过一个比喻：如果他的心是他家的格局，那么有的朋友只能让他在门口聊聊天，有的朋友就适合让到客厅看电视，有的朋友适合进厨房做饭，有的朋友则适合到书房喝茶，最亲密的朋友么，就可以进卧室，同床共枕。"就像你这样的。"他捏捏陈晓红的腮帮子，"至于最差的朋友么，根本就不想让他知道家在哪儿。他就是偶然从自己家外面路过，也想放出三三去咬他一口。"

根据朋友们的不同，他拥抱的方式自然也就不同。初识的朋友一般来说都是双臂在肩上轻轻一放，马上松开，谓之蜻蜓点水。然而初识又分两种：不怎么谈得来的，没有发展前途的，蜻蜓就点到了水上，水波潋滟，很快消逝。有发展前途的，这蜻蜓就点到了荷叶上，蜻蜓在荷叶上么，总归要多留那么一两秒，这一两秒外人看不出什么来，当事人却心底儿清亮。熟识的朋友也有分别，有刚刚熟的，这拥抱就双臂如翼，合在肩上。有款，有型，有面子。不过一跟熟久的朋友比就能知道差别。对待熟久的朋友，这样的抱过之后，还要在肩上拍一拍，拍两拍，这一拍两拍是手在替嘴巴说话，虽然什么都没说，却似乎是什么都说了。这就不再是面子，而是体贴，是默契，是情谊了。亲密的朋友不用说，拥抱也是恶狠狠的。当然异性和同性还是略有不同。同性是可以把自己身体都在嵌在对方身体里的感觉。全方位接触，毫无顾忌，没有余地。甚至抱很久还不分开，用恶作剧的闹来表示亲密。而异性朋友则可以尽情贴合上身，在下身则要保持相当距离，时间也要控制得合适，不然就是不靠谱了。如果一定要透出一点儿不一般的心思，那就在切近的瞬间用呼吸，用微笑，用眼神，用诸如此类的众人不能感觉之轻来传情达意。对于泛泛的朋友么，若是不抱也不合适，亲疏厚薄不能显在这抱上，因此是一定要一视同仁，但这抱又是最省事的，在双方的胳膊还没有完全张开的时候就结束了。

能和王和规坐到一桌上的，没有泛泛之交，因此拥抱也没有最低等级的。无论是哪个层次的朋友，对他的拥抱都是一抱难忘。酒席散后，在上车之前，他会和人一一拥抱分别，大家便心醉神迷地欣赏着他的拥抱表演：抱男人时他爽朗、朴实、明快、刚烈，如架子鼓；抱女人时他大方、温柔、抒情、优雅，如小提琴。

他是这么会抱。这是在人前。若是在人后，他又是怎么抱呢？问他的妻子陈晓红，陈晓红抿嘴一笑："发挥想象力嘛。"这想象力不太好发挥。既然不好想象，那干脆就实践吧。作为他的情人，若是被他拥抱，那感觉肯定也不同于陈晓红。到时候，就该她陈晓红去发挥想象力了——女人的这种好奇心和好胜心结合起来是很可怕的，于是由不得有不少女人会这么想，也由不得有不少女人会这么试，于是王和规的胳膊就成了一张过渡到大床之前的小床，变得忙碌纷纷。只见他双臂展翅纷纷抱，不尽女人滚滚来。当然当然，也得滚滚去。

陈晓红到底还是知道了。知道得一起接一起。如果只有一起还可以称之为偶然事件，那么偶然事件一旦开始批量生产就变成了必然的毛病，且毛病不小，该挖挖病根儿了。于是就有了周四晚上这个非同一般的饭局。

王和规木呆呆地来到饭店，进了小包间，陈晓红已经在那里等着了，看见他，除了委屈，还有痛心，还有自怜，还有愤恨，眼泪就下来了。陈晓红的眼泪清洗了一下王和规的混沌，他的神志终于暂时来到了眼下的现场，心里一阵愧疚，原本打算坐到陈晓红的对面，顿了顿，王和规坐到了她的身边。人之将死，其言也善。夫妻缘尽，其为也善。他觉得自己该这么做。当然当然，该做的还不止于此，他还应该拥抱她。

在伸出手臂的一瞬间，王和规如梦初醒。该死，他几乎忘记了自己刚刚把三三和京巴抱消失的事。他不能抱她。一抱她，她很可能也会不见。

"怎么了？连抱我也不想了？"陈晓红冷笑。

"不是。"

"那为什么不敢抱？我是老虎？"

"我是老虎。"王和规说。一阵难过，他的眼泪也下来了。这眼泪让陈晓红心软了。若是放在这次谈话的尾声，她铁定自己都会原谅他了。当然当然，在序幕落泪也不错，是个知错就改的好兆头。她取了张餐巾纸，给王和规拭泪。一边拭泪一边就偎向王和规的怀里。她知道这么一来王和规不抱就不好意思了。

可让她尴尬的是，王和规居然躲开了。

"我真的，真的，不能抱你。"

"为什么？"

王和规一五一十对陈晓红说出了，陈晓红上上下下地瞧了一遍王和规，突然咯咯咯地笑起来。

"你可真会编故事。是把三三送人了吧？我早就知道你嫌弃它。"

"我理解你的不信，到现在我自己都还不敢信呢。一会儿我们到外面拿只猫或者拿只狗试试。你说好么？要是怕被人发现我们就去宠物市场买只猫或者狗，也不知道现在的猫狗都什么价。我身上的现金带的不多，宠物市场能不能刷卡？你身上带有多少钱？我们往一块凑凑……"王和规不停气地说着，滔滔不绝。新本领把他的心都撑满了，嘴巴是唯一的放气孔，他要说，说，赶紧说，再憋着就要爆炸了。

"说得跟真的一样。"陈晓红乐得直不起腰来，"干脆就拿我试吧。"

说着，陈晓红掰开了王和规的胳膊，硬让他揽住自己的腰。王和规虚虚地拢着陈晓红，手臂和心一样高高地悬着，犹疑着是否让它落下来。在他的犹疑中，陈晓红妖娆地扭动着腰身："我这不是好好儿的么？你怎么解释？嗯？"

王和规看着陈晓红斜睨的眉眼，觉得自己的手臂渐渐温热起来。狗那么小，人这么大，和狗肯定是不一样的吧……踌踌躇躇地想着，他终于缩紧了臂圈，把陈晓红结结实实地抱进了怀里。

陈晓红不见了。

王和规揉揉眼睛，再揉揉。看看自己的手臂，再看看。什么都没有，眼前什么都没有。陈晓红消失了，就在他的臂弯里。

陈晓红确实消失了。这个和他睡过七年的女人不见了。毫发皆无。小包间的门还好好地关着。她面前的茶水还好好地冒着热气，她的坤包还好好地在衣架上挂着，她的连衣裙、胸罩、内裤和发卡——不，都没有好好地穿在陈晓红的身上，而是在他的怀里零零落落地散成一堆。

　　"我在仰望，月亮之上……"有手机的声音响，在桌子底下。王和规弯腰捡起陈晓红的手机。——她的一切都在，除了她的肉身。她去了哪里？难道如歌中所唱，到了月亮之上？

　　号码显示是陈晓红的娘家妈妈，他的岳母。王和规关掉手机，再次弯下腰去，捡起陈晓红的黑色细跟皮鞋，皮鞋里衬上还清楚地留着她脚上的余温。

　　有人轻叩门。王和规打了个冷战。

　　"请，请，请进。"

　　进来的是服务员。

　　"先生……咦，刚才那位先到的女士点了一份蜜汁山药，对不起，山药今天没有了。可不可以换一份相似的菜？"

　　"你说，刚才确实有一位女士么？"

　　"是啊。你没有见到么？她是不是上卫生间了？"

　　"你确实看见她了？"

　　"当然。这是她点的菜单。她穿着一件绿色真丝连衣裙，很漂亮，对了，和你手里拿的这件一模一样呢。"

　　"哦。那就好。"王和规喃喃道，"那就好。"

　　服务员抿嘴一笑："先生，你还需要什么吗？"

　　"不，不需要了。"

　　王和规愣愣地坐了一会儿，拎着陈晓红的东西走出了饭店。没有目标，他在大街上胡乱走着。路过一家派出所门口时，他停顿了许久。他的心嘣嘣地急跳着，矛盾着自己是不是该进去报案。陈晓红消失了，他是该报案。可怎么跟警方说呢？这不是失踪。她是在他的怀里消失的。是他把她弄消失了，这近乎谋杀。

不，这就是谋杀。

他害了一条命。他害了自己的妻子陈晓红。用他的怀抱。这事情说出去是个天大的笑话，但是，却千真万确，实实在在。只有他知道，也只能他知道。

闯了三次红灯，挨了五次臭骂之后，王和规拐进了一条偏僻的小巷，在一户人家的窗台上，他看到一只慵懒的白猫。阳光下，这只白猫静静地眯着眼。

王和规朝白猫伸出了手。

3

仿佛走过了世界上所有的街道，王和规回到了家。到家之后他做的第一件事，就是钻到了浴室里，开始洗澡。他太想洗澡了。他洗了一遍又一遍，把全身都搓得红彤彤的，像穿上了一套贴身的大红内衣。搓得全身的皮肤都疼了，他还在洗。他洗啊洗啊，仿佛这么透透彻彻地洗一洗，就能把自己怀抱里那种不知名的奇异的本领洗掉。

双臂酸痛，十指微麻，终于洗累了。他停下，看着自己的胸。他的胸肌发达，结实，像冰箱里冻着的牛肉块一样硬邦邦的，是典型的美男子的胸。但是这胸此时看来却如此陌生，如此恐怖。它还是他的胸么？如果是，那么它吞吃了两只狗，一只猫，还有他的妻子陈晓红这个活生生的人，怎么一点儿都不胀？不鼓？不憋闷？它就这么厚颜无耻地平静着，如一块小小的平原。

电话铃响了，王和规用湿漉漉的手拔掉了浴室里的电话插头。客厅里的电话还在响，他赤身裸体地从浴室里走出来，拔掉了客厅里的电话插头。接着他又拔掉了卧室里的电话插头。手机在床上响，他又关掉了手机。他在铃声中奔来跑去，直到周围完全安静下来。

一夜无眠。王和规不知道自己在想些什么。似乎什么都在想，又似乎什么都没有想。然而脑子却没有歇着。能想起来的所有的生活影像都在眼前晃悠，没有次序，杂乱无章。有时候是他三岁时在外婆家的河里捉泥鳅，有时候是他和陈晓红在婚礼上给来宾敬酒，有时候是他被提拔成处长的那个红头文件，有时候是他考上大学那年父母在火车站为他送行……这些记忆片断仿佛知道他寂寞，都赶过来陪他。而它们陪他时的慌张和殷勤又让他感觉自己是个快要死的人。难道不是么？原本一个平平常常的人，突然有了这样一种奇异的本领，不是快要死的凶兆又是什么？

——况且，他已经让一个人死了。

王和规关上灯，黑暗让他战栗。他打开灯，光亮也让他害怕。他把台灯扭在半明半暗之间，更觉得恍恍惚惚，鬼鬼魅魅。他盯着手表，秒针无声的循环如一个杀手在悄悄向他靠近。他从没有觉得夜晚是如此漫长，遥遥无期。

天亮了。五点，六点，七点……窗外有鸟鸣的声音，叽叽喳喳，欢欢悦悦。然而整个世界都与王和规无关。他不请假，也不上班。上什么狗屁班？现在，没有什么比他来认识自己这个入怀即化的本领更重要。他也没有吃饭。吃什么狗屁饭？他不饿。一想到他的怀抱已经吃了两只狗一只猫和一个人，他的胃就已经撑得满满的了。

一整天，王和规都呈大字形躺在床上，眼神呆滞地看着天花板。天花板上的球形吊灯总是一副岌岌可危的样子，王和规从没有像现在这样渴望它能够吊下来，砸在自己的胸上。——如果，如果能把他的胸砸成另外一个样子，把那种奇异的本领砸走的话。

夕阳的光染红了玻璃。

突然，传来一阵细细的狗叫声。

是三三。

不会不会。王和规苦笑。可他又一激灵：为什么不会？三三这个生灵原本就有的。——不过，它已经消失了。——但是，这狗叫声确实是三三的。难道是幻觉？那么，到底何时是幻觉？是把三三抱消失的那一刻是幻觉，还是听见三三声音的这一刻是幻觉？

王和规猛地从床上冲下来，打开卧室的门。

没错，是三三。它蹲在厨房门口，听见王和规的声音，连忙跑过来，可怜巴巴地冲他摇着尾巴撒娇：它饿了。

王和规一把抱住了三三。三三又不见了。当然当然，这已经不重要了。非常不重要。王和规穿着睡衣，拿起陈晓红昨天落在饭店的那套衣服，欣喜若狂地朝门外跑去。

不过，他没有碰到陈晓红。此时的陈晓红正穿着一套服务员的衣服，由一个饭店服务员陪着，打车在回家的路上。刚刚在饭店的小包间，她的裸体把正推门而入的服务员吓了一跳。幸好老板是个非常具有同情心的人，她认定陈晓红有精神问题，不但送了她一套衣服，还让服务员把她送回了家。当然她也严惩了两个迎宾员，扣了她们当月的奖金。她的理由很充分：这么一个裸奔着的疯女人居然进了饭店的包间，门口这两个人是干什么吃的？

4

问题相当严重。不过还好，不过是让他们短暂消失，还不至于让他们有去无回。这又让王和规多少有些回悲作喜。回到家，看到陈晓红，王和规下意识地又伸出了胳膊，陈晓红哆嗦了一下，躲到了一边。

"我去做饭。"她说。

王和规失神片刻，跌在了沙发上。陈晓红对他的回避当然无可厚非，他成了一个有病的人。甚至如果她提出离婚，他都没有理由拒绝。

但陈晓红没有提出离婚。虽然已经确认了王和规的身体出现了异常，不过她还是很快从这个旋涡中拔了出来。严格地说，这不算什么病。要说病，最多是个"不能拥抱病"，可这个名头又太滑稽了。对此，虚惊一场的陈晓红甚至已经暗自庆幸：不能拥抱了，看你以后还怎么惹女人？

"反正，我和以前不一样了。"王和规说，"你不怕我么？你不怕我偶然忘了，一抱你，你就消失？"

"我不嫌弃你。"陈晓红避过王和规的"怕"字，含蓄地说，"以后注意点儿，我们不抱就是了。老夫老妻了，又不是没抱过。不抱又不是不能做爱。就是不小心抱了，"陈晓红顿了顿，"又不是不能回来。"

王和规笑了。是啊，也许这真的算不上什么问题。不能拥抱并不能证明他不是个男人，要是不能做爱才要了命呢。天然气灶上熬着浓稠的黑米粥，装着烤肠的微波炉发出轰隆隆的闷响，陈晓红一根根地摘着红嘴绿叶的菠菜……看着忙忙碌碌的陈晓红，王和规觉出一种骨子里的亲切。还是结发妻好啊。懂事，宽容，大度。若是换了那个小情人，知道他已经成了这么一个怪物，还不知道该怎么难为他呢。——不，肯定早就逃得远远的了，才懒得难为他呢。

他用手轻轻地拍了拍陈晓红，把脸探向她，腻声道："太太，我能为你摘点菠菜吗？"

"为我？嗤。"陈晓红抢白，"这菜是我一个人吃的？"

"我又错了。"

"认错顶不上不犯错。"

……往日熟悉的唠唠叨叨琐碎纷争都回来了，王和规身上激荡起一股热流。他凝神看着陈晓红，缠绵甜蜜。陈晓红觉出了异样，也回头看着他，她顿时明白，他是想要她。现在是他自信心最薄弱的时刻，他需要一些什么东西来证明。来自她，也来自他。

只有做爱。

陈晓红放下了菠菜，亲了一下王和规的脸："看着粥，我去洗个澡。"

事实证明，尽管不能拥抱，但是感觉还是相当不错的。

接下来两天是双休日，不用上班。周六下午六点半，三三又出现在了房间。除了似乎更瘦一些，它看起来一切还好。周日上午王和规去了一趟菜市场，在一家活鸡摊前，他让伙计先把一只鸡打死，然后趁他招呼别人的时候把鸡抱在了怀里，鸡没消失——这充分证明王和规的怀抱只让活的且有心跳的动物消失，而且消失的时间很有规律：一天——二十四小时。别怀疑，动物这个词用的没错，人本来就是动物的一种嘛。

有规律就好。有规律就让人有道道可循，就不至于那么惊慌。王和规的心情渐渐好了一些。到周日晚上，王和规几乎已经把情绪调整了过来。他接上了固定电话插头，也打开了手机，回复短信，向领导解释自己周五为什么不上班也没有请假……一切都按照往日的程序走动起来。他开始恢复信心，要将生活一如既往地进行下去。当然当然，不可能一如既往，但看起来最起码应该没有什么太大的变化。——即使变化也该是朝好处变。这件事让他认清了陈晓红可以与他患难与共红旗不倒的宝贵品质，也让他真心忏悔了自己以前彩旗飘飘的滥情错误。他甚至把这个奇异的功能看成是命运对他错误的一个严重警告，——要不为什么在他准备抛弃陈晓红的时候会让他拥有这个荒唐的本领呢？

痛定思痛，王和规钢刀利水地和小情人断了交。他为此简直有些自赏了：看看，我是个多么从善如流的同志啊。

恢复情感忠贞的那天晚上，王和规陪着陈晓红一起下厨做了几个菜，开了一瓶红酒。灯光朦胧，音乐迷离，气氛粉红，如同初恋。两个人都有些醉了，说东说西，胡言乱语。王和规问陈晓红消失的那瞬间什么感觉，陈晓红做思考状，道："消失的瞬间没什么感觉，重现的瞬间倒是感觉强烈。"

"什么感觉？"

"精神特别清爽，好像睡了一个最舒坦的大觉。还有就是光着身子，"陈晓红慢悠悠道，"冷，呀！"

5

要说搁以前，不能拥抱真算不了什么毛病。那毕竟是外国礼仪，中国最主要的还是握手。可如今什么都西风东渐，愚人节、圣诞节、情人节、父亲节、母亲节，都节节生长，拥抱就成了越来越普遍的社交动作。尤其对王和规来说，这种普遍的社交动作还曾是他的金牌招式。于是他的生活还是和以前有些不一样起来了。现在，在任何愉快的场合，无论气氛多么融洽，他都不再打开自己的怀抱。更过分的是，即使是人家先拥抱他，他也是僵硬地贴着手臂，脸上皮笑肉不笑，一副拒绝的姿态。一次同学聚会，初中同桌方卫星给他敬酒，拥抱的时候很动情，眼泪都要下来了，王和规简直都要控制不住自己了。当然当然，理智还是战胜了情感，他最终也没敢伸出胳膊。

这太不正常了。朋友们都清楚地记得，王和规曾经是那么善于拥抱和热爱拥抱。

"怎么了?"方卫星不由得这么问。

"肩周炎。"

"看了么?"

"看了，不见效。"

"那我回头给你找点儿偏方。"

一次两次朋友们还能原谅，时间长了大家不免有些看法。"什么肩周炎。我那天见你在单位抱着一堆文件夹走得跟刮风似的。"

不能拥抱衍生的小问题愈来愈多：和同学不能拥抱，就少了往日的深情；和同事不能拥抱，就少了过去的厚意；和朋友不能拥抱，就少了知己的体贴；和哥儿们不能拥抱，就少了骨肉的关联……只要饭局里有熟人，不等结束王和规铁定就会找借口逃窜，从而逃避那个例行的拥抱礼。

这些小问题看起来都是虱子，都说虱子多了不咬人，那是不咬别人。"你小子现在也端起来了，架子大了！"大家骂他。他只是讪讪地笑，能有什么合适的话语回应呢？只能干受着。这情形几乎等同于默认。于是，渐渐地，就没有人再骂他。——骂一旦由当面转成了背后，就发生了情绪指向的正反转变：当面骂是亲切，背后骂就是痛切。

需要逃避的时刻越来越多，王和规的形势悄悄地严峻起来。就是这样奇怪。如果开始他就是郑重的人，后来活泼了，那是严肃变开朗，性质优良。若开始是活泼的人，后来变郑重了，那就是丫鬟装太太，性质恶劣。王和规的口碑越来越差，人缘越来越不好，社交圈越来越小，人也越来越萎靡，看着越来越没有精气神儿，应付领导就不如以前八面来风机灵圆融，仕途也就随之暗淡下来。半年之后，他被调到了信息中心，负责管理局里的网站。除了几台电脑和两个网络管理员，要什么没什么。

他很沮丧。同时也纳闷：人与人之间就这么脆弱？不过是个拥抱啊。不拥抱就不代表我的心意了？怎么那么注重外在的形式呢？但是，转念一想，他也就明白了：为什么所有重要的会议都要全体起立唱国歌？为什么一到春节就贴春联？为什么结婚都要举行婚礼？形式不单是形式，从来就是内容的一部分啊。如果内容含量少，那形式甚至就意味着内容的全部。

明白了就理解了。理解了就不抱怨了。理解万岁。

尽管这种不请自来的神奇能力是一块试金石，让王和规试出了人情冷暖，世态炎凉，不过他还是希望自己这块试金石能够赶快消失。于是他就不断地去抱三三。后来三三都怕了他，有好几次，三三都奋力挣扎，不肯让他抱，等他把三三抱消失了，三三抓他胳膊的红血印儿还在呢。

后来，他和陈晓红开始分床而眠。他们原本也不想如此，可每当王和规早上醒来，发现陈晓红又不见了的时候，他就知道自己昨天晚上又不老实地抱了她，陈晓红又在自己不知情的情况下被迫消失了。为了保障自己主动存在的权利，以免打乱自己正常的生活秩序，陈晓红提出了分床。王和规虽然不那么情愿，鉴于自己没出息的怀抱，也只好同意。

当然，他们还是经常做爱的。因为王和规空闲的时候比过去多了很多，他们做爱的次数比以前还要频繁。至于体位么，起初还是沿用旧例，王和规在上，可他一在上，两人就都很紧张，王和规的动作就变成了标准的俯卧撑。他生怕自己的升落稍一变形就挨上了陈晓红这片土地，而陈晓红这片土地一被他挨上就会消失，从而让他胯间的玉米没了种的去处，变成了纯粹的自娱自乐。虽说第二天还可以进行鱼水之欢，可你想想这种事情就被这样打断那该有多么扫兴！

于是，到了后来，就是陈晓红在上的时候多了。刚开始王和规还有些隐隐的屈辱感，每次都不能尽兴，觉得自己似乎变成了个女人。渐渐的，他才觉得，这样也没有什么不好。陈晓红在他身上纵横驰骋的时候，他居然也很欣赏她的英武。而他躺在她身下承欢的时候，也多了些难以言说的温柔和顺从。

王和规的脾气一天天地好了起来。少了些意气风发，多了些安详恬淡。他仍然按时去上班，去健身，身材依然很棒。但他再也没有任何风流韵事，如他的名字一样，变成了一个无比和气无比规矩的人。他与世无争，寡言少语，最喜悦的时候也不过是微微一笑。女人们依然喜欢他，觉得他这种风格是另一种酷，她们称之为"暖酷"，说他较之于以前的感染力，是另一种性感。当然当然，无论她们怎么喜欢他都是徒劳，因为想接近他已经变得非常困难。

他变了。

都不知道他为什么变。

一年之后，陈晓红生下了一个白白胖胖的女婴，名叫嘟嘟。困惑已久的人们终于为王和规的变化找到了一个最具说服力的理由：原来他一直在为荣晋父亲做精神准备。都说一个男人父爱萌发的时候会秉性大变，从王和规身上完全可以证明此言不谬。

6

无论多么荒唐的本领终归是一种本领。本领带来纷扰和烦恼固然是一种痛苦，不过有本领不用也未免让人技痒。偶尔，王和规也会施展一下他的这项本领。那天晚上，他照例在一条偏僻的小巷散步，——自从有了纳物消失的本领后，他就很喜欢在偏僻的地方散步。这项本领似乎是一个有力的防身器，让他再也不恐惧危险。正东一步西一步地溜达着，他突然看见前面有一个壮汉在抢劫一个单身女人，看见他走过来，壮汉瞄了他一眼，继续理直气壮地撕夺女人的包，似乎断定他不会多管闲事。王和规想都没想，大喝一声冲上前去，抱住了那个歹徒。歹徒瞬间消失了。不过目睹了这个奇异的景象之后，那个女人也哇哇尖叫着飞快奔逃，似乎王和规比抢劫者还要危险。

王和规苦笑一声，拍了拍手。他不慌不忙地把歹徒遗落的东西都捡了起来，扔进了垃圾箱。想着这个男人明天晚上这个时刻就会赤身裸体地在街上狂奔，他不禁哈哈大笑。

也有倒霉的家伙去主动招惹他的。那次，他去南京出差，在总统府附近过马路的时候，被一个小贼行了窃。他没吱声，一直跟着那个小贼。后来小贼进了一家商场在一个柜台看男装，他换了个角度迎上前去，不由分说地抱住了他。在熙熙攘攘的试衣人流里，他就那么抱住了他，把他抱得只剩下了一堆衣服。他以为自己的行为会很惊人，没想到周围的人看衣服的看衣服，照镜子的照镜子，都在忙自己的事，对他的行为丝毫没有关注。只有一个女孩子似乎看到了这个情形，她站在原地，张大了嘴巴，使劲儿地盯着王和规，王和规也面不改色心不跳地迎着她的目光，嘴角甚至还微微带着些笑意。

"没事儿吧小姐？"他慢条斯理地，有些挑衅地问。

"没事儿。"女孩子揉了揉眼睛，不好意思地笑了笑，"昨天没睡好，出现幻觉了。"

王和规自然有些遗憾，不过有机会使用自己的特异功能进行正当防卫，他感觉更多的是欣慰。他把小贼的东西拿回宾馆，清点了一下，除了把自己被窃的钱款全数得回之外，居然还另多得了四百八十块钱。他才不要这不义之财呢。出差回家的当天，他就到了银行，匿名把这些钱打到了希望工程的账号里。

还有一次他和陈晓红去看电影，因为迟到了几分钟，在寻找座位的时候他踩了一下邻座男人的脚，他道了歉，可那个男人仍是不依不饶地啰唆着，后来那个男人上厕所，他便随后跟了去，一进卫生间就抱住了他。男人消失前惊恐万状的表情让他愉快极了。回到家里他才想起一个问题：那个没撒成尿的男人二十四小时之后在空气中睡醒过来，他的膀胱会有什么感觉？

经常的，做过爱之后，王和规和陈晓红也会探讨一下他这种本领的可能性功用。陈晓红有一搭没一搭地抚着王和规的胸，轻轻地揪着他的胸毛玩耍。她称王和规的胸为"消失源"，说怎么都看不出这块貌似平凡的血肉组织会有这么一种不平凡的本领。

"你这项本领能用到什么地方呢？"陈晓红细声细语地说，"用来做坏事倒是蛮合适的。尤其是抢劫，一抢一个准儿。"

"也能做好事啊。"王和规说，"如果到医院里去照顾那些患了绝症欲生不能欲死不能的病人，我一定是最合适的了。他们不想煎熬的时候，我一抱他们，他们就可以免受一天罪。相当于最人性的安乐死。"

两人一起笑起来。

"我们这些东西在你怀里会消失的时候，你到底什么感觉？"

"说过多少次了，什么感觉也没有。"

"那你有没有想些什么？"

"开始还胡思乱想着，现在习惯了，什么也不想了。"

王和规没说实话。这实话他认为也没必要对陈晓红说。每当物失于怀的时候，他脑子里其实经常盘桓着一个念头：如果他自己抱一下自己呢？也就是说让他这个消失源来拥抱消失源本身，会发生什么？不止一次，他抻长双臂，呈八字形，然后左臂向右划动，右臂向左划动，缓缓地拢成一个近似圆，渐渐的，圆越来越小，越来越小，一股沉沉的磁力仿佛慢慢泛起，黏重如铁……然后他不寒而栗，戛然而止。

他不敢试下去。他知道，如果他让别人消失是短暂的他杀，那他自己抱自己，很可能就是永久的自杀。他不能去冒这个险。这个险，他冒不起。

日月如梭，转眼间，王和规敛声静气的生活已经度过了四年。嘟嘟已经三岁，面如满月，眼似水晶，腿赛莲藕，牙如白玉。最喜人的是还像陈晓红一样伶牙俐齿。一家三口逛超市，她迈着小脚跑到速冻食品专柜前就喊："爸爸，快来买三全凌汤圆，味美香甜甜！"到了洗化专柜前，她抓起一瓶海飞丝就喊："没头屑，更自信！"稍微有些尴尬的是，她跑到卫生用品那里也喊："妈妈，快来买美舒宝啊。更柔，更爽，更安心！"惹得周围的人都看着她乐。

"你知道这是干什么用的？"王和规逗她。

"知道。是妈妈流血时用的。"她清泉般的眼睛看着王和规，"这是妈妈的创可贴。"

这眼神，这稚语，让王和规的心甜蜜得如同奶油。

"走累了。"嘟嘟伸出胳膊，"爸爸抱。"又做个鬼脸，把胳膊伸向妈妈，小嘴里嘟囔，"爸爸不能抱。我知道爸爸不能抱。"

王和规的心一阵酸涩。是的，他不能抱。她很小的时候，他偶尔抱过她。不过那也得是趁着陈晓红出差，他抱她一下，既可以表达表达自己对嘟嘟的深切疼爱，也可以给自己放一天假，好好地睡一晚，或者看看球赛。不过，自从嘟嘟懂事之后，他就不能再抱她了，最多只是用两只小腿卡住嘟嘟，稍稍逗她玩一会儿。让嘟嘟的时间莫名其妙地丢失一天，他觉得这有些像谋财害命。不，这确实就是谋财害命。不是有名人说过么？时间就是生命，就是人最大的财富。因此，有本领不用虽然偶然会让王和规技痒，不过他更不想承担滥用本领犯下的罪过。尤其是对自己亲人的罪过。

嘟嘟也曾经问过他为什么不抱自己，他和陈晓红异口同声的解释是：胳膊有毛病。

"爸爸谁都不抱的。"他对嘟嘟说。

"真没意思，"嘟嘟说，"爸爸真没意思。"

因为有空闲，也因为歉疚，王和规经常去幼儿园接送嘟嘟。幼儿园的亲子活动多半也是他代表参加。不过，这种事情也会潜伏着种种让他暴露特异功能的危险。一次，幼儿园里举行同乐会，其中一个节目是孩子们和家长搭伴，分组进行走路比赛，规则是孩子双臂环吊在家长的脖子上，家长不许抱。谁走的时间最长谁就算赢。结果王和规父女得了第一名。因为其他家长一看到孩子要掉下来就赶紧去抱，一抱就等于犯规。只有王和规硬着心肠，后背着双手，最后嘟嘟坚持不住，摔到了地上。

"爸爸，我们真棒！"嘟嘟一边掉泪，一边灿烂地笑着，冲着王和规竖起了大拇指。王和规鼻子一酸，差点儿落泪。

王和规常常暗暗期望着，但愿日子就这么平安地过下去。当然当然，若是将来有一天这个本领能够消失最好，如果不能消失，那么最起码也不要让自己再多一样什么荒唐的本领。

7

云朵如棉，碧草如毯。周末的世纪欢乐园人潮涌动，王和规一家也在其中。嘟嘟早就嚷嚷着要来这里玩，今天算是为她一偿夙愿。刚进园门口就巧遇了方卫星一家，他的女儿比嘟嘟大一岁，正好能耍在一块。两个小家伙当即就嘻哈了起来，孩子们有了伴，大人们也省心。于是两家就组成了游玩搭档：男人们带孩子玩过山车和"激流勇进"，女人们带孩子们坐木马和摩天轮。从过山车下来之后，王和规对陈晓红说："真是不懂怎么会有这么多的人都喜欢这种怪异的娱乐。"

"很多人对于自己不喜欢的娱乐都觉得是怪异的。"陈晓红说，"天知道以后的孩子们还会发明出什么怪异的娱乐，我们不服老是不行喽。"

园里的午餐看似丰盛，其实粗糙。啃了个鸡腿吃了碗面，两家人便坐到了一块相对偏僻的草坪上休息。男人和男人聊，女人和女人聊。孩子们不擅长聊，最擅长吃。看见别的孩子们手里拿着冰激凌，也嚷嚷着要。还要坚持亲自去买。于是各自从大人手里讨了零钱，朝隔着两条横街的冷饮店跑去。顷刻间便见两个各自举着一只蒙牛"火炬"往回走，走着走着，两人比赛起来，那个女孩子到底大了一岁，个子高些，腿也长些，跑得就快些，嘟嘟通红着小脸，在后面紧追。

"我要当第一！"她喊。

大人们笑着议论：现在这个社会，都要更快更高更强，都要争当第一，谁去垫底呢？没有人垫底，谁又能当第一呢？文明来文明去，教育来教育去，就是为了当第一么？……突然，四个人停止了说话——一辆小货车正从两个孩子背后驶来。没有鸣笛。孩子们听见了车声，回身去看，慌乱中撞在一起，摔倒了。

车没有减速。不容多想，王和规一个箭步冲出草坪，飞跑过去，将两个孩子揽在怀里，紧紧抱住，滚到一边。

那一刻，所有的目击者都目瞪口呆。不远处一个戴墨镜的男人抓录完这段画面，手里的DV都差点儿摔到地上。

必须解释。还必须得实话实说地解释。别人就罢了，面对方卫星夫妇，王和规知道这是自己必须要做的事。解释完了，他请方卫星夫妇为他保密，方卫星笑着拍了拍他的肩："我不会乱说的，但我可保不齐别人不乱说。"

"别人又不认识我。"

"这个世界并不大，想知道你是谁并不难。"方卫星意味深长地说。

果不其然，这件事迅速成了这个城市的民间头条新闻，传播的方式也是最古老的民间新闻传播方式：口口相传。人们给新闻的主角起了一个因地制宜的超长名字：世纪欢乐园那个人。

"听说世纪欢乐园那个人一把把两个孩子抱住，那两个孩子就没影儿了。"

"我的妈呀，怎么这么神哪。"

"可不是，看见的人可多了。我二姐是听她的小姑子说的，她小姑子的公公的弟弟在世纪欢乐园当清洁工呢，亲眼看见的……"

"那孩子们就这么没了？"

"敢情你还不知道后来的事儿？更神了！第二天那个时辰，俩孩子又都出现了！一根儿汗毛都不少！"

"我的妈呀，我的鸡皮疙瘩都起来了，你别说了……"

"说，快说，还有啥？我倒觉着挺好玩的……"

随便走在哪里，王和规都会听到这样的议论。每次听到他都会长嘘一口气，庆幸人们还不知道"世纪欢乐园那个人"就是自己。不过一个月之后，王和规就知道自己庆幸得太早了。方卫星说得不错，这个世界并不大，想要知道他是谁并不难。人民群众口口相传的方式不仅是路人传路人，熟人传熟人，还有路人传熟人，熟人传路人。如此交叉传播，用不了几个回合，"世纪欢乐园那个人"就指向了有名有姓有单位的王和规。

王和规重新忙碌了起来。先是有医学机构来找他，希望他能配合他们去做一个测试人体特异功能的化验，王和规拒绝了。接着省电视台有一个叫什么"探索"的边缘栏目又来找他，带了一堆小猫小狗，想让他当着镜头抱抱，王和规也拒绝了。但他显然无法拒绝那些津津乐道的嘴巴，也拒绝不了那些好奇的心。经常有人不厌其烦地把电话打到他的办公室，向他询问种种种种，后来即使他不再接电话，他的办公室电话也因为这些人此起彼伏的拨打而常常占线，以至于领导想和他谈个工作都难找到他人。最讨厌的是，还有很多人会找各种借口去看他，下班时会等在机关门口和他搭讪请他签名，这一切都严重地扰乱了单位正常的办公秩序。无奈之下，王和规只好像那些演艺界的大明星一样整天打车上班，出门就得戴上墨镜。

迫不得已，一天，主管领导找他谈了话。

"经过班子会研究，领导们一致认为，你的社会知名度这么高，在这里继续工作已经不合适了。"领导委婉地说，"组织上建议你提前内退，到更广阔的天地里发挥更大的作用。放心，你的一切福利待遇单位都会照常给你。你觉得呢？"

不久，王和规就打了一个病退报告。不再上班。

8

不上班了，干什么呢？出不了门，王和规只能整天待在家里，等着陈晓红下班，接嘟嘟回来，他负责炒菜做饭。当然家里也不是那么太平，两个女人都对他喋喋不休。陈晓红向他抱怨，说她单位的人也把她当稀罕看了，整天问她关于王和规特异功能的种种种种。嘟嘟更不好招架，她一回家就拧缠在王和规身上，非要王和规把自己抱消失一次。

"抱抱我吧，爸爸。"她朝王和规吧嗒着粉嘟嘟的小嘴，"没关系的，反正明天我不上学，反正明天我还会出现。求求你，爸爸，求求你，爸爸。这个游戏太好玩了，你早就应该让我知道。你就让我再玩一次吧。一次，就一次……"

很快，不少昔日的朋友也跑到家里来找他了。他的神奇功能又焕发了朋友们对他的怀念和热情。他们常常不请自到，叩响王和规的家门，和他聊天，请他吃饭。终究还是六根不净，王和规拉不下脸面拒绝，只好赏光。于是乎，朋友托朋友，一拖二，二拖四，四拖八，八拖十六，他的朋友反而比过去更多，更丰盛起来。当然当然，无论是多么好的朋友，多么欢乐的饭局，王和规都拿准了一条：既驳斥关于自己的传说纯粹是无稽之谈，更不当着人去做什么特异功能表演。他又不是供人戏耍的猴子，干吗要给他们逗乐呢？

然而，人在江湖，身不由己。这俗话自有俗道理。一次，一个朋友请他吃饭，告诉他：这个饭局也是蒙朋友所托，因为朋友的朋友想跟王和规合作生意。

"什么人？什么生意？"王和规很警惕，"我什么都不会。"

"一会儿你就知道了。"

不一会儿，主宾驾到。乃红口白牙一英俊小生，西装革履，甚是齐整。自报姓关名峰，是本市最大的洗浴中心"天上人间"的老板。四个凉菜上齐，三人举杯，关峰便直抒胸臆，说想请王和规到自己的洗浴中心做事。

"我什么都不会。"王和规重复道，"什么都不会。"

"你只要会伸开双臂就行。"关峰笑道。

"关先生，请别信谣言。谣言止于智者。"

关峰不语，只是打开随身的黑包，拿出一台DV，放了一段画面给王和规看。王和规沉默半天，苦笑："我这算本事么？到你那里能干什么呢？"

关峰关掉DV，端起酒杯，与王和规轻轻一碰，娓娓道来：他打算在洗浴中心新设一个"畅眠部"，服务的主题就是王和规的这项特异功能。他说我们这个城市大约有五百万人，你知道有多少人患有失眠症么？百分之三十，也就是一百多万。据统计，这些睡不着的人还都是些白领和白领之上的金领，也就是说都是些日子看着还挺滋润的人。为什么睡不着？原因多着呢，报上说精神紧张、兴奋、抑郁、恐惧、焦虑、烦闷、环境改变、噪音、光和空气污染、茶、咖啡这些因素都让他们睡不着。好好琢磨琢磨，这些人不是忙着提拔、赚钱、找情人，就是忙着买房子，换车，炒股票基金，或者就是算计人，再或者是怕人算计，整天累得跟孙子似的，还真的不好睡着。当然当然，也有研究学问和干革命工作的正经人，这就不用分得那么细了。反正不论黑猫白猫，只要想好好睡个觉的，那就都是他们的老鼠，是潜在顾客。因此王和规不仅有事干，而且是大有可为，创业前景和钱景都很乐观。洗浴中心有现成的客房，想睡觉的人只要投入王和规的怀抱就行了。至于报酬，他给得很优厚：五五开。

"对外的支出成本和安全保障都是我的，你是一本万利。"关峰说，"这个提成不低，当然如果你自己开公司单干可能会赚得更多，不过你要有心理准备，你会多费很多心。再说，你这个特异功能是摆不到台面上去独立营业的。工商、税务、物价、公安……别看你在卫生局待过，我敢断定，你哪个关口都过不去，哪只老虎都能吃了你。"

"这个……合法么？"

"我咨询了律师，合法不合法我不知道，"关峰说，"反正不犯法。只要不犯法就够了。"

"我得和我太太商量商量。"王和规说。

王和规没想到陈晓红的态度很明确："行。"

"你不怕以后再有什么是非……"

"什么是非？"

"我不知道。"

"那就别想那么多。反正你在家闲着也是闲着，不如干脆把你这个本领废物利用起来。关峰既然这么请你，那肯定是有市场。你既满足了一些人的需求，也可以挣些钱，还省得无聊。"

一周后，王和规到洗浴中心上了班。关峰已经把他的名片印好了，白底绿字方正舒体，内容是：

令您安睡，保您畅眠
天上人间洗浴中心畅眠部经理
王　和　规

"安睡，畅眠……"王和规念叨着，"干脆说成'保您安眠'不就行了？"

"那不行。"关峰斩钉截铁地摇头，"我研究过了，安眠这两个字会让人想起安息，像是咒人死似的，不吉利。对了，背面还有几句话，你看看。"

王和规把名片翻过来，四行黑体隶书赫然入目：

身体魔术师　人体新奇迹
不抱不知道　世界真奇妙

和所有的上班族一样，王和规的工作时间是朝九晚五。没有专用的工作室，每间客房都是他的工作室。服务生和客人谈妥之后，王和规就会和客人来到房间里张开双臂，将客人拥抱消失睡去。第二天同一时刻，客人就会在这个房间里醒来。想回家的人就回家，那些不想回家想要继续消失的，就在这里等待王和规的再次拥抱。王和规的价码是抱一次一百元。当然当然，如果有客人想在自己指定的地点消失的话，王和规也提供上门服务，价格也会更优惠一些：每次五十元。

　　生意不错。自从在这里上了班王和规才晓得自己名片上的广告词写得真是好，果真是不抱不知道，世界真奇妙。居然有这么多人都想要被他的怀抱拥抱。而这么多人里，单纯是因为好玩而想被拥抱的人很少，大多数都别有所图：有个女孩因为失恋想要被拥抱，因为抛弃她的男人明天就要和另一个女孩子结婚了，她怕自己忍不住会去杀那个负心人。有一个女人是夫妻长期两地分居，感情不好，丈夫要探家回来，她身为妻子不想尽床上的义务，也要求消失两天。有一个胡子拉碴的中年男人因为赌博欠下了巨额赌债，被债主追得无处可逃，一下子交了一千块钱，要求在王和规的怀抱里消失十天。还有一个神情古板身材削瘦的中年女人以减肥为由在王和规的怀抱里连续消失了五次，最后一次醒来的时候，她连穿衣服的力气都没有了。服务生帮她穿戴齐整后，她还口口声声地要求王和规再来抱她，王和规斩钉截铁地拒绝了，说再抱就会抱出人命。后来陈晓红拐弯抹角地打探了出来：这个女人是个老处女，来这里只是想被男人名正言顺地抱一抱。

　　"看看，看看，你的作用有多大。"第一个月发薪后，陈晓红一边数钱一边夸着丈夫，"要说，你这也是为人民服务。"

偶有空闲，王和规在点钞的同时也会饶有兴味地翻翻顾客意见簿上的留言，这些留言形形色色，洋洋大观：

之一：在被王老师拥抱住的一瞬间，我感觉自己仿佛是飘荡在天际，五彩祥云冉冉升起，周遭一片模糊，有明亮的光在远方闪耀，微风习习，我溶化在空气中，灵魂变成了一道青烟，没有痛苦也没有忧愁，如同到了仙境……

之二：王经理，你怀抱真好，真OK！真神奇！我一定会再来的，永远支持你！耶！

之三：这个怀抱让我懂得：我可以在刹那间失去一切，也可以在刹那间重新拥有。

之四：投入王老师怀抱之后我就浑浑噩噩，失去了记忆。以后我不会把钱再花在这上面了。费财费力，只能躲避而解决不了根本问题，毫无意义。王老师，奉劝你赶快关门，别骗人了哈。

之五：虽然感觉一般，但总算体验了一把，不枉不枉，呵呵呵呵。

之六：价格太高啦，要知道有办法的人谁来这里避难呢？能不能再便宜一些？可以实行周卡、月卡或者年卡制，最起码也得给二次消费的顾客打个八折。

之七：建议王老师可去肿瘤医院当义工，或者主动到国家科研部门提供实体研究样本，以便这种特异功能可以通过体制的渠道应用到更广泛更重要的用途中去，为更多的人民群众做出更大的贡献。

之八：王经理，你在工作之前请一定不要忘了洗澡。昨天你抱我的时候，腋窝那里有汗馊味儿，真呛鼻……

9

眼睁睁看着王和规日进斗金，最眼红的是洗浴中心的小会计，没事的时候，小会计就会来找王和规聊天，一边聊一边学着王和规的样子练习拥抱。当然练了无数次他也还是抱山是山，抱水是水。他总是一遍遍地询问王和规拥有这种能力的过程，王和规总是一遍遍地重述说自己不知道，真的不知道。

"真羡慕你。"小会计由衷地感叹。

"说实话，我真希望这种能力赶快消失。"王和规说。

小会计做了个不置可否的表情，王和规从他的表情里读出了两个字：矫情。

"其实你不是羡慕我，你是羡慕人民币。"王和规道，"听说你新买了个房子，是不是手头紧？要不要我借你点儿？"

"不用。"小会计腼腆地笑了笑，"君子爱财，取之有道。"

这样的好光景过了不到半年，王和规就觉得日子越来越复杂了。因为要求他提供上门服务的人越来越多。而很多人之所以找他，不是为了让他来拥抱自己，而是为了让他去拥抱别人。当然，也有少数的当事者让王和规倍感同情，甚至都想以身试法来帮助他们：屡屡被丈夫施暴的家庭妇女，经常被女上司性骚扰的男职员或者被男上司骚扰的女职员，被父母逼着练琴的孩子……这些人劝一劝，就都悬崖勒马了。然而，有许多客户既不能让他同情，立场还都很顽固：某场诉讼即将开庭，理亏的一方想让另一方在开庭当天被王和规拥抱。某次足球赛事即将开战，甲队的老板想让乙队的主力被王和规拥抱。某个鞋店的老板，想让马路对面的另一家鞋店老板在黄金周被王和规拥抱七次。某个村委会马上要进行换届选举，此候选人想让彼候选人被王和规拥抱十次。情人节来临，某个老板的正房太太想让他的外室被王和规拥抱一下下。同样的理由，外室也来找王和规，想让正室被王和规拥抱一下下。

"当然当然，最好能抱多少次就抱多少次，"这些人异口同声地说，"我们不怕花钱。"

王和规冷笑。他当然明白这些人的意思。说好听些，这些人是希望他能对那些眼中钉肉中刺实施一种文明一些的绑架。说不好听些，这些人是希望他能对那些眼中钉肉中刺实施兵不血刃的谋杀。王和规从没有发现：这世界上的仇恨是这么多，绝望是这么多，想死又没有勇气死的人是这么多，不想死却又在被别人惦记害死的人也是这么多。

无论是什么样的状况，让王和规足以欣慰的是：他从没有接过一单这样的生意。他拒绝的理由很简单："按照我们的规定，在我提供拥抱服务之前，都需要征得被拥抱的当事人的同意。您能让被拥抱的当事人亲自表示同意么？如果您不能。那么，很抱歉，我也不能。"如果对方纠缠不已，他就微微一笑，道："不是我不想帮您。我只是不能按您的方式帮您。您想，就目前范围内，具有这种拥抱能力的人只有我一个。我如果按您的想法去做事的话，不就把我给暴露了么？把我暴露了，对您又有什么好处呢？我之所以有这样一项出格的本领而没有被抓进监狱，就是因为我是一个不犯法的公民。请您体谅我这个基本的愿望吧。体谅我，也就是体谅您自己。也就是说，我帮您的最佳方式，就是不帮您。"

他言辞恳切，神情真挚，自己都把自己感动了，让他困惑的

54

是：他却很难感动那些人。他们不是满脸愤怒拂袖而去，就是嘲讽他："没想到你还挺高尚的。"要么就继续往高处给他开价。

而最让王和规委屈的，是越来越多的人开始找他的麻烦：猫狗失踪了还都是小事，孩子失踪了，朋友失踪了，老公失踪了，恋人失踪了，领导失踪了，仇人失踪了，犯人失踪了……什么人失踪了都会有人来这里找。有一次，一个失去理性的家长把洗浴中心的玻璃都给砸了，第二天，却在网吧里找到了他的儿子，小家伙在那里打了通宵的网络游戏。还有一次，几个民工来这里找他们的工头。他们扯住王和规的胳膊，一把鼻涕一把泪地诉苦，说他们已经快一年都没有领到薪水了，每天吃的都是馒头配咸菜，家里老人看病等着用钱，孩子上学等着用钱，老婆买盐等着用钱……王和规一边听他们诉说一边叹气，最后道："以我的经验，他们那种人是不会来我这里躲账的。就是死在女人身上他们也不会耽误及时行乐，他们不舍得在我这里浪费他们花天酒地的时光。"

王和规陷入了新的恐惧。每天都是未知的人，未知的事，未知的忧愁、烦恼和痛苦。他张开怀抱的瞬间，总会有隐隐的惊惶：他即将拥抱的这些人究竟在想什么？他们究竟为什么要投入他的怀抱？他们为什么睡不着？他们为什么愿意在这个世界上短暂消失？人们在他的怀抱里将肉身化成了一缕空气，那缕肉身化成的空气究竟和别的空气有何不同？……胡思乱想中，他就有些恍惚。

"我想，还是不做了吧。"工作一周年那天，王和规对陈晓红说，"我越做越觉得累了。"

"你知道你这一年挣了多少？"陈晓红道，"四十八万。到哪儿找这么好的挣钱门路啊。"她又娇媚地斜睨王和规一眼，"尤其是，你既可以挣钱，还可以名正言顺地抱其他女人，美死了。"

"是啊，是美。抱到怀里的都是衣裳。"王和规苦笑，"你要是再说风凉话，我就抱你。"

陈晓红伸了伸舌头，爱惜地抚着王和规的胸："这个消失源是我们的聚宝盆，它的魔力千万不要消失才好。"看着王和规的脸，她的声音无比体贴无比柔软，"我知道你累，不过还是委屈委屈，再干几年吧。等到挣够了孩子出国留学和我们养老的钱，你就好好地休息休息。你得为我和嘟嘟负责啊，嗯？好了好了，明天中午我们去一分利海鲜城吃海鲜，好好犒劳犒劳你。"

但是，第二天中午，他们没有去吃海鲜。

陈晓红和嘟嘟一起被绑架了。

"一百万。"那个乌云一般阴沉的声音在电话里说，"不许报警。"

10

王和规报了警。警方要他和绑匪谈判，他就和绑匪谈判。绑匪答应把价格落在八十万，王和规就筹够了八十万。绑匪要求王和规把钱放在市立公墓第48号墓碑后面，王和规就放在第48号墓碑后面。绑匪又要求王和规把钱放在新华大道和苹果园路交叉口的垃圾箱里，王和规就又放在了那个垃圾箱里……

三天之后，警方胜利地破获了此案，王和规的八十万也胜利回归。唯一不胜利的是：绑匪撕了票。

主谋是小会计。

反正都是绑架，反正抓住了都是枪毙，不如干脆做得利落点儿。沉默无声的钞票最有用，活蹦乱跳的人最闹心。这就是他们的逻辑。所以他们要做得彻底，再彻底。

确实彻底。

医院里的太平间内，王和规轮番抱着她们。这两个人，是他生命里最亲密的人。她们静静地躺着，让他心碎地，静静地躺着。

王和规伸出臂膀，弯下腰去。他抱住了她们，他希望她们能在他的怀抱里消失。他要让她们的尸体变成一种假象。

但是，没有。一直没有。她们就那么执拗地躺在那里，不肯消失。

葬礼完毕的当天，王和规捧着一个骨灰盒回到了家。他执意把嘟嘟的骨灰盒和妻子的掺和到了一起，说这样嘟嘟就不会害怕了。

到了家门口他才发现：已经有很多人在那里候着了。每张脸都似曾相识，但是他想不起他们的名字和来由。这些人都是来安慰他的。所有人的嘴巴都在动，劝他节哀顺变，都说死了的人就让她们安息，活着的人还要活着。还有一些话这些人都含在嘴里没有说：像王和规这样有如此特别专长的人，艺不压身，钱无止境，不仅会活下去，还会活得很好呢。

王和规让大家走，说自己想一个人待着。大家都不肯走。王和规无力再和他们纠缠，打开了门，任由他们进来，任由他们给他端茶倒水，脱鞋更衣。还有做医生的朋友细心地摸了摸王和规的额头，诊断说他因为悲伤过度身体虚弱，已经有了感冒的迹象。他找出小药箱，在里面搜罗出了一些药片。

"哎哟，你这儿还有进口药呢。这个'埃梅'不错，"他对王和规说，"就吃这个吧，应该见效很快的。"

王和规闭着眼睛，不吃药，也不说话。始终不说话。不说话也正常，你让他说什么好呢？只要不大喊大叫地失控就好，说明他还在正常的理智范围之内。人们会意地陪着他静默了一会儿，才开始断断续续地彼此聊天。氛围渐渐没有那么沉重了，有人打开了电视，有人端起了水杯，有人拿起了一片"埃梅"端详了端详，放进了嘴里："这药不错是吧？我这两天也正感冒，也尝片这进口药。"

不知过了多久，终于只剩下王和规一个人了。真好。王和规睁开眼睛，一眼又一眼地看着骨灰盒上陈晓红和嘟嘟的照片，她们一起朝他微笑着。她们笑得如此生动，应该还没有走太远吧？应该还在等他吧？

王和规也不由得笑了。现在，她们都不用他来负责了。他需要负责的，只有自己。

王和规慢慢地，慢慢地，伸开双臂，紧紧地，紧紧地拥抱向了自己。当然当然，他很清楚这次拥抱之后他可能还得回到这个世界，不过没关系，他有的是时间，他可以一次次地免费地拥抱自己，直到拥抱至死。

轮　椅

1

已经做好了一切准备。晏琪终于听到了敲门声。看看表，还差五分钟两点。家政公司还是很准时的。

晏琪打开门。

"是晏小姐要的钟点工吗？"女人彬彬有礼。

"是。"晏琪点点头，"请进。"

女人走进来。

"你就是晏小姐？"

"不像？"

女人笑了笑。一看就是个很利朗的女人。四十岁左右的样子。其实脸盘还可以，煞有介事的卷发显得她老了些。真是奇怪，卷发本来是让女人更妩媚的，搁在一些女人头上不知怎的就衬得她们更规整，更无趣。她穿着一件土黄色的圆领毛衫，外面罩着一件暗红色的坎肩。下面是一条牛仔裤。转眼间，她已经从包里掏出围裙和袖套武装完毕。

"需要我做什么？"她训练有素地说。

"是这样。"晏琪看着她，"我想出门，您推着我上街买点儿东西就可以了。"

女人怔了怔:"电话里只说做家务,没说上街。"

"也没说不上街啊。上街也是家务的一种。难道叫街务不成?"晏琪说。也许认识到了晏琪比自己更有理,女人一边收拾起行头,一边嘟囔说怎么也不先打声招呼。晏琪笑笑。这女人还挺较真儿的。可怎么论得过她呢?她是干什么吃的?

钟点工上下打量了一下晏琪:"要不,你列个单子,我去一趟不就行了?"

她嫌她麻烦。晏琪收起笑脸,"我要买的东西必须得自己试,还想透透气。你替得了么?"她缓下口气,"我给你的报酬不会低于每小时十二,如果必要还可以加资。"钟点工的行情她了解,一般每小时十元。

女人更是缓下来,说自己也是好心,觉得她行动不方便,能省些力气就省一些。到外面挺遭罪的。晏琪待听不听地任她解释着,戴上墨镜,围上丝巾,披了披腿上的毛毯,"我们走吧"。

出了门,上了电梯,没有一个邻居。真不错。在大门口,往日熟识的保安惊异地看着她们。走过保安的视线,她迅速地把墨镜和丝巾摘下来。年轻女人、轮椅、墨镜、丝巾,这些元素凑在一起太招摇了。要不是怕人认出来,她才不会这么搞笑。

晏琪是《安城日报》的社会部编辑,兼记者。记者不一定是编辑,编辑往往兼着记者,这是业内不成文的规矩。兼虽是兼,总有主的一面。她的主要工作是编。一周两个版面:社会经纬,人生方圆。各路的稿子交上来,编下去,评报栏上的差错率公布明白,扣扣工资,发发奖金,撑不着也饿不死。无非如此。去年报社和一个房地产公司勾搭了半年,低价在这个小区买了一批房子解决给员工,晏琪赶上了,运气还不错。房子一交工,她几乎是迫不及待地从父母那里搬了出来，开始过自己的清净日子。毕业八年，有过一些感情经历，被她认为算得上正式的，是五段。其他的几次与其说是感情经历，不如说是身体经历。夹杂在这五段的空白地带，做些点缀，不作数的。五段作数的里面，有三次墙内的，两次墙外的。频率不快也不慢，正合适。最近又有一桩作数的在隐约展开。如果进展顺利，结婚也行。如果出现意外就继续单身下去。"保持未婚身份。"她常常如此对人自我调侃。这话说得好啊。一种需要保持的身份显然是让主体觉得骄傲的、珍贵的身份，她以此让人知道，三十岁并没有给她带来什么压力，她仍然很自信。"付中等体力，过上等生活，享下等情欲"，李碧华的这些标准因地制宜落实到了生活在安城的她，基本不算太为走样。总而言之，一切还都行。

两周前发生了一件事，倒是她从没碰到过的，如果要算命的说，该是有此一劫，好在是小劫——上班间隙，她借同事的自行车去买水果，在路上被一辆摩托车给擦了一下。他们是同向，她围巾的流苏很长，要不然他是不会带到她的。事后，他这么说。但无论如何，她倒地负伤，腿被擦伤了。受伤就是弱势，弱势就是理由。——他们的报纸就常常运用这样的逻辑。她的两只膝盖下面都立马红肿起来，很争气。同事赶来，和肇事者一起把她送到医院做了检查，上了药水，开了药，那人付了医药费，留了联系方式。两下里走开，她理直气壮地给主任请假，休息了一周，也就好了。但她不想上班，便续假。

"很严重嘛。我去看看你。"主任说。

"不用不用。再休一周肯定好。"晏琪说着不由得笑起来，一派心虚。都是老江湖，主任自然清楚端倪，但也没有轻易放过她，给了她一项任务。说助残日不是快到了吗？报社搞了一项专题活动，叫"一米高度看安城"，有大约十名记者参加。要求他们调查一下残障人士的社会生活状况和无障碍设施的配备使用状况，前提是所有参与者必须全程坐着轮椅。目前的晏琪参加这项活动具备天然条件，没有理由拒绝。

这不叫调查，叫体验，有点儿新意。晏琪一听就来了兴致。她问轮椅从哪里搞？主任说残联已经给他们借好了，全在报社放着，她的可以给送到家。如果有必要，还可以派一个同事负责推她上街。晏琪笑死了。无论哪个同事来推，他们都会兴高采烈。一兴高采烈就假了，就不敬业了。她说她要雇钟点工，主任说只要她写出好稿子来，钟点工的费用他负责报销。

下周一交稿。今天是周六。

这是一辆深蓝色轮椅，推起来很轻快，质地相当好，叫鱼跃牌。鱼跃，这名字充满了暗示。起这个名字的人真是天才，晏琪想。因为宽大，轮椅坐起来很舒适。扶手很低，靠背也很低，总之上身和上肢的活动余地很敞。晏琪喜欢这样。它的主人一定是个高大的男人，或许也是个壮硕的女人。但就晏琪固执的直觉，她更愿意肯定是个男人。

她又披披腿上的毛毯。之所以在腿上盖一张小毛毯，一是为了装得更像，二是为了遮住腿上的绳子。为了避免情急之下站起来露馅，她找了一根绳子，把双腿和轮椅脚架上的支柱绑在了一起。小毛毯是深红色的，例假来的时候，她常常铺在身下，用来防止渗漏。毛毯的深红和轮椅的深蓝配在一起，很是温暖和谐。找衣服她也费了一番工夫。太鲜艳了，和残疾人的身份不太相符似的；太沉重了，也不对。最后她挑了一身银灰色的运动套装，又休闲又宽松，不带立场，很中性。鞋子原本打算是运动鞋，可运动鞋运动装一身，和她拟订的身份相比，有些反讽，也有些夸张。高跟鞋当然是想都不敢想。布鞋容易露出她圆润丰满的脚踝，是鲜明的破绽。最后，她穿了一双浅蓝色的高沿儿镂花软革单靴，这双靴是小坡跟儿的，脚感舒服，最重要的是隐蔽功能绝佳。

她要把活儿做细。

做好这一切之后，她开始摇动轮椅，从这个房间摇到那个房间，等候着钟点工的来临。她发现，坐在轮椅上看自己的房间，已经有些不同了。房间高了，天花板远了。柜子很苗条，桌子却宽了。窗台上的灰尘看不见，门框比以往窄。去卫生间洗手的时候，她抻长了手臂，很吃力才取到洗手液。在镜子里，她看见自己因为努力而稍显稚气的脸，不由得笑起来。她努力做出深沉和痛苦的表情，可没用。她看见自己发亮的眼睛，仿佛婴儿坐在婴儿车里，要去外面看新鲜无比的世界。

她冲自己做个鬼脸，为自己的不入戏感到沮丧。直到钟点工进来，她才发现自己的状态开始逐步对路。

还好。

2

走了一段路，她就发现雇个钟点工太英明了。她让晏琪叫她陈姐，说她的顾客都这么叫她。陈姐的话很多，但表情很严肃。晏琪本来有些恐惧她问自己太多腿的问题，后来才发现这种担心是多余的。她根本不注意晏琪的反应，仿佛说话只是她自娱自乐的一种方式。她说米价又涨了，要是吃不起米，就只能喝米汤，开始喝稠的，实在不行就喝稀的。她说昨天有人从万方立交桥上往下跳，刚好跳到一辆大卡车的车斗里。她说金水河边每天都有一个老头在那里猜谜，听说他已经记了一万两千多条谜语了。她说的，晏琪也不想搭茬。她的版面上整天都是这些东西。主编要求每个编辑在编版的时候，都要在各自版尾的编辑名栏里跟一句常用总结语，这总结语得既有个性又能对版面的风格有所涵盖，晏琪的总结语是："这就是生活吗？这就是生活啊。"很多人都说她这句精彩，主任也夸说这句好像特别懂生活。

"什么叫好像？本来就是懂生活！"她呛他。

"不懂的人都爱这么说。"主任呵呵。

轮椅拐上了梅街。这是去年市政建设的最新成果，两边都是银行和证券公司，人称"财富大道"。财富大道果然气派，就连人行道都修得又宽又平，还嵌满了条状的绿化带，处处都比得过老城区的街心公园。遗憾的是陈姐的步子太快了些，像飞一样。晏琪得努力撑着扶手，上身微微前倾，才能保持住平衡。

"你急什么？"晏琪开她玩笑，"你越快不是越少挣钱么？"

陈姐慢下来："我以为你们都是想早回家的。"

你们？还有谁？她以前也推过别的人么？像自己一样，坐着轮椅的人？残疾人？他们怀着自卑和难堪来到街上，又怀着更大的自卑和难堪回去？所以，他们要她快？而自己之所以想要保持欣赏风景的节奏，是不是因为可以随时从轮椅上跳下来，直直地站到地面上？换句话说，她其实只是在以健全人的心情来享受着对残疾人的服务，坐着说话腿不疼？

又走了一段，陈姐碰上了熟人，停下来和那人说了几句，那人上下打量着晏琪，陈姐马上说是自己的亲戚，帮个忙。晏琪朝那女人点点头。女人道："还挺漂亮的。"晏琪失笑，什么叫还挺漂亮？难道坐在轮椅上就不能这么漂亮？或者，她的意思是说，这么漂亮坐着轮椅有点儿可惜？

重新开步，陈姐有点儿抱歉地对晏琪解释说，她早就下岗了，但不想让人知道她干钟点工，所以很少接外面的活，一般只在顾客家里干。她对亲友们都说自己有固定工作。

晏琪不语。一个钟点工也有自己的虚荣，都挺不容易的。是的。是这样。

"五点半，我还有一个主顾。"许久，陈姐说，"我每天那时候赶去给他们做晚饭。"

"不会耽误你的。"晏琪说。

慢下来就可以欣赏街景。街景也因为轮椅的角度而有些异样起来。晏琪首先注意到的是垃圾筒，也许是和她的视线在同一水平的缘故，显得比平时粗，壮，且多，一个，又一个。树当然也得变高，这是初夏，前一段时间又刚刚下过雨，树上全是清新的绿。安城的主要绿化树木是柳树和法国梧桐。老街的是法国梧桐，新街的是柳树。柳树枝越长越长，是需要定期修剪的，不然就会扫中行人的眼睛和衣服，尤其是骑自行车的人。晏琪的眼睛就被扫过。她还以普通市民的名义在报上给城建部门提出了意见，认为他们行政消极。可是，这会儿，长长的柳枝看起来漂亮极了。她伸出手，有好几条都能抚住。树干看起来也比平时亲切许多，因为手能摸到。——不会移动的物什此刻都显得很亲切。

这些变化的趋向只有一个：往日许多游刃有余的东西，现在她开始无能为力。晏琪有些忧伤。

也有越来越不亲切的，那就是走路的人们。他们比平时都有些健壮魁梧，她要仰视才能看到他们的脸。可他们没人看她。不，也有，很多。几乎人人都看了她。但却不是正常的那种看。他们的看是敷衍了事的，是因为怪而被动地看。似乎是让眼睛碰到了不舒服的光，如电焊的焊花，不能不晃一眼。却是晃一眼也就足够了。仿佛她的存在强迫了他们什么。她强迫了他们什么呢？而且，路过她身边——确切地说是椅边的时候，他们都会很自然地和她拉开一段明显的距离。这距离让她刺眼。他们怕沾染她，他们在躲避她。这绝不是因为陌生，她清楚地看到他们和别的路人挨挤而过，亲亲密密。

她的残疾不会传播人群，也不会污染空气，但显然已经证明了她的病。这不是一般的含蓄的病，是每双眼睛都能够看到的闹出体外的病。于是，在他们眼里，她还是被分了类，还是和别的路人不一样。她身体的一部分出现了重大的残缺。这残缺是如此显著，它昭示出的危机和险境让他们产生出一种几乎是出自生理本能的疏远，推挡，和排斥。——几乎是一瞬间，晏琪就明白了这些。她知道，换了自己，也是一样。如果迎面过来两个人，一个正常，一个非正常。正常在左，非正常在右，那毫无疑问，她会选择和左边的人擦肩。

她忽然记起，她曾经坐过一次轮椅的。二十年前。

3

那时候，他们全家住在一栋很旧的单元楼里，是爸爸单位建国后盖的第一批家属楼，想想有多旧。但那时有房子住也就很好了。他们住在五楼。三室一厅。一天，她和姐姐放学回家，发现凭空多出了两个人。一男一女。妈妈让她们叫姑姑和姑父。后来她们搞清楚是爸爸的远房堂妹，来这里看病。看的是腿。不知怎的，姑父的腿，突然就没力气走路了。他们跑遍了小县城，才借到一个轮椅。姑姑一路推着他，上汽车，下汽车，上火车，下火车，来到安城。

妈妈安排他们住在客房里。所谓的客房其实是晏琪的房间，铺着一张一米三宽的木床，有客人来了就住那里。客人走了还是晏琪的。那间房的门锁是坏的。

没有电梯，上上下下的，得一堆人帮忙抬。大家抬得吭吭哧哧，坐在轮椅里的姑父看起来很平静。他的平静让晏琪厌恶：怎么可以这样平静呢？他应该羞愧才是。何况还占了她的房间。她还厌恶邻居们的热情。见了她和姐姐，谁多多少少都要问几句的：你们什么人？什么病？怎么得的？有没有希望治好？得花很多钱吧？她总觉得他们的热情里有一种不怀好意的瞧稀罕。可她不能对邻居们表露出她的厌恶：姑父那笨重的身躯上上下下，都得麻烦人家帮忙。父母都跟着赔上歉意和笑脸。总之，有他们在，他们全家都陷入了一种奇怪的氛围。他们都得装。父亲装豪爽，母亲装贤淑，父母之间装恩爱，她和姐姐装好孩子。他们全家对这两个人装体贴，邻居因为他们的家的关系对他们两个再装照顾。

还有吃饭。六个人的圆餐桌，本来刚好够，姑父坐着轮椅，占了一个半人的位置，大家就都窄怯了。于是晏琪和姐姐就都有了借口，她们俩躲在房间里吃。直到最后一顿饭，稍微丰盛了一些，到底是小孩子，禁不住馋，她们和姑姑姑父同桌吃了唯一一次饭。晏琪绝不挨着姑父坐。她觉得他身上的气息是她绝对不能忍受的。于是，那天，餐桌上的格局是这样的：姑父左边是姑姑，右边是父亲。父亲右边是母亲，母亲右边是她。她的右边是姐姐。她和姑父恰好遥遥相对。

一个坐轮椅的残疾人，染得她的世界似乎都残疾起来了。

但她不厌恶那轮椅。那是一辆很普通的黑色轮椅，大大小小两对轮子，小轮子转起来大轮子跑，一看就是个不同寻常的玩具。她相信一班同学都没玩过这个。一天晚上，姑姑和姑父早早睡了，她去房间里取新作业本，路过轮椅，摸了一下靠背，忍不住，轻轻地在上面坐了一下。轮椅微微地动了动，她吓了一跳，捂住嘴笑起来。

早上上学的路上，她把这件事炫耀着对姐姐讲了。姐姐不过比她大两岁，也嚷嚷着要坐。于是夜深之后，她们像两只小耗子一样蹑手蹑脚地起了床，她偷偷地把轮椅拉到客厅里，借着夜的青光，你坐一次，我坐一次。如两个小小的鬼魅。又一次轮到她的时候，她没控制好，撞到了餐桌，把桌上的花瓶打碎了。三个大人闻声出来。父母斥责，她们哭泣。姑姑劝阻着，最后也哭了。房间里传出姑父不安的咳嗽声。她忽然明白，姑父从来就没有平静过。平静是他的一件衣裳。没有这件衣裳，他会更冷的。

过了一天，母亲和父亲大吵了一顿。因为衬衣的事。那是一件崭新的白衬衣，母亲的单位发的福利，母亲自己舍不得要，按父亲的号报了一件。父亲刚刚穿了一天，就恶狠狠地脏了一块。晏琪知道，是早上就已经脏了。抬姑父下楼的时候，蹭上去的楼道角的黑灰。母亲当时就看见的。晏琪怀疑他们早就在暗地里吵过了，这次光明正大地摆到了桌面上。所有的人都知道为什么。所有的人都心照不宣。又过了一天，姑姑和姑父从医院回来，吃晚饭的时候，姑姑漫不经心地告诉他们，等这个医院的诊断结果出来，他们就要走了。多年之后，晏琪仍记得姑姑说这些话的平静语气，一如姑父坐在轮椅上的平静神情。这提早的预告让他们有了确切的盼头。躁气渐渐地平和下来。过了几天，姑姑和姑父真的走了。走之前，姑姑买了一些糕点，用黄草纸包的那种，打着十字结，上面衬着一张喜气盈盈的红纸。姑姑挨家都送到了，那些帮忙抬过轮椅的。晏琪领着她去。送到最后，晏琪莫名其妙地难过起来。他们走是她早就盼望的事。可真走了，又不是她想象中的样子。

姑父和姑姑住了大约一共有十天。一个医院一个医院地挂号，就诊，检查，拍片，取片，等结论，几个医院跑下来，是需要这么多时间的。他们走了之后，全家如释重负。爸爸妈妈当然不吵了。安慰似的带她和姐姐上公园，还去照相馆照了一张全家照。妈妈做了最拿手的清蒸鱼。姑姑和姑父待这么几天，妈妈没有买过一条鱼。

晏琪大学毕业那年，父母旅游途中顺便拐到学校去接她。回来的时候，他们路过姑姑的小城，到他们家看了看。他们自然很热情。姑姑在厨房洗刚买来的葡萄，姑父灵活地在他们的平房小院里摇动着他的轮椅，一盘一盘地给他们递过去。他的脸上焕发着熠熠神采。

午饭是在离姑姑家不远的饭店里。肯定是他们能奉献的最丰盛的美味了。饭桌上，姑父大方地回忆起他们在安城的日子，从从容容地给父亲敬酒，对他们全家表示了隆重的感谢和欢迎。母亲和姑姑耳朵贴着耳朵，私私密密地说着家长里短。晏琪早早吃完，百无聊赖地坐在饭店的大堂里。门外槐树的阴影打在巨大的玻璃窗上，又一寸一寸短去，变得微小，再微小。晏琪转过头，不再看。一切都是真的，可也还是那么假。谁喜欢阴影呢？那是彼此的耻辱和黯淡。能避开的为什么不避开？能忘却的为什么不忘却？

4

晏琪选定的第一个地点是好又多超市。这是一家中型超市，在一个比较背的巷口。她以前曾经路过，没有进去买过东西。她不想到熟悉的地方去冒被认出的危险。她想要的就是这种：一看到她，他们就觉得她坐在轮椅上已经很久了。她和轮椅已经天然一体。

她要陈姐等在门口。有个人帮着取东西付账，此行还有什么意思？

货架之间的通道还是很宽的。她慢慢地摇进去。前两道货架都是日用百货。她一眼就看到了袜子。今年流行彩妆，袜子的颜色也很艳。粉紫淡朱，怡然悦目。她走到一个品牌专柜前，想取一双天鹅绒的长筒袜来看看，伸伸手，够不着。

她要的就是这够不着。

手怔在半空，她忽然想起，以往她是不用说话的，在哪里一站都有人主动询问：小姐您需要什么？小姐我可以帮助您吗？小姐这是今年最新款的……现在，那些服务员都在忙着打发别人，那些健康的，双腿修长的女人。她坐在这里，就没人看到她么？高度一米，就这么不容易被人发现么？还是觉得，一个坐轮椅的女人选用长筒袜的可能性就是这么不值一理的，小？

"小姐。"她叫。

一个服务员走过来。

"请给我取这个袜子。"

"是要给别人带吗？"服务员说，"最好是请本人来看。长筒袜是需要试的。"

"我就是本人。"晏琪的语气有点儿挑衅。

女孩子看看晏琪，上上下下。——主要是下。宽容地取下来，递给她。晏琪拿在手里，索然无味地看了一眼，又递回去。

食品区。她看见了"牵手"橙汁，是含果肉的那种，看起来很有厚度。曾经的恋爱史里，她用情最深的一个男子，最喜欢喝的就是这个牌子的橙汁。

橙汁在最底层的一格。她尝试着往下弯腰，尽最大努力也没有碰到。环顾四周，有一个服务员正在货架那端，远远地看着她。年龄比刚才那个女孩子大一些。

"请帮忙。"她说。

服务员慢吞吞地走过来："你要吗？"

"我想看看。"

"就在那儿放着。看呗。"

晏琪愤怒了。她当然要愤怒，"我想拿在手里看看。"

"到时候你带着果汁怎么摇回去啊？"

"我可以喝掉再回去。"晏琪答复的速度极其快。

"上厕所很不方便的。"

"那是我的事。"晏琪说，"我也可以不买。但我有权利拿在手里看看。"

两个人互相盯着。晏琪觉得眼睛里都快冒火了："我要投诉你们超市。"

"那我可要吓死了。"服务员冷笑。她慢慢弯下腰，仿佛弯腰是世界上最郑重的事。然后她把果汁递给晏琪，完全是大人不计小人过的做派。

"脾气太烈对身体是没好处的。"她又说。转身离开了。

晏琪拿着那瓶果汁，气得发抖。她不会买的。她实现了她的目的：拿在手里看看。同时她还收获了携带不便上厕所不便发脾气对身体不好等诸多提醒。她真没想到会遇上这么鲜明的轻视：轻视她的尊严，她的需要，她的骄傲。她真想站起来，走到那个服务员面前，拿着橙汁摔到她的脸上。

这幻想的情形让她笑了。她的笑容被服务员看在眼里。——她一直都在盯着晏琪。她马上也露出一个笑容。晏琪读懂了她笑里的两个字：有病。

正如无法把橙汁取出一样，晏琪也知道自己无法把橙汁放回原位。她把手靠近地面，咚的一声丢了下去。

摇出超市，陈姐不知到哪里去了。晏琪一个人待在廊上。廊下是台阶，虽然台阶中间有斜面，可她还是想等等陈姐。她怕控制得不好。如果是失手就太丢脸了。

一个男人也从超市里走出来。高大的身材有些佝偻。他和她并排站在廊上，互相看了一眼，面容有些熟悉。于是互相又看一眼。晏琪想起来了。他是她姐姐的同学，追过她。在她上高中的时候。他考上大学两年了，她还在读高三。他拼命地给她写信，说她是天使，是他全部的希望，是他此生不渝的美神。每封信她都读了，但没有回过一封。后来他的信越来越少，直至没有。她还留着那些信。这些话她更是清楚地记得。因为这些话与她有关。

他的目光也停在她的脸上。游开，又停住。他有些专注地看着她。他们已经十几年没见了。

"小琪么？"他犹疑地叫道。

晏琪笑笑。他的名字，她忘掉了。他还记得她的名字，让她有点儿赢了什么的喜悦。

"你的……是腿么?"

晏琪点头。她怕自己笑出来,连忙垂下眼睛,看着脚尖。她的神情很落魄吧?

"怎么成这样的?"他说。

"车祸。"

"什么时候?"

"最近。"

"没什么大问题吧?"

"还能多大?"

他严肃而焦虑的神情让她也不由得端庄起来。有一个瞬间,她想告诉他真相,但下一个瞬间,她便改了主意。

"你……结婚了么?"男人更加犹疑。对于一个坐着轮椅的姑娘,这是个值得犹疑的问题。

"谁要我啊?"这次,晏琪本想是笑着说的,但没能笑出来。

"听说你在报社工作……"

"休息了。"这个样子,能不休息么?单看去,句句是实话。连在一起,却是一篇隐秘的谎言。晏琪知道,在这里,无须多话,他会主动把休息理解成退休或下岗。

男人沉默。

"你怎么样?"晏琪问。

"可以。"男人说。晏琪在一本杂志上看过一篇名为"深层话语"的文章,其中有一段大意是说,女人面对异性总要夸张幸福,男人面对异性总要夸张不幸,所以,男人说很不好,其实就是凑合。说凑合,就是可以。说可以,就是不错。女人则相反。

这么说,他过得不错。

"我现在在外贸局。我爱人在工商局,孩子在市直幼儿园上大班。他们还在里面，一会儿就出来了。"他一口气不停地汇报着自己的家庭，仿佛怕被什么卡住。一缕缕轻亮的光从他的眼角流出来，散到空气中。看得出，他无法掩饰自己的满足，——还有庆幸：幸亏当初被拒绝了。幸亏后来没再写信。幸亏没和你成一家。幸亏，幸亏，幸亏啊幸亏。

晏琪的心一点点地沉下去。沉下去。她用目光搜索着陈姐，每一分钟都是煎熬。你再不出现我就扣你工资。她暗暗说。

"爸爸！"一个小男孩拿着一包果冻跑出来，身后跟着一个微微发福的女人。女人很白皙，白皙得有点儿冷。男人把晏琪和他们做了互相介绍，看着晏琪，女人的脸呈现出明显的解冻。

"应该多出来晒晒太阳。"她说。她看着晏琪，几乎都有些温情流溢了。如果在她的目光里看到一些敌意，晏琪或许还会高兴一些。可是没有。她不值得她有敌意。晏琪觉得自己的血全部挤压到了胸部，和腿正在一点点地断流。一时间，他们都沉默着。孩子适时地打断了沉默，他很快对轮椅发生了兴趣。"你的车不错。"他说。然后他努力地推着晏琪，居然成功。他越推越有劲，额头上沁出了密密的汗珠。直到夫妇二人异口同声地对他呵斥起来。

"我在帮助残疾人！"他大声说。夫妇二人又略含愧疚地看看晏琪，仿佛她是个玻璃娃娃，孩子的话能把她敲碎。

"谢谢你。"晏琪笑着对孩子说。

陈姐终于从超市走了出来，站到轮椅背后。她把轮椅推到斜面那里，轻轻地放下去。男人在一边抿掌着双手，似乎想要帮忙，又不知从何帮起。有那么片刻，他抓住了轮椅的扶手，几乎触到了晏琪的腕。他很快往旁边偏了偏。他怕碰到什么？晏琪想起自己和姑父在餐桌上遥遥相对的情形，也想起了姑父曾经睡过的那张床。他们走后，她好久都不想回到那张床上去睡，只和姐姐挤在一起。母亲把那床铺盖晒了又晒，她还是不回去。姐姐烦她，总是最大限度地舒展着胳膊腿儿，让她觉得自己随时会掉到床崖下。可为了躲开那张床，寄人篱下的气她愿意受。末了母亲还上给她换了另一套被褥。她终于回去了。晚上，她猫一样在床上嗅来嗅去，似乎姑父的气息会嵌刻在床板里，不走，不走。

她也想起男人给她写的信，其中一句是：多想握握你的小手，你玉一般可爱的小手。

晏琪对自己笑笑。如此赞美过她小手的，不止这一个男人。男人们赞美过的，当然也不止她身体的这一个部分。

5

一个女孩穿着无袖的绿背心，加一条收身的七分裤，一双白色的鞋拖，抢在晏琪面前冲进"新大新"。背上一撮眼珠子。男人的，也有女人的。有些女孩就是这样，仗着年轻，永远比别人要早一季，她们已经迫不及待地用最新的时装把自己装点起来，来到外面秀一把，享受享受被关注的感觉。

晏琪盯着绿衣女孩的背影消失在人流中。她也这样过。现在，她已经过了这样的年龄了。那个女孩子也会过这样的年龄。上帝给谁的都不会太多，也不会太少。——这么自我安慰的时候，她才感觉到，自己的心里有着一种多么强烈的不平衡。今天，她被忽略和委屈得太多了。

新大新品牌折扣店其实一点儿也不折扣，折扣的都是没人买的过时旧货。那里装修的主色调是深咖啡色的，很压抑，空气流通也不好，晏琪很少去那里逛。今天，陌生是第一条件。这里便成为她选定的又一目标。

　　陈姐照例在门口等。晏琪先在一楼逛了一圈，全都是化妆品：欧莱雅、玉兰油、羽西、资生堂……没有一家招呼她。当她靠着玻璃柜台久久沉默，才会听到职业性的问候："小姐您需要什么？"

　　她需要躲避。刚刚，她看见了他。他回来了。他们的报纸做过一项无聊的统计：星期六上商场，碰到一个熟人的概率是百分之百，碰到两个的概率是百分之八十，碰到三个的概率是百分之五十五。现在看来也不纯是无稽之谈。

　　他是她很有发展前途的男友。她也是他很有发展前途的女友。郎情妾意，都已经有了茁壮的苗头。他人长得很清爽，个子一米七八，也很清爽。在一家广告公司做总策划，和报社经常打交道，一来二去就认识了。后来他开始约她。他很聪明，也很中肯——最起码看起来是这样。他们喝过两次咖啡，打过一次网球，一个星期天，他陪她去买书，出来的时候下雨了，他们拿着百货公司免费提供的雨伞在一起散步，他差点儿吻到她。他们之间，就差一个人开口了。当然，也都不急。这么扯落着，也蛮有情调。——而且，万一碰到了更好的可能呢？随时都可以抽刀断水，两不相妨。

　　前一段时间他去外地进修，算日子是该回来了。应该是昨天深夜，或者是今天上午才到。还没来得及给她打电话。她眼看他上了自动扶梯，先是二楼，然后三楼。三楼是运动休闲装和一些女士用品专柜。他来给她买礼物了么？她的心里一阵甜蜜。

　　对于男女之事，晏琪一向觉得自己还是比较明了的。既是明了就能知进退之度，在享受身体的同时便尽可以收放自如。身体是一艘船，理性是舵。把好了舵，舵就可以休息一阵。至于船，只要大路不错，怎么开都是可以的。

"牵手"是晏琪的第二个男人。第一个男人是她的大学同学。七月毕业，八月一些素日交好的同学便乘着余温再聚首，这家串来，那家串去，很是疯狂了一段时间。那个男孩子一直很喜欢她，她知道。由他的喜欢，她也被孵出了那么一些喜欢。但总是觉得没到给他身体的份儿上。现在毕业分配的结果已经出来，他和她南辕北辙。这次分别之后，此生大约是见不了几次了。她回报似的，把身体给了他。

后来想想，其实也是回报自己。似乎冥冥之中她已经预感得到，以后是不会再有这么纯粹的、公平的给予了。

他们是在同学家的茶林里。典型的南方山村，很浅的山。曲线很悠的梯田，满山茶青的香气，星星很亮。旁边有几棵香蕉树。他折了几片大大的香蕉叶放在茶树的垄间。躺倒的时候，压得香蕉叶咯吱咯吱响。腿边一些小草，毛茸茸，尖糙糙，触得她全身都有点痒痒的感觉。身边探出一朵小小的白色茶花，她折下来，他接过去，一路让花伴着唇，共同亲吻她的身体。有受惊的小鸟飞来飞去，树枝微微荡漾的声音……他呓语着，说她是他的仙女，她是他的仙女。她调皮问是仙境还是陷阱？他说是仙境的陷阱，陷阱的仙境。呵，湿润、流津、蜜语、甜誓，初夜是该有些的，这浪漫的情境是配得上她的初夜的。

那个夜晚如果称之爱情，想想也是说得过去的。

爱情的初乳挤出去，最丰沛的汁液便是给了"牵手"。"牵手"四十多岁，快四个本命年了，看着也不过三十尾巴四十头的样子。他是另一个城市日报的老总，也是一方诸侯的人物。《安城日报》请他们过来进行过一次联谊，他一直不苟言笑，气氛微微有些尴尬。这边老总暗示安城的女编辑轮流请他跳舞。到晏琪的时候，他的表情在呆板上又加了些紧张。晏琪知道是因为自己裙子的缘故。她的裙子料很光滑，不太好捕捉。在她背上放着放着，他的手就下滑了。晏琪就给他讲了一个非常合适此时此地的笑话："一个男人请一个女人跳舞，放在背上的手总是往下滑。女人就问：'先生，你怎么回事？'"

他看着晏琪，孩子般地睁大双眼，舞步都快停下来了。

"男人说：对不起，小姐。"晏琪故意顿挫，"我的这只胳膊是假肢。"

他哈哈大笑。一舞厅的人都看着他们。

以后，你可以用这句话对付女孩子。晏琪靠近他的耳边："不过不要让你的假肢出太多汗。"

没过多久，他在北戴河组织了一个业务会议，请安城这边去几个人，邀请名单里有晏琪。晏琪知道会有自己。

北戴河的海滨夜晚是静谧的。人很多，不过再多也长不过海岸线。他和她在一个几乎是无人的海滩散步。租了一个帐篷，在帐篷里听海。多傻，两个人在帐篷里听海。都知道不是为了听海。突然，他从背后裹住她的双乳。她作态挣扎，他一下子就泯灭了她的激烈。他说："女人的乳是为男人生的。"接下来，是温柔的霸道，准确的游移。他打开她修长的双腿，几乎是以强暴的力度进入了她。她羞涩着，还没有学会这样坦荡地暴露。好在这种学习不是什么难事。

他说——他什么也没说。他只用他的身体说话。他说，春水碧于天，画船听雨眠，炉边人似月，皓腕凝霜雪。他说，乱石穿空，惊涛拍岸，卷起千堆雪。他说，夜来风雨声，花落知多少。他说，知否？知否，应是绿肥红瘦。他说，此夜有情谁不极，玉容憔悴惹微红。

他用男人的暴力催她迅速成熟。而她此时也才知道，原来自己亦早渴望着这样成熟的机会。

她几乎沉迷。他也被她的沉迷拽着往下走。她甚至为他怀过一个孩子，后来自然是流了产。如他们的爱。但还是不一样。有过这么一个非成品的孩子，总算也是一份血肉关联的记忆。她要这深，他们是成不了的，她早就知道。他也知道，他们的爱是一件大大的披肩，纯毛制品，质地优良。然而，披肩也还是披肩。他们也都知道彼此的知道。于是，分手也便分得漂亮。他遵循了女士优先，给足了她拒绝的快感。她也保持了守口如瓶，把缄默打包成一份厚礼。

最后，他说，罗幕绣帷鸳被，几年花下醉。相见更无因，从此隔音尘。

后来。当然要有后来。她就一个个男人认识下去。她的身体一次次打开，朝向不同的男人。沐浴了"牵手"的暴风骤雨，她从此开始一马平川。男人是锥子，她的双腿是剪刀，剪掉一个，又一个。她的放荡因了她的温婉，也没有落下什么太杂的名声。所以，每次开始，她都是干净的。对于自己的身体，她也是满意的。

上了三楼的这个他，性格挺好。有些必需的世故，残留着可喜的腼腆和单纯。身胚子看起来也还不错。体型是很正规的倒三角，喜欢运动，体毛丰盛，肌肉结实。肉搏的水平应该是可以的。

他的身体。晏琪皱皱鼻头。随着对他身体的想象，她的双腿之间已经有些温热了。她收收小腹，不得不承认，身体从来就是最诚实的。

她打算只在二楼转一转就离开。不能让他碰到她，在这个时候。

6

晏琪来到自动扶梯口。这是个问题。她上不了这个。她问旁边推销鞋油的男孩子，可否找两个人帮助她走楼道，男孩子指着一个方向："那边有观光电梯。"

她忘了，是有观光电梯。这辆轮椅让她都有些恍惚了。观光电梯在东北角，她慢慢地摇向那里。突然，轮椅轻快起来，轻快地让她有些慌张。她回头，看见了一盒鞋油——是那个男孩子。男孩子却不看她，他把她推到电梯前。问她到几楼，按了电钮，把她送进去。她隔着电梯的缝隙看着他的背影。浅蓝色的套装，多干净的颜色啊。

她说了感谢，他没回应。——也许是没听见。他根本没指望她的感谢，他的态度纯粹是施舍，他毫不掩饰他的施舍。她恨起他来。

她来到"桑田布衣"的专柜前，这是一家来自深圳的服装品牌。她以前买过一件这个牌子的风衣。看中了一条裙子，她要求试衣。售货员打量着她，把裙子从架上取下。一个这样的女人还要穿裙子？她一定这么想。

试衣间的门刚刚卡住轮椅。晏琪退回来。

"要不，我再给您找一个试衣间？"售货小姐说。

"好。"晏琪一口答应。她有多少诚意？她要看看。

一会儿，售货员过来，把她推到另一家专柜的试衣间，这次正好。她刚想卡上插销，听见售货员轻轻敲门，她错开一条缝，看到售货员温柔的笑："要我帮忙吗？"

她的眼睛是冷的，笑却温柔。她想帮忙还是想看看她的腿？这是个值得怀疑的问题。这种怀疑让她产生了厌恶。她毫不客气地关上门，方才说："谢谢，不用。"

掀开毛毯，她盯着自己的腿。她小腿的曲线简洁，肤色亮白，非常适合穿齐膝的短裙，且是裸穿。报社十几个女编辑女记者，她一一比过，都没有她的小腿好看。她把绳子解开，穿上。摇出去。售货员吃惊地盯着她。她肯定没想到她会这么快。

晏琪抬起脚，伸出左腿。她要收回更多的吃惊。她在穿衣镜前转着，调皮地，顽劣地朝镜子探着左脚和左腿，仿佛要把镜子踢破。

"您，是右腿的问题吗？"售货员终于说。

晏琪失笑。是，自己一定是有问题的。自己必须有问题。如果她探出右脚，她会猜测她的大腿有问题，或者臀部，或者腰，或者脊椎。如果她站起来走两步，那更严重：她的脑子有问题。

"是。"晏琪说，"右腿。"

晏琪试了三个颜色，要了一套玫红的。她没有玫红色的裙子。以前她总是觉得这种颜色太酸。但今天，她不。当然，价格是很贵的。可贵算什么？

她摇到睡衣区。一眼就看到了一位大学同学——女同学。在安城，她们这一届共有四个。两个女生，两个男生。他们读的系都不一样，上学时来往还多些，工作之后就越来越少。她已经至少两年没见过她了。以前她是中间凹两边凸，现在是中间凸两边凹，比上学时至少多了一半体积，肯定是已经做了妈妈。晏琪记得，她特别爱哭。不为个什么事就能痛哭一场。属于一开口就是

"春天的第一片树叶""秋天的第一片落叶""冬天的第一片雪花""夏天的第一缕阳光""早晨的第一滴露珠"的那种，外号就叫"第一"。

她想躲过去，不仅仅是因为轮椅。她已经有过多次教训：如果本来就交情平平，那么作为一个未婚者，和结了婚尤其是有了孩子的同学最好还是少有瓜葛。他们都是浑水。不蹚他们的浑水就省得男生和你暧昧，女生和你唠叨，他们烦恼了你多点儿负担，他们幸福了你心里泛酸。可"第一"像背后长了眼睛似的，一回头就看见了她，惊叫一声，拾急八慌地闯过氤氲陆离的睡衣，来到她的身边。还没说话，泪就掉下来。

"你怎么成这样了？你？""第一"几乎是生气地叫道。好像晏琪变成现在这个样子，最对不起的人就是她。她的泪把晏琪的泪也带了出来。然后两个人都不好意思地擦擦眼泪。周围很静，几个人心不在焉地摩挲着手中的睡衣。晏琪知道，他们都在用目光悄悄地围观她们。

"不过，你看起来还是不错的。""第一"安慰着又说。

全乱了，今天。从来没指望会有人主动说"我能帮您什么吗？"但现在这样，也绝不是晏琪想要的。从率真的冷漠直接上升到这么高温的同情，如此稀里哗啦表演似的相逢，她不想要。她也恨自己的没出息。哭什么哭？好像真的是个残疾人似的。犯不着，"第一"犯不着，她更犯不着。退一步说，就是真的成了残疾人，哭有什么用？

如预料的那样，"第一"一边怜惜地侍弄着晏琪的头发，一边小心地、体贴地、略带羞愧地、又忍不住得意地开始讲述自己的孩子、老公。接下来肯定要讲到她的婆婆、公公。如果有小姑、小叔，那也在排着队等了。回到家，她也会把晏琪的事讲在餐桌上，来比照自己的美满。自己的残缺能支撑她高兴几天？

不远处又是一面镜子，晏琪看见自己狼藉的脸。精心化的淡妆被泪水一下子现形，明一块，暗一块，如落过微雨的地面，印迹斑斑。眼线也散了，默默地贴在睫毛周围，使眼睛显得幽暗落魄。头发乱得毫无章法，还有身上的运动装，现在看起来犯点儿肮脏的死黑气。毛毯的颜色已经有点儿像例假时的血。在混合杂糅的灯光下，轮椅的蓝也显得暧昧不明。她从没有像现在这样接近于一个中年妇女。她刚刚才满三十岁。

她从没有这么狼狈过，从没有。她终于把自己搞成了这样，比谁都不如。她忽然觉得浑身的血都热极了，像烧开的水，滚烫滚烫，顶着她的皮肤咕咚咕咚作响。她兴奋起来。她要给人看看自己这个模样，给他，给原本最不想被看到的那个人。

晏琪知道自己是有些疯了。

"我上卫生间。"她对"第一"说。她丢下她，直把自己摇向东北角。在那里，观光电梯如一只银灰的箱子，它在等她。

7

他正在看一套情侣运动套装。海水蓝的色调，领子和袖口镶着些象牙白。打网球的时候，她说过她喜欢这种色调的运动装，可以伪装一下学生时代的清纯风格。他记得多清楚。他手里还拎着一包心形盒装的德芙巧克力。她说过她喜欢这个牌子。是给她的么？

在这温柔涌动的一瞬间，晏琪几乎都想回去了。杜十娘怒沉百宝箱，给李甲难堪，也是不给自己台阶下。有多少人经得起那种历练？就像今天，她对他所做的一样。或许，她比杜十娘更傻。杜十娘是在真实的真相中把一切毁掉，而她是在虚拟的真相中把一切毁掉。但或者，也许根本用不着她动手，一切就已经毁掉了。——所以，她不容许自己的犹豫。她摇着轮椅，拨开重重叠叠的衣服，向着他，轰隆隆，轰隆隆地碾过来。

"嗨。"

"嗨。"他下意识地回应。然后，当然是呆住了。他手里的衣服落下来，售货员捡起，重新上架。地面洁净无尘，连拍都不用的。

她在短信里曾对他说自己微恙。这期间他们一直靠短信联系。电话也不是不可以，只是都是搞文字的，短信言简意赅，更有意思些。现在，她在他的面前坐着轮椅。这就是微恙？

"回来了？"

"昨天晚上。"他咽咽口水，或者唾沫，"太晚了，没给你打电话。"

"买运动装？"

"随便看看。"

当然是得这么说，随便看看。她看着他笑。刚才哭，现在笑，要多难看就多难看。可她就是笑，此时不笑何时笑？

"这是怎么了？"他终于说。

"车祸。"

他沉默。他的学习期是一个月。一个月是可以发生很多事情的。他心里会有些疼么？为她？车祸，这个她一向以为离自己很远的词，从口中吐出来，毫不吝惜地，气势磅礴地喷向他。他受得住么？

"短信里怎么没说？"当然，他当然受得住，是她的车祸，又不是他的。她和他，说到底有什么关系？

"怕你不放心。"她进攻。明知道他不堪一击。她真是疯了。

"严重么?"他躲过去,用严重程度决定他下一步的措施么?
如果有得救,那么表表衷心倒也算是一段佳话。

"就是这样。"只要有眼睛,都该看到。

"噢。"

噢。什么意思?明白了?知道了?确定了?左不过是这几
样。无论是什么,晏琪都知道,这"噢"是他的,与她无关。有
什么东西,已经死了。他理想的生活绝不是站在轮椅后面。他和
她不再是一米七八和一米六五的佳配,现在,他比她足足高出八
十厘米。

他突然笑了:"不是报社搞什么活动吧?让你们体验生活?"

太精了,她打个寒噤,泪突然迸了出来:"什么事都可以开
玩笑的么?"

他再也不说话了。她忽然想起,一次,他们去一家名叫"新
罗宫"的韩国餐厅吃石锅拌饭和韩国冷面,她说要学会给他做韩
国酱汤,他说她做的无论什么汤其实都只有一个名字:迷魂汤。
她说既然能分辨出迷魂汤,那就证明还没被迷魂。他说最高层次
的迷魂汤就是明知道是迷魂汤也要不由自主地喝下去。

她又想起他们之间的短信,他给她发的诗一样的短信:

夜太长了,浪费了可惜,该做点什么,于是就想你。

谢谢。

你想我吗?

……

不想没关系,我知道你忙。不过请求你,允许我在想你的同
时,也替你想想我。

他就是这么会说话,会调情。但是现在,他哑了。琳琅满目

的情侣套装间，他们都这么待着，静静的。情侣套装，多么温馨性感的服饰。他们在这里兵戈相对。本来，这相对有可能是床笫上的。从床滚落到地面，原来根本没有多远。

"没想到。"他先开口。开口意味着收口，"再看看吧，或许还有希望。我知道有两个医生……"

"就这样了。"她不给他留任何余地，也不给自己留。她承认自己是一个傻瓜，今天，她就是要让一切肝脑涂地。

"需要帮助的话，给我打电话。"

"不需要。"晏琪微微笑着，"不需要。"

他仓仓皇皇，大败而去，连德芙都忘了拿。售货小姐叫住她，请她给朋友带回去，晏琪淡淡道："他不是我的朋友。我不知道他叫什么名字，也不知道他住在哪里。"下一句她没说。她知道他会回来拿的，或者明天，或者后天，或者就在她离去的下一刻。德芙巧克力是很贵的，他可以用来讨好下一个女人。

他会从报社别的熟人那里打听到真相。但他和她，再不会有什么关系了。当然也不会太僵。晏琪可以想象得到他会用什么样的话来下台阶："晏琪你个鬼丫头，能考北京电影学院了。装得那么像，害我一宿没睡好！"晏琪预备答他："哭湿了一只枕头，还是两只？"

他败了。今天。然而这只是表面。她知道，实际上败的，是她。从她到他面前的第一个瞬间里，她就已经败了。那么多任男友，无论是上过床的还是没上过床的，有妇之夫还是无妇之夫，全是她先说的分手。有的确实是她先斩为快，有的则是对方。但她的敏感是超一流的，可以嗅到对方出剑之前的第一缕气息。这缕气息从男人的鼻孔一溜出来，她就迫不及待地，斩钉截铁地，先说了。她宁可让对方说她狠。狠就是酷。这是一个酷时代。她只可以酷别人，绝不允许别人酷自己，决不。男女之间的事情永远都是跷跷板，间或有一些平衡，那便是鱼水相偕，琴瑟恩爱。其余的便全是你上来，我下去。我上去，你下来。

刚才，她说的话是上来的话，底儿却是下来的底儿。他也才三十岁。女人的三十岁原本就不如男人的。现在更是打了折。如海报栏里所写的那样："本店全部商品打折，二折起"。——她就是那二折。后面的"起"字，和她是没有关系的。由站到坐，她的一切，都跟着身体打了折。

可他终究还是笨蛋。他不知道自己有多瞎眼。她还没完呢。他看不出来她和一般的轮椅人不一样？看不出她比他们漂亮得多？她突然想起了姑父。她迟早会变成那样的，如一截枯木。——在他眼里。

他一下子就把她看到了死。

原以为还过得去的人生，从一米看去，全变了样。一切不过如此。晏琪有些冷了。或许是这里太阴森的缘故。她摇动轮椅，一路穿过去，鞋子、袜子、长裤、短裙、胸罩……都和她没关系了。那美好的、琐碎的、华丽的，一切。或者，钻牛角尖去想，也有关系。但是是变了形的关系。它们全在对她居高临下。她开始对不起它们。她欠了它们漂亮和风光。

摇啊摇，她摇出新大新。以后，她再不随便用足做偏旁的任何字：跑、跳、踩、趴、踢、蹦、蹬、踱、踩、跪、跟、踹、蹦、蹈、跌。她发誓。新大新隔壁是百盛，百盛前面是一个喷泉。她摇到喷泉边，离得不能再近。可她看不见自己的脸。她只看见她的脚尖和轮椅的脚踏板。她的脚掌蜷缩在脚踏板里面。

8

不知道什么时候，一个人也来到了喷泉边。从侧面的阴影，晏琪可以感觉得到：他和她一样，摇着轮椅。现在，对于轮椅的气息，她已经很熟悉了。

她没有回头。今天，一路上，她已经见过两个坐轮椅的人。一个是男的，老头儿，裹着灰嗒嗒的夹克，鸭舌帽，帽圈周围一道黑腻。他根本不看她，被人推着，和她擦椅而过。第二个是个女人，胖胖的，红毛衣，头发挽得光光的，不时和后面推车的人说着什么。哈哈大笑。笑得十分精到和圆融。这些坐轮椅的人，个个都让她失望。正如轮椅之外的人，也个个让她失望。

"姑娘，多久了？"

晏琪转过头，是个老太太。她坐的是一辆深绿色的轮椅，上面搭着一块轮椅桌，就是有点儿像公安机关审犯人时让犯人坐的那种桌。桌上放着一本书。她慈祥的目光让晏琪的眼圈一下子就红了。

"不久。"她说。

"看得出来。"

看得出什么？她身上还残留的太多的锐气？太强的不认命的那股子劲儿？或者太激烈的愤世嫉俗，太浓厚的气急败坏？

"时间长了，就好了。"老太太说，"你的轮椅质量不错。就是有点儿大了。大轮椅在家舒服，出外就费力。是接别人的茬吧？"

她的评价很专业。晏琪笑了："你的看起来也不错。"

老太太打开了话匣子，开始讲述她的历史。她的娘家在安城郊区，四十四岁那年，她骑自行车回娘家给母亲过生日，返回安城的路上，遇到了一辆满载煤炭的双斗卡车。司机喝多了酒，轻轻地朝她撞过去，平平地把她撵成了路的一部分。等她醒来，医生告诉她："知道张海迪吗？你要好好地向她学习啊。"

她不是张海迪，她没有轮椅。肇事司机成功逃逸，家里的所有财产能救她半条命就已经很了不起了。儿子还在读大学，丈夫已经竭尽全力，她不能太苛刻他们。整整十年，她都待在家里的床上，吃喝拉撒。她说如果她的眼睛是激光，她家的天花板肯定都被她看出无数个洞来了。她说，那时候，她常常想，要是有一天能坐在轮椅上，被老伴或者儿子推着上一趟大街，该是多么幸福的事啊。到了那天，她要和所有碰到的人打招呼！

这么说，她已经是个幸福的人了。从一个坐轮椅的人嘴里，听到了幸福。晏琪看着这个老太太，她觉得她似乎是不真实的。

老太太接着说，儿子给她买了电脑，她在家里常常上网。网上有一个"另类行走"的论坛，是几个坐轮椅的人专为同道开办的。她问晏琪上过吗？晏琪摇头。她说论坛有一万多名注册会员，经常发布很多消息。他们成功地举办过轮椅歌咏大赛，交谊舞大赛和国标舞大赛。她还是省里轮椅协会的会员。去年，世界轮椅基金会来中国捐赠轮椅，到省城这站的时候，她参加了那次接见外宾的活动，还和好几个老外合了影呢。

老太太兴致勃勃地讲着，有几滴唾沫飞到晏琪脸上，晏琪忍着没擦。

"您怎么不进去逛逛？"趁她演讲的间隙，晏琪问。

"不去，没必要，也不需要什么。"她没有方才那样自在了，"他们会看着给我买的。回家试着方便。要是不合适，拿着发票再跑一趟就是了。"

原来她也知道自己是卑微的。她知道自己对别人的沉重。她多知趣，多识相。如果老太太一直没有轮椅呢？如果她儿子或者丈夫也病了呢？甚或是丈夫和儿子都病了呢？她还会觉得幸福么？晏琪忽然想。她确定她不会。他们一丁点儿的变化都可能让她的幸福地震。——最致命的破绽是：如果幸福的话，她也不需要这样对人宣讲她的幸福。宣讲的人，往往是为了让自己倾听。之所以想让自己倾听，是因为这声音还不够强大。

她的幸福是别人的幸福里榨剩的渣子，多么脆弱。她不能让晏琪信服。是的，是这样。一如现在，对于自己的一切的好，乃至对于别人的一切的好，晏琪亦是同样地不能信服。

一个男人从百盛出来，两手空空，来推老太太。他两鬓斑白，估计是她的丈夫。和她告别之后，陈姐从一个地方适时地冒出来，推着晏琪离开喷泉。离开喷泉很长一段路了，她才想起问："我们去哪儿？"

晏琪看看表。现在是五点五分。已经三个多小时了。

"你回去吧。"她说。

"那你怎么办？"陈姐显然很吃惊。

"我有办法。"

"什么办法？"

"我一个人慢慢回去。"

"那怎么行！"陈姐坚决不同意，说她要是能行当初就不会找小时工了。她说就是耽误那家老主顾的晚饭也得把晏琪送回家。晏琪百般劝她，就差把毯子拿下来对她说明真相了。但她还是忍住了。她没想到陈姐会这么坚决，陈姐的坚决让她感动。——不是因为工资的关系吧？她没想到，今天她见的第一个人，才是让她唯一觉得舒服的人。她甚至有些喜欢这个女人了。这几个小时里，她要她怎样她就怎样，基本上没有打乱她什么安排。也从不问她的腿，她的病。她不愚蠢。

两个人争辩了五分钟，最后达成协议：陈姐把晏琪送到公交车站牌下，打上车或者坐上车后，她们分手。

她们来到不远处的公交站牌下，打车。

唰，过来一辆115。唰，过来一辆223。唰，过来一辆312，可没有一辆招呼她们上去。似乎公认她们不是这个领域的人。

唰，过来一辆918。

"陈姐，问问司机。"晏琪说。918上有无障碍上下车装置。是票价最贵的空调车。其实她根本不抱希望，不过试试还是要试试的。反正今天就是自取其辱的一天。

司机说不行。司机说车上是有什么无障碍设施，可他从没有用过。他演示性地按着某些按钮，车门没有任何反应，然后司机无辜地看着晏琪，仿佛车门那里会出现一个所谓的斜面，只是一种优美的传说。

晏琪问可不可以帮忙抬她上去，到时候再把她抬下来。司机笑了，说如果这辆车只有她一个乘客的话，他可以为她提供专门服务。这辆车上是只有她一个乘客吗？不是。所以他不能为她提供专门服务。

"走吧。"车上有人催了。

"你该打个车。"司机最后说。

她当然知道，她这样不方便的人，应该打车。想上公交只能给更多的人找麻烦。打车当然应该有钱。没钱就不要这么麻烦。没钱还找麻烦就是耻辱，难堪，受罪。总之，决不能变成这样，变成这样就是失败。也决不能变成这样还没有钱，这是进一步的失败。既残又穷还把自己的孤单可怜这样裸呈到众人面前——像她这样，当然是更不能原谅的失败。挨了一下午，她得到的结论就是这种枯竭的真理么？这些可笑的、狭隘的、俗气的结论，是她想要的么？那些看得见摸不着的歧视，动物皮毛般发光的优越感，都让她恶心。平常时的自己，二十年前的自己，也让她恶心。这是最彻底的失败吧？跨越了那么长久的光阴，所得到的，最锐利的，报应般的失败。

又一辆公交车靠岸，车里的乘客木呆呆地向外看着，都要在晏琪的身上落一落。有个男人低声唱："妹妹你大胆地往前走……"

很多人都笑了。车里的，车外的。他们都看着晏琪，看她什么反应。

晏琪没有反应。她也笑过。一次和同事们聊天，偶尔说起一个残疾人。那个残疾人从大腿处下面就没有了，"像一截木桩子"——同事形容。他妻子没有和他离婚，在同情和赞誉中尽职尽责地照顾着他。"她抱着他可容易了。就那么俩胳膊一搂，得儿，他就站轮椅上了。"

听到这里，他们都笑了。她喜欢木偶戏。同事描述出的情形有点儿木偶戏的味道。于是她笑得尤其厉害。

大兴、家和、昌茂、国泰……陈姐的手像假交警一样伸着，一辆出租车也没有人停下。想把钱花出去也不是件容易的事。拉别的客人一样赚钱，还少麻烦。

再有五分钟就五点半了。陈姐不住地看着表，神情焦急。两个女孩子举着煎饼果子走过去，散发出一阵诱人的香味。

晏琪决定让她回去。她掀开毛毯，拿出坤包，先假装打了个电话，让朋友过来接她，然后点出五十块钱。陈姐要找，晏琪的表情自杀般决绝。陈姐装起钱，终是有些踌躇："要不，还是等你朋友来我再回去吧？"

晏琪直接向她挥手再见。陈姐匆忙跳上了一辆公共汽车，从车窗里使劲地朝她挥挥手。

9

现在，只剩下她一个人在大街上了。周围仍是熙熙攘攘的人群，但在日光中，已然一点点静下来，静下来。晏琪坐在轮椅上，用指甲一道道地抠着那蓝。夜幕一样的蓝，蓝得很幽，很凉。她又想到了它的主人。坐着这个轮椅的，到底是怎样一个男人呢？轮椅被借出去的这几天，他大约只能躺在床上了吧？他会想念他的轮椅么？

晏琪又想起远在小城的姑父。姑父的夜晚，到底是怎么过来的？那次，他们从小城回来，母亲告诉晏琪，说姑姑半夜醒来，经常发现姑父睁着眼睛。所有的人都在睡觉，他一个人睁着眼睛。这情形晏琪无法想象。如果一定要想象，晏琪知道自己倒是有那么一个夜晚。那天，她和一堆朋友出去泡吧，凌晨一点才回来。睡了一觉，做了个梦，梦见自己一丝不挂地泡在水里，却不会呼吸。她正在无望地沉下去，沉下去。然后她大汗淋漓地醒来，失眠了。她从未失过眠，那是第一次。夜静得可怕，任何声响都收拢入耳。她不知天高地厚地扯开窗帘，惊呆了。一切都是那么安宁、肃穆。树木如雕塑，一栋接一栋的楼体上，涂满了夜的清辉。微弱的车流仿佛是从很远很远的地方传过来，只是为了衬托这静。一切都是等待中的样子，似乎是在预备神仙来临。

那一夜，晏琪明白了：如果说白天是属于人的，那么夜晚就是属于神的。人是喧闹，是话语，是柴米油盐；神是沉默，是深重，是广博无声。作为人，她从来不惧怕白天。夜晚却是值得惧怕的。因为那个夜晚，她感觉到了神的引领。引领的地方是那个最黑的字：死。

　　是的，死。那个夜晚的静，接近于死。

　　姑父的夜晚就是这样的吧。谁也帮不了他，即使是躺在他身边的妻子，也只能是做了最浮层的事情之后，就任他去。而在他死后，她能给他的只怕亦是两个字：也好。他知道这些。于是他就一夜一夜地睁着眼睛，以比谁都更清楚的程度，一夜一夜地感知着死。由他身体的一部分开始，由他失去的，让他变残的那部分东西开始，他就已经感知到什么是死了。他就这么有标志性地向死亡靠近着，比谁都懂得。

　　原来，自己一直都是厌弃自己的身体的。晏琪忽然懂得了。从二十年前，看到姑父的一刹那，她对自己的厌弃就开始扎根了。多么不堪。人的身体。不仅要吃喝拉撒，还要病残老死。所有的丑态和洋相都是从这里开始的。还有欲望。可她不能就这么纵容自己对自己的厌弃，这让她更不甘心。她要躲开这种可笑的普遍的绝望。她要爱自己。她要用男人来反驳对自己的嫌恶。于是她到处房获男人的温度，给自己取暖。男人们也一样。她知道。欢娱是共同的。畏惧也是共同的。当然也有不同。隐忧和痛是她的。比如怀孕，比如流产。

　　她的身体，还是她的。

　　是的，没有什么比身体，比我们的身体更诚实的了。

　　晏琪的泪又一次落下来。挂着泪的她，看起来像个想不开的姑娘。只有她自己知道，这个下午之后的她，坐上这个轮椅之后的她，必将不再同于从前。

她没有躲过去。

10

黄昏一点一点来临了。所有的人都在动。金色的灰尘在人们的搅拌中上下翻滚，如弥漫的河流。一拨又一拨的人来到公交站牌下，搭车，离开，又一拨人重复。晏琪知道，每一拨和每一拨都没有什么不同。

终归还是要回家的。

她长嘘了一口气，想舒展一下筋骨，全身的筋骨嘎巴着，却仿佛刻上了皱纹，无法舒展开。下一步，她要做什么呢？下一步。是的，下一步。她温习着这个词语。她终于可以名副其实地实践这个词语了。下一步，她当然要把绳子解开，好好地舒展一下这些嘎巴着的长了皱纹的筋骨。这个下午，她熬够了，也闹够了。她很累。

站牌下的人很多，这很好。她要当着这些人，做这一切。她要让这些人眼睁睁地看着她怎样亭亭玉立地站，站，站起来。她要像嘲笑自己一样，嘲笑他们。即使他们根本不在意，也不懂这嘲笑。然后，她要打辆车，把自己和轮椅弄回去。——不，她不打车。她要推着这辆空轮椅走回去，慢慢地，慢慢地，把自己推回家。

突然亮起的路灯似乎加速了黑夜的来临。她和她的轮椅在路灯下面，路灯的光离他们很远。晏琪完完全全地去掉了毯子，晚风一下子吹透了她的全身。一阵清凉，她感觉自己的身体在晚风中，如蜕了壳一样轻盈欲飞。有隐隐的润，在皮肤上。她出了汗。她的腿脚休息了这么一个下午，然而她的身体和她的心一样，出了汗。

　　她弯下腰，去解腿上的绳子。绳子有点儿长，所以她在轮椅上绕了好几圈之后，又在腿上绕了好几圈。她去找掖着的绳头，路灯的橙色让她的眼神有点迷离，不太容易找。她悠悠地摸索着，站牌下已经投来了不少好奇的目光。如她所料。

　　忽然，腹部一阵空虚。然后是一串迅疾的脚步声。她抬起头，两三个染着彩发的年轻人煞有介事地走着快步。他们越来越快，越来越快，竞走一般，眼看就要朝前面的小巷拐进去了。

　　他们抢了她的包。

　　晏琪猛地站了起来。然而一瞬间，她便扑倒下去。轮椅像一口大锅扣压在她的背上，稳稳的。实实的。

　　双腿剧痛，真的断了一般。她让脸在地面上贴了一会儿，地面冰凉，镇得痛微微轻了些似的。她笑了笑。在地砖的光亮中，她模糊地照见了自己恐怖的笑容。

　　然后，她缓缓地用一只手臂，努力地撑起身体，腾出另一只手，继续去解腿上的绳子。她承认，绳子系得太认真了，确实有点儿不好解。

深呼吸

1

那天下午，她一直隐隐地觉着有些异样。但这异样没有任何证据，她就没有让这异样任性。工作是不能任性的。尤其是她的工作。于是她放弃了直觉，走进永安巷。

快走到 54 号的时候，异样的感觉再次袭来，而且越发强烈。这种强烈明白无误地告诉她：异样的发生源已经很近了。甚至，已经到了。如果靠近了放酒的窖子，酿醋的坛子，焐酱的缸子，那感觉也许都是这样吧？或者，就像她曾经被剌腹杀掉的那个孩子。几乎每个夜晚，当她脱衣睡下，抚着那道伤疤无边冥想的时候，那种血腥的气息，都会从她身体的下端逆流而上，在她的唇上和眉下萦绕，让她清清楚楚地嗅到。久久不散。

发生源只能是 54 号。

但还是没有什么可疑的现象。没有"尾巴"，没有"肠子"，也没有"帽子"。

"麻花哎！大麻花哎！又酥又甜的大麻花哎！"

卖麻花的老人仍旧一趟趟地吆喝着，声音依然是那么嘶哑和庸倦，像这漫长的秋日的午后。

她正过的是财顺号，是这个城市小有名气的馆子，门口是大大小小的瓦坛，盛着各种各样的酒。三开间的铺面，以她高跟鞋的窄小跨幅，得三十三步才过得去。财顺号对面是万紫千红布店。一卷卷的布排得整整齐齐，把伙计呆板的神情都映射得有些生动了。52号前有一个中年妇人在骂孩子，由上辈子骂到现在，由奶奶骂到爸爸，又展望到连她自己也不可知的将来，断断续续，简直有些像唱歌了。

如果不是午后，永安巷要比这会儿热闹些。联系地点的选择是很有学问的。不能太冷清，也不能太繁华。不冷清不繁华的地界，最好。好进去，也好出来。当然，对手也是好进去好出来的。不过对手再怎么高明，到了这里毕竟还是生面孔。一生不如一熟，一动不如一静。相比之下，也还是她的优势大一些。

远远的，54号二楼阳台上那件白衬衣还挂着。是干的。

它必须是干的。

她穿着新做的粉红色旗袍。这种粉红色水气很重，十分娇媚。她本来就娇媚，也就更显得双重的娇媚。她走得不疾不徐，鞋跟"嗒嗒，嗒嗒"响在青石板上。她走过了53号，54号。然后是55号，56号。55号是一间花茶店，56号是一间童鞋店，门面都很窄，比52和53离54号都要近些。

她拿了两双鞋，看了看，又放回去。从手包里拿出镜子和粉扑，背朝着54号仔细地端详着，专注得仿佛是位初次相亲的少女。

映在镜子里的白衬衣确实是干的。可是，它有褶皱。是刚刚从拆包出来的那种褶皱。

花茶店里有两个人晃出来了。

她把镜子和粉扑放进包里，一步步地走过57号，拐进了旁边的小巷里。这条小巷她是熟悉的。父亲生前有一位好友就住在这里，她和哥哥都叫他文叔叔。文叔叔和他的姓一样安静，细眉细眼，皮肤很白，有些像女人，只是不怎么爱笑，一贯严肃的神情不折不扣地显示着男人的刚硬。

多年以前，她和哥哥先后去教书，都是文叔叔介绍的。

2

她在这个城市做地下工作已经三年了。放在六年前，她根本不能想到自己会走到今天这一步。文叔叔介绍他们教书之后，她和哥哥一直都做着极稳妥的教员。她和哥哥在两所学校教书，薪水不算多，但供养体弱的寡母还是不成问题的。她教小学，哥哥教中学。她的学校离家近，哥哥的学校离家远。她天天在家吃饭，哥哥在学校住，到礼拜天才回家。哥哥一回家母亲就会让她上街买排骨，哥哥喜欢吃红烧排骨，她则喜欢吃排骨汤炖的长面。于是几乎每个星期日，都是哥哥横三竖四地啃一堆排骨，她呱呱唧唧地喝长面。她一直以为日子就会在排骨和长面中这么过下去，国乱也罢，不乱也罢，总得容下他们这样蚂蚁般的百姓过日子。

忽然就到了那一天，哥哥不到礼拜就回来了，说是被解雇了。问他为什么，他不肯说。但还是每天早出晚归。她和母亲的心每天都被他出门的声音悬起来，直到他进门才放下。可还是出事了。有一天，哥哥没有回家。后来，再也没有回家。她四处托人打听，才知道说他和一些逃到红区的进步青年有不少瓜葛，被宪兵队抓走了。母亲当即病了。三天后，她在大街上发现了哥哥的尸首。葬完哥哥一个月，她又葬了母亲，然后她变卖了所有的家当，拎着一个小包袱出了门，辗转了两个多月，来到了红区。

那一年，她才十九岁。

<h2 style="text-align:center">3</h2>

巷子里没有人。她脱下鞋子，飞跑起来。左拐，右拐，左拐，右拐，右拐，右拐，左拐。她听见后面脚步声急促地跟上来。她爬上一道女墙，顺着墙跳上一排低矮的平房，爬钻过一道铁网，再跳上一排高一点的房子，然后是更好的房子，走，走，走。然后，她顺着一架木梯子到了一所院落里。

这是一个很舒适的四合院。很静。红门绿窗，中间用青灰色的砖隔开，怎么瞧着怎么悦目。种着很多花，却都不高大。淡淡的日影罩着晾竿上的几件湿衣。有小小的孩子的衣服，像玩具一样玲珑。也有女人的衣服，花色淡雅。——女主人肯定不是一般俚俗妇人。挨着梯子的是两棵女贞树，随风吹来几缕微微的叶香，她不由地深深吸了一口。她熟悉这种香味。她的家，原来也有这样的女贞树。女贞树边的空地上扎着一圈矮矮的篱笆，篱笆上拖着一些南瓜的黄花。母亲生前，也是爱种南瓜的。

院子里还种着一棵樱桃树，树下放着一个木制的婴儿车。车里坐着一个咿咿呀呀的女婴，粉粉的，花蕊一样的脸。见她从梯子上下来，仿佛是打招呼一样瞪大了眼睛，冲她一笑。

她也朝她笑了一下。一边穿着鞋子一边想着如果有大人出来该怎么解释。或者就说自己走错了门。或者就说自己是邻居的朋友，来玩儿，在房顶上看到她的孩子实在可爱，忍不住想过来逗一下。——自己的孩子如此被人喜欢，是多半父母都会高兴的事。再或者，就干脆走吧。

帘子响动。堂屋里走出来一个女人。一个穿和服的女人。

女人轻轻地惊叫了一声，嘴里嘟噜了一句什么，朝她弯下腰，微微鞠了一躬。

日本女人。

去他妈的日本女人！

她蓦然明白，她进的是日军的军官家属院。白塔寺这边有一个小小的日军家属院。可她今天全然忘记了。

她一把抓起了那个婴儿。

日本女人也呆了。她捂住嘴巴，似乎就要昏厥过去。但还是站住了。

她贴着嘴唇，竖起食指，示意日本女人不要出声。然后指指屋里，用手势问家里现在还有谁？日本女人很机灵，马上领悟了她的意思，也用手势回复说还有一个。她问在哪里？日本女人指了指她的怀中，意思说就是这个孩子。

她放出一口气，松了一下胸口。她知道，一场仗，要开始了。

她们一前一后进了屋。她一眼就看到了桌子上的水果刀，拿在手里。然后她把房子的各个房间都转了一遍，确实没有别人。她抱着孩子在客厅坐下。看见东墙上挂着地图，红区那里圈着红圈。地图旁边还挂着一把长剑。而在她坐的椅子扶手上，还搭着一件日本军服。多么熟悉的黄色。让人憎恶的肮脏的黄色。大便一样的黄色。

她抱着孩子。孩子很轻，但她还是觉得胳膊有点儿木。也许是她不会抱的缘故吧。她从来没有抱过孩子。

本来，她是很有机会抱的。

4

　　到红区的第三个年头，她结了婚。不久，他们都有了一个上战场的机会。他是连长，无可置疑是要上的。她是可上可不上，可她还是坚持要上战场做医护。战友们笑她双宿双飞，一刻都离不得丈夫。她笑笑。她有一个想法她对谁都没有说：她想亲手在战场上杀人。杀日本兵。他们杀了她的哥哥和母亲，她不能就这样算了。别人杀是别人杀，她要杀自己的。最少要杀一个，能杀两个最好。当然，能多杀一定要多杀，因为除了她的哥哥和母亲，还有那么多人，那么多。

　　最初的一刹那是可怕的。以前都是离战场近或者远，现在不是近和远的问题，而是在战场里面。她几乎有些惊慌失措。她觉得，不光是自己，周围的人其实也都有些惊慌失措。他们的神情都有一种莫名其妙的激动和难看。呼啸着的炮弹拖着长长的光芒划破了天空，像彗星失控后，一头从轨道上栽了下来。尘灰飞扬，气浪激荡，余声汹涌，狂流澎湃。

　　然后就好了。他们奔跑着，叫喊着，冲上前去。有许多人倒了下来。炮弹压缩着空气，在一片又一片的土地上炸开，有血溅到了她的身上。到处都是浓烟和纷乱。有些人在土壤里躺下，流血呻吟，脸色是青乌的。有些人因为伤在要害，痉挛着手抠着地面，一道，一道，像小小的耙子。一些人胳膊上一边流着血，一边镇定地给枪装着子弹。她跑来跑去地包扎着伤员，等待着自己上去的那一刻。——那一刻其实是战争已经胜利的一刻，她要去战场搜检伤员。她想，如果看到有受伤的日本兵，她就毫不留情地杀死他，杀死他。

她终于可以上去了。但上去的时候，她却已经顾不上杀人了。战场已经差不多安静了下来，从这一端到那一端。处处都有流动着的呻吟和凝固的血。她忽然觉得恶心。她从来没有见过这么多血。他们胜利了，可她还是恶心。到处都是尸首。到处都是。而在几个小时之前，他们都还是活生生的，人。

　　她和战友们找着自己的同志，一个个地清理，安顿。等到找得差不多的时候，她靠近了一个日本兵。那个日本兵一动不动，应该已经死了。可她恍惚觉得，就在她要转身的一瞬间，他的胸膛似乎有一次轻微的起伏。于是她又回转身，在他面前弯下腰，忽然间，她听到战友可怖的惊呼，然后，她失去了知觉。

　　她被抢救了过来。但她的孩子没有了。而且，再也不会有孩子了。那个日本兵没有死，他一刀刺向了她的肚子。

　　她怀孕已经两个月了。可她不知道。

　　她的丈夫也在那场战争中死了。她又只剩下了一个人。因为身体虚弱，她做不了别的什么。后来组织说想要在这个城市建一个工作站，她比较熟悉情况，问她想不想过来，她没有犹豫就答应了。她不需要忌讳很多。在这个城市，她已经没有亲人了。即使是以前认识她的人，经过了这几年，也多半不能认出她。经历了这么多，从里到外，她再也不是以前的她了。

　　她改了姓名，回到了故乡。有限的熟人们果然没有一个认出她来。她在离旧居很远的地方租了一个房子，另一位同志做她名义上的爱人。她仍然在一所小学谋得了一份工作，只不过不是教书，而是在教导处。这一干，就又是三年。

　　那场战争在她身上烙了四个疤，不过还没有妨碍到她穿旗袍。

5

　　婴儿开始哭起来。热热的一股染到她的手上，孩子尿了。孩子的尿没有多少异味，清凌凌的，温湿温湿。

　　日本女人拿过一块尿布，恳求地看着她。一瞬间，她几乎也想把孩子给女人，但是，终是没给。她接过尿布，一手拿着尿布，一手抱着孩子，刀柄挨着孩子的头，孩子翻着眼睛看着刀柄，不哭了。她的小手一抬一抬，想要去抓住刀柄似的，粉色的胳膊映在刀光里，呈现出一片模糊的温柔。

　　他们欠她四条人命。今天把她们杀了，还有两条。再加上自己的死，其实还有三条。她算着这笔清晰的账。一会儿工夫她就算了七八十来遍。这账好算。一年级的学生也会算。可她一边给孩子换着尿布一边算着的时候，不知怎的就觉得很模糊，有些盲目。

　　日本女人窒息一般地看着她。换完尿布，孩子开始玩了。日本女人长嘘了一口气，抬起袖子擦了一下汗。

　　女人的和服上满是樱花，樱花的粉色和她身上旗袍的粉色有些一样。从上到下，樱花渐浓渐密，像暮春随风落了一场雨之后，樱花从树上吹下，匝匝地铺了一地。离树远的地方，铺得少。离树近的，就多一些。到衣襟的下面，绵绵麻麻分不清楚的，也就是树下了吧。

　　她原本也喜欢樱花的。以前她在这个城市教书的时候，校园里也有几棵樱花。有一棵刚好长在她的办公室前，开花的时候，枝丫会伸到窗棂间，引得蜜蜂们不时地撞到玻璃上。咚。咚。

6

门外响起了脚步声，很多人的。其实还隔着几条街，但因为人多，声音就显得很近。声音总体是整齐的，偶尔有一些不规律的乱。一定是那帮追她的人进来了。

日本女人轻轻地退到墙边，她随着日本女人的脚步握紧了刀——长剑离日本女人越来越近。等到她简直就要把刀举起来的时候，日本女人把手指向了地图上的红圈画着的红区，询问地看着她。

她点点头。指指长剑，用手放在自己的脖子上，一下，一下，又一下。她希望日本女人能明白：你们就是这样对待我们的。

日本女人向她鞠了一个躬。她没有动。

日本女人朝门外的天空张望了一下，指指窗外，又指指她。

她点点头。

日本女人走向里间。她跟进去。她只有跟进去。

女人打开衣柜，取出了一套和服，指指她的旗袍，要她换上。她沉默。女人打开和服，用表情配合赞美着让她看这和服多么好。这套和服是淡绿色的，上面的图案是一枝枝的梅花。白色的梅花像星星一样绽放在奇异的夜空中，浅褐色的枝干十分结实温存。束腰用的缎带是乳白色的，质地很细腻。她注意到，日本女人的腰带也是乳白色的。

她停住。要她穿日本女人的衣服？

日本女人微微地鞠了一躬。神情很执拗。执拗而又有着莫名其妙的恳求。

她摇头。士可杀，不可辱。这句古训从心底冒出来，却有些虚弱。或许，真的是个希望吧？如果日本女人是诚心救她呢？日本女人未见得像她那样有那么深的仇恨吧？再说，穿穿衣服不等于就是受辱吧？即使是受辱，古训也还有大丈夫能屈能伸呢。

她终于点点头。当然不一定能过得了关。这是赌博。她知道。该赌就得赌。这么多年的风险里，她赌了不止一次了。

换衣服必须放下孩子，她示意日本女人退在墙角，然后把孩子放在床上。孩子离她近，她有主动权。脱衣服的时候，她手里也始终拿着那把刀。她已经习惯让全身都长满防备的眼睛了。防备就是她的职业特点。即使是在路边浏览一个小小的橱窗，她也不会忘记从暗彩的布料反光上去看一眼有没有人盯梢。

女人上前帮她穿和服。穿罩衫的时候，女人指指她身上的伤疤，又拍拍自己。她点头。女人又看见了她肚子上的伤疤，指指孩子，指指她。她摇头。把手放在脖子上。女人又指指自己，她点头。

她看见，女人的眼圈红了。

和服穿上了，有些宽，腰间的褶子很多。穿完她转身就抱起了孩子。女人示意她放下孩子。她不放。女人示意说这套和服之所以有些大，因为是怀孕的时候买的。她应该让她穿自己身上这套。

女人说完就开始脱衣服。很快就脱得很干净了，像棵白萝卜一样站在那里。

她也只好放下孩子，脱。

7

有那么一小会儿时间，两个赤裸的女人就那样站在那里。什么也没有了。墙，屋子，更大更多的什么，好像都没有了。只有她和她，还有孩子。远处的脚步声好像越来越近，但其实还是远。远得似乎根本不需要去在意他们，远得似乎他们永远也不会抵达。孩子躺在床上，自得其乐地说着谁也听不懂的话。她们都静默地站在那里，很认真地听着似的。谁也没有看谁，有什么东西流在她们中间，让她们都有些恍惚。

8

开始穿衣服了。女人显然是想要自己先穿好，再帮她穿的。她用眼神制止了女人。谁先穿好谁就主动，她不能给女人这个机会。于是女人温顺地走过来，先替她穿。然后自己穿。穿好了，把她推到镜子前。

她看见镜子里的自己，线条有些僵硬，眼睛也有些手足无措。但不可否认的是，即使这样，樱花和服穿到她的身上也是出奇地明艳和漂亮。真的是合适极了。她们的身材本来也就很像。她本来也就最适合粉色。粉色衬得她女人气十足。她是女人。她当然是女人。可有多久了啊，即使是穿着旗袍，她也不觉得自己是个女人了。

和服上，还带着女人的体温。

女人又来给她整理头发。她横抱着孩子，把刀垫在孩子的背上，女人的手真是麻利，很快就给她盘出个发髻来。又往她脸上抹了些红红白白的颜色。她抱着孩子站到镜子前，都有些认不出自己了。

女人又拿来了一双木屐。

门外的声音越来越近。有日语，也有中国话。中国话是片片断断的：

"……有可能……"

"……试试……"

"……也没别的地方可去……"

"……仔细着点儿……"

"……别乱来，规矩些……"

有人敲门。女人示意她不要说话。一个字都不能说！她的表情很严厉。然后她去开门。一伙人进来，有日本兵，也有中国兵。有日本军官，中国兵也有一个头目。他们先向女人满面笑容地解释了一番什么，然后里里外外地找。找了一遍。就要走的时候，日本军官在她面前停下了脚步。打量了一下她，然后取出一张照片，对着她看，看了一眼，又看了一眼。笑了。笑声仿佛刚从冰窟里取出来，冰凉冰凉。

她看了他一眼，困惑的。然后低下头看着孩子，不再看他。什么人都不看。抱了这么大一会儿，她又穿着那件和服，孩子显然觉得她很亲切了，小手一拽一拽，开始看着她和她玩。女人赶过来，哇啦哇啦地向那军官说着什么，军官也哇啦哇啦地说。女人说的句子长一些，军官的句子短一些。翻译向一边的中国军官介绍说，这个日本女人说抱孩子的是她妹妹，因为她在这里很孤单寂寞，所以刚刚从日本赶过来陪她。

日本军官对翻译耳语了些什么，翻译走过来，把照片举到她面前："小姐，你见过这个人吗？"

她迷茫地看着他。

"你和她长得很像啊。"

她继续迷茫。

"你这个婊子他妈的挺能装啊。"

士兵们有人笑出了声。笑的这些，一定是中国人。

她还是迷茫。

翻译又开始用日语对她说。她的神色开始冷漠起来，一句也不搭腔，仿佛一向就不屑于理这些人一样。

日本女人来到翻译旁边，开始说话。翻译断断续续地对中国军官说，这位太太自己妹妹的耳朵不是很好，性格也很内向，他们这么多人，会吓坏她的。请他们先出去。

"可她和照片里的人太一样了。"中国军官说。

日本女人又是一串。翻译说，这位太太说，自己和妹妹长得也很一样，那么也就和照片里的人很一样了。要抓就请把她抓了去。

正僵持着，孩子突然大哭起来。一屋子人都看着这个孩子。她的嘴巴张得很大，仿佛饿得很久很久了。她费力地拍打着孩子，孩子却愈哭愈烈。刚刚尿过，孩子一定是饿了。也许换个姿势抱抱会好些。孩子一直是横抱的。可她不能乱动。孩子身下，还有那把刀。

她开始出汗，一层一层地出着。她觉得，汗水都要渗出衣服了。

日本女人的手伸了过来，没等她犹豫，就抱走了孩子。她抱得十分轻捷。

还有那把刀。

当着一屋子男人的面，女人坐下来，开始解衣服。她露出了雪白的乳，塞进孩子的嘴里。一边喂着孩子，她一边哼着什么歌。那乳的亮白，似乎晃着了所有人的眼。男人们把头扭过去，没有谁再看她。

奶香柔润地沁到空气中，让她有些微微的晕眩。

先是中国兵退了出去，然后日本兵也退了出去。女人抱着孩子，把他们送到门口。她站在窗前，紧紧地盯着女人。女人又开始和他们说话了，说得很热闹。他们都不时地朝屋子的方向看过来，女人还不时地指指孩子。

她是在告诉他们自己就是用孩子来威胁她的么？她的心突然悬了起来。可怎么现在才突然去悬？她为自己的愚蠢感到好笑。革命了这么多年，自己怎么还会犯这种低级错误？怎么就如此轻易相信了一个原本就不共戴天的日本女人？现在的她，已经失去了任何屏障，真正成了一条刀案之鱼。死了也是白死，连和她等价换命的人都没有。

最少应该杀一个的。

10

果然，日本军官从大门这边走来了。一步一步。她站到墙边，摘下长剑，长剑的光雪亮雪亮。她把剑放在桌子上，用身体挡住。如果他拔枪，她的速度未必就比他慢。如果他不拔枪——他会不拔枪么？

军官走向她。走向她。走向她。在离她一米远的地方，停下。她的手已经摸到了剑柄。

军官的双腿并立，头微微地低了一低，走了出去。

关好大门的女人走进来，竖抱起孩子，把刀递给她。她没接。可女人还是一直递。女人开始用手势对她说话。现在，她们用这种方式说话已经很流畅了。

女人告诉她，你应该带在身上，外面还很危险。

她解开腰带，想要换下和服，女人拦住了她，示意她把和服穿走。

女人说，这样更安全。你的旗袍就送给我吧。

女人又一次把刀递过来。她接了。

女人朝她鞠了一躬。

她也朝女人鞠了一躬。

她告辞要走的时候，女人说，我送你。

她们抱着孩子，一前一后走出屋子，女人却又拦住了她。女人说，穿和服不能这么走路。你先跟我学学走路。

那天黄昏，有人看见，两个穿和服的女人，轮流抱着一个孩子，姊妹般偎依着，走过了永安巷。

11

后来，她很快离开了这个城市。可她无论走到哪里，和服与木屐都始终伴随着她。过重重关卡的时候，化妆取情报的时候，红区演出需要道具的时候，都会用上。有时候是别人穿，有时候是她自己穿。不过她穿的效果是最好的，谁都说她装日本女人装得最像。

三十年之后，她成了反革命。小将们抄家扫荡，从箱子里抄出了和服与木屐。里通外国，铁证如山。

她讲了这个故事，没有人相信。而当初能证明的一些人，都已经不在人世了。

和服与木屐被扔到了火里。她没有表情，只是一点点地看着樱花萎缩，败落。烧到一半，突然有人想起来说不能全烧完，要保留一部分做罪证。于是有人浇灭了火，拣出了几条碎片。他们走了以后，她也捡了一片。那一片上有一枝完整的樱花。

她带了这枝樱花到了甘肃，在祁连山下接受改造。她被改造了六年。回去的那一年，她六十三岁。

12

她不爱看电视，也不爱看报纸，最多只是在早晨和黄昏偶尔听听收音机。一个微雨后的清晨，她躺在竹椅上，半寐半醒地听着收音机里的歌声：

樱花啊，樱花啊，
阳春三月晴空下，
一望无际。
樱花啊，
花如云朵似彩霞，
芬芳无比美如画。
去看吧，
去看吧，
快去看樱花……

主持人介绍说，这首歌是日本最古老的谣曲，名字叫"樱花"。

那天，那个女人喂孩子吃奶时唱的歌，就是这首吧？

她静静地躺着，眼前忽然清晰地呈现出那个日本女人的眼睛。那双眼睛是那么纯净。纯净得就像祁连山上的雪。

富士山上的雪，也是这般纯净吧？

暮春的阳光下，她领了领胸，做了一个深呼吸。她的泪水涌了出来，湿润了满是皱纹的脸。

没有人看见她哭。

解　决

　　早上，灰白的太阳像一枚硬币，凉凉地贴着，一看就是个送葬的好天气。

　　把孩子送到学校回来，我立马给大哥打电话，问什么时候走。嫂子说他借车去了。大哥最近从土地局调到了文明办。土地局肥得流油，每个科室几乎好好歹歹都有车。文明办是清水衙门，整个部门连只轮胎都没有，真真正正的文明。

　　我说其实坐公交车也行，嫂子说那不还得走一段吗？"要去看三爷，东东西西的，不方便。"前些天，三爷的女儿月姑打来电话，说三爷也病重了，想见见我们姊妹几个。如此打个车就罢了，不过四五十块钱。可我懒得再说。他们好容易找个正当一点的理由来维护残缺的面子，就随他们。

　　嫂子说大约十点半才能出发。

　　"那十一点多才能到，不晚？"我说。

　　"晚什么？反正下午才去坟。中午之前应上卯就行了。"嫂子顿顿，"那事，说的时候，你可一定要注意方式。"

　　今天，我们要回老家参加一位族人的葬礼。按辈分，我们该叫死者爷爷的。事实上，他也确实是我们的爷爷。他是我们亲爷爷唯一的亲弟兄，货真价实的爷爷。在本家弟兄里排行第六，人

114

称六爷。因为住在我家的东邻，我们也叫他东院爷。我们亲爷爷参加过抗日战争和解放战争。据奶奶的回忆我推算过，他由普通士兵开始，平均每打五次仗就升一级军衔。他的军衔停止上涨是在淮海战役的一个小战场上，他被流弹击中，就地掩埋在一棵树下。他的死让我们全家由光荣军属变成了光荣烈属，也让我们这些很有可能跟着他的军衔步步登天的嫡亲的子孙们深深地扎在了庄稼地里，必须靠着艰苦卓绝的高考才有跳出农门的可能。奶奶在的时候，每年春节，村委会就会送过来一张骑鱼娃娃的年画和两斤五花肉，以示对烈属的慰问。现在我们老家的门楣上还挂着一个褪色的"烈属光荣"的木牌。

奶奶十七岁嫁过来时，东院爷才九岁。后来曾祖父和曾祖母在兵荒马乱的高潮还没来到的时候及时地过了世，爷爷在高潮的时候当了兵，东院爷就跟着我奶奶生活。一直长到二十岁，奶奶替他娶了亲。一过门，东院奶奶就闹着要分家。他们大女儿八岁那年，奶奶才把他娶亲欠的债还完。

东院奶奶一口气生了四个女儿和一个儿子。奶奶始终没有改嫁，只有父亲一个儿子。东院热热闹闹，西院冷冷清清。直到母亲生下我们兄妹五个。

东院奶奶很凶。东院爷很怕她。她不让他和我们家有什么来往，他就不来往。我家的鸡不小心跑到了他的院里，他不和东院奶奶说一声就不敢往这边送。他家的枣结过了我们的墙，他不和东院奶奶说一声就不敢过来摘。过来摘的时候，他不和东院奶奶说一声就不敢给我们留两颗。但奶奶从不计较这些。我觉得，在她的意识里，大概早就把这个小叔子当成了可以全权体谅和包容的孩子。我们家做了好吃点儿的东西，包饺子、炸油条、蒜蘸面叶、油卷馍、千层饼什么的，奶奶一定会端一份给东院爷送去。

三爷的女儿们出嫁，奶奶把仓底的粮食刮两遍卖了也要拿出最体面的嫁礼：老大是杭州缎子被面，老二是特号太平洋床单，老三是一身呢子布料，老四是镇供销社里最贵的大红双喜毛毯。后来我们家接二连三地出事，父母和奶奶先后离世，东院爷不顾东院奶奶的唠叨和脸色，都来了。来了什么也不说。也不哭。只是干活儿。他坐在水池那儿默默地刷碗，一遍一遍地刷，把碗刷得照人影，干净极了。我从没有见过村里办红白大事的人家里，会有人把碗洗得那么干净。

所以，东院爷不在了，我们是一定得回去的。如果是东院奶奶，就算了。

大哥不想早回去，很有些无颜见江东父老的缘故。从土地局到文明办可谓仕途不顺，不顺的根源是犯了生活错误：找小姐。找小姐这事，如果春光不露，就是个黑色秘密。如果有不相干的人知道，就是个桃色新闻。如果上了常委会，就是个铁板钉钉的错误。大哥之所以由秘密演变成错误，说起来还得赖我们父母。

从县城到我们老家有四五十里，半道上要路过一个镇，叫新周。那个小姐的发廊就在新周镇上。两人交易完毕，打扫战场的时候，小姐在床上发现了大哥一张名片。名片上大哥土地局长的身份让她突然对刚才的价格不满意起来，就趁着大哥背对着她站起来慢吞吞穿衣服的时候，用手机给他的屁股拍了一张照片。手机只有一百万像素，可拍他的屁股是足够清楚了。其实屁股是最大众化的部位，但不幸的是，大哥的屁股却恰恰有一个鲜明的特征：一块8字形的黑青胎记。大哥走后，小姐就想用这个8来发点儿小财。她的手段是循序渐进的：先是给大哥寄他的名片复印件，大哥不理。然后又给大哥寄那天她用的卫生巾，一小块一小块地寄。大哥就慌了。最后她给大哥的手机上发来了大哥的屁股。大哥的屁股一下子把大哥彻底打倒。

大哥给她汇了两次钱，每次五千。当她第三次打电话的时候，大哥断然拒绝。这位小姐也决不手软，她当即给一个重要领导寄去了一封匿名信，里面装着大哥的名片复印件和一小块卫生巾，要求我们的党严厉惩治这样的腐败干部，切实有效地清洁党的队伍。倒霉的是大哥和这位领导恰恰不在一条线上，更倒霉的是正赶上干部大调换，结果可想而知。大哥虽然向组织解释了又解释，却还是被组织研究到了文明办，以示教育。理由是：有则改之，无则警惕。

"她干吗不寄那张图片？"我实在不好意思说屁股这个词。

"这正是她的歹毒之处。她就是想留着这撒手锏，让你大哥知道，如果不听她的，就连文明办也待不住。"嫂子说。

为了让大哥更热闹些，小姐当然也给嫂子打了电话。

"你这个贱人！狐狸精！臭婊子！不要脸的！挨千刀的！"

"骂街有什么用？"小姐笑，"你们好好商量商量，破财免灾才是正经。"

"我和他离婚！"

"你不会的，姐姐。"小姐很沉着，"你会和他同舟共济，共渡难关。"

"呸，谁是你姐姐？！"

"一日夫妻百日恩。虽然露水夫妻一场，可我是懂礼数的人。论大排小，该叫你姐姐的。"

小姐挂了电话，嫂子大哭一场。当然，她还是明白小姐说得有道理。于是就按小姐说的，和大哥同舟共济，共渡难关。想来想去却也没有什么好办法。继续给钱？显然是个无底洞。不给，真的很可能连文明办也待不了。为了个小姐，总不至于杀人灭口吧？打蝇摔了金镶玉。

办法最后还是大哥想出来的。他说这一带的小姐都互相认识。如果托个小姐去说说人情，倒还是有可能把事情摆平。

"你还认识哪个小姐？"嫂子的头都要炸了。

"我们本家，九爷的小孙女。丽。"

"你怎么知道她是小姐？"

"村里人来办事，听他们说的。她开的发廊也在新周镇上，离那家不远。"

于是这次我们回老家去，除了送葬，还有一个重要目的，就是要和丽聊聊。嫂子说让她开口太屈辱了，就把这项好玩而艰巨的任务托付给了我。

长大后一直在外读书，工作，每次回老家都很匆匆。说真的，我都十几年没见过丽了，早已经忘记了她长得什么模样。

十点半，我们准时从县城出发。车颠来颠去，像元宵节扭秧歌。大哥不说我也知道，他开得不顺手。能顺手吗？在土地局他的专车是桑塔纳2000，现在借来的是个破昌河。桑塔纳2000已经成了他的腿，现在，腿被卸了下来，破昌河顶多算个型号不对的义肢。我甚至推断，他会把我们送到村口就借故离开。

车过新周，我注意了一下沿街的店铺，果然看到几家发廊。外饰得都很朴素，看起来个个都像是贤淑无比的良家妇女。

破昌河努力了将近一个小时，不仅终于跑到了老家，而且还超额完成了任务，跑过了头。我们这片村子养牛的农户很多，最近，内蒙一家很大的奶业集团为了占领内地市场，就地取材，在这里准备建设分公司，他们在我们村子周边规划和设计了大片的厂房和生活区，新开了很多道路。经常不回去，我们一时间找不着北。晃荡了两个圈，才来到村里。唢呐声已经清晰地摇摆进了耳朵。大哥果然一进村就停了车，说："你们去吧。我还有事。"

我和嫂子互相看了一眼，下了车。哥哥掉转车头走了。

我们的老房子在第二条街第四户。东院爷家是第五户。一入街口，就看到了灵棚。灵棚上端高挑着一张巨大的彩布，画着富丽堂皇的重阁飞檐和琉璃碧瓦，满满当当地堵着整个街面，很有些理直气壮的架势。街看着有些异样，似乎是有些窄了。我仔细瞧了瞧，明白了。一般乡村的格局，每家的临街墙和街道之间，都是有一块空地的。或者种些瓜菜豆，或者搭个葡萄架，或者垒个猪圈，或者摆几块石条，是个很有点儿意思的地方。现在，这条街两侧的空地全不见了，取而代之的是一栋栋宽宽窄窄高高低低青砖红砖的房子。空地的消失使得街道拥挤起来，似乎突然从哪里伸出了一只手，抻长了它的脖颈，狭细得让人窒息。

"去年奶业集团冲路冲到了咱们村，有些人家被冲了房子，又给新地基又赔钱，都高兴疯了，像中了奖似的，还放炮呢。"嫂子说，"也不知打哪儿听的信儿，说今年还会冲，就一家不落地盖起了房子。"

"怎么一家不落?"我说，"咱们家就没盖。"

"我回去就对你哥说，让他也盖。"

一群白衣人在灵棚旁边闲站。我们走过去，他们都转过头看我们。有些人我还认得，有些人很年轻，认不得了。二哥和弟弟从那群白衣人里探出来，接过我们手里的东西，说："来了?"

他们昨天晚上就来了。按规矩，昨天晚上子孙们是得守一夜灵的。当然，这规矩对大哥向来没用。谁都知道他特别特别忙。二哥和弟弟要搁素日，也是没这么乖的。他们想承包奶业集团的一些基建工程，这一段时间经常回老家来活动关系。昨天晚上的守灵肯定也是顺便的事。

"几点睡的?"问。

"守灵呢。怎么能睡。"二哥说，"打了一晚上牌。手气还不错。"

我看看他们，他们身上的白衣把他们显得英俊起来了。要俏，穿孝。这话是不假。他们头上的孝巾也很好看。女人的孝巾是横长的一缕，系在额上像日本的武士。男人的是方巾，先系在额上，再反搭住头，看起来像很飘逸的侠客。

我们来到灵棚前，里面没几个人。东院爷的四个女儿只坐了三女儿一个。按四季顺序排出的名字，她叫秋。也没有人喊着鞠躬磕头什么的，倒是月姑拉着让我们进去吃饭。好久不见，月姑更壮实了，黑黑红红的脸，看见我们，她从眼睛里暖出蔚蓝色的火焰来。我们犹豫了犹豫，看了看秋，她笑笑说："快进去吃饭。"我们就进了院子。院子里支着口大锅，下面的柴火还扑扑地蹿着火苗。一圈人围着它，每个人手里都拿着碗筷。有的人穿着孝衣，有人没穿。没穿的都是年纪大的和年纪小的。年纪大的是东院爷的长辈或是平辈，不用戴孝。年纪小的是戴"花孝"，也就是家常衣服。

"老大没来?"谁见了我们都这么问。

"有事走不开。"我们一例说。他们都很理解地点点头。

大锅菜很香。问题是太香了，我只吃了两口就放了碗。村里的习俗一向有"捅丧"的说法。捅是浪费的意思，很形象。办白事的人家无法节约，因为当事人都在围着死者守灵，做饭、扯孝布、接礼、还礼、买烟、置酒……所有事情都得托着别人办，别人是不会替他们省的。孝布肯定都扯得宽宽的，烟酒都是村里小卖店里上好的，做饭尽放肉。而当事人无论多心疼，都是不能说什么的。收的礼里面，能吃的也全被办事的人吃了。我们替奶奶和父母办事的时候，每次浪费的饭菜都要喂死东院爷家的一头猪。现在，那些猪的好几辈子儿孙也都已经长大成猪，被宰到了锅里，等着喂死下一代的孩子了。

"丽。"有人叫。我和嫂子一起回头，看见一个女孩子，皮肤很白，眉眼很亮，身材高匀。孝衣的领口处露出羽绒服的一角玫瑰红。

她说的是娇滴滴的普通话。

吃完了饭，去上礼桌。嫂子和二哥他们商量了一下，回头对我说："其他本家都是二十块，咱家和东院爷的关系，二十是肯定不行的。我们三家是五十，你这个姑娘家怎么说？"

还有什么好说的。我也五十。本来我准备付一百的，但姊妹们总得比肩齐。少五十没什么，多五十就把自己显高了，尽兜着不自在。

于是来到礼桌前，上了礼。写礼单的是我的小学老师，教过我们所有的兄妹，看见我们就笑得眼睛细细的，像一条棉线，道："都回来了？好好，好。"

上完了礼单，和东院奶奶打了个招呼，我们就去看三爷。

三爷的病确实很重了。他躺在里间的床上，光线昏暗。他的脸更加昏暗。一窄墨绿的布条上挂着他的五官。眼睛里静静地反射着天光。让人觉得他在每个瞬间都有可能断气。月姑说他本来身体就不结实，东院爷病重的时候，他去看过几次，随之就像受传染似的也重起来。老人之间就是这样，如一堆老房子，挤在一起时，互相陪衬着，支持着，鼓励着，还能凑成一道生机残留的风景，一旦有一幢倒塌，露出了破损的窗棂和腐朽的椽头，剩下的那些也就都漏了气，不堪回首。

除了东院爷，三爷是对我们最亲的了。他和我们爷爷一起去当的兵，走散了队伍，被国民党抓了壮丁，在一次战斗中伤了命根子，狼狈地逃了回来，一辈子没娶老婆。月姑是他抱养的。月姑说她从小没少让我奶奶操心。从毛主席老人家站到天安门城楼上宣称"中华人民共和国成立了"那一刻起，三爷老人家就成了反革命分子，承包了我们八队清茅坑扫大街的劳动任务。农村的大街上永远是尘土飞扬，他永远也扫不干净，于是除了下雨就在大街上待着，像一个机器人。雨刚停的头两天，地虽然没干，茅坑却快被天尿满了，他就穿着一双镐着补丁的黑胶鞋，担着两只黑桶，一趟趟地往田里清茅坑。月姑的外号因他而起，一是"扫帚"，二是"茅桶"，三是"野种"。有这样一个爸爸，月姑的日子可想而知。说吃苦瓜蘸黄连都一点儿不过分。月姑说，奶奶一向最护着她的，最心疼她。那些年，她几乎就是在我们家长成人的。"文革"时，三爷的劳动任务没变，名称变成了黑五类。月姑嫁给了邻村另一个黑五类的儿子。革命群众说，这叫以毒攻毒。两个毒物的婚礼是没人参加的。大哥和他们都清楚地记得，月姑出嫁的时候，街坊本家所有人里，只有奶奶不怕牵连，做了她唯一的送嫁人。除了东院爷和月姑，奶奶的义举还不止这些。她的胸襟和美德不仅让村里人口口称道，也让我们兄妹都深以为豪。老师让写作文《我的××》时，我们都写过奶奶。不过据说只有大哥的是原创，下面几个都是根据原创衍生的摹本。

月姑对我们自然也很亲。她很能干，如今的日子在她村里算是数得着的。地里支了十几个温室大棚，专种错季蔬菜。她种的小香椿尤其好，城里的大饭店都排队上她的田里等。头茬的能卖四五块钱一斤。二茬的价钱稍落些，也能卖个三四块。她常托人给我们带些二茬的。

"老大呢？"三爷问。

"忙。"

他笑笑。突然一阵咳嗽。嘴角流出一丝涎水。月姑连忙斜跪到床沿上，为他擦着。一只鸟在窗外飞过来，飞过去。蓦然间，嘎嘎叫了两声，非常刺耳。

鸟声刚落，我听见有女人叫我的名字，在大门外。静了静耳朵，再听，果真有。我想出去看看，抬抬脚又放下。刚进门才两分钟，有点儿说不过去。

"你们，跪下。"三爷说。他的声音很低，可我们都听见了。

"孩子们来看你了，你好好的。跪什么跪？"月姑斥责。

"你也跪。"三爷的神色非常严厉，"都跪。"

在很多时候，老人都有一种莫名其妙的权利。我们跪下了。双膝着地的那一刻，我有些难过。

月姑的眼泪已经掉到了地上，啪，啪。

好一会儿，三爷指指月姑："她，亲姑。"

"是，亲姑。"我们几个异口同声。

"真的亲。"

"知道。"我们笑。

月姑也笑："病糊涂了。"

女人的叫声又起。还是我的名字。趁着月姑的笑容，我指指大门。月姑示意我出去。我看了看三爷，在嫂子羡慕的目光中，蹑手蹑脚地掂动了步子。跨出屋门，我就松了一口气。

果然是容。

容是我的初中同学。她娘家在邻村，因为是那种打个宽脚就会迈过头的小耳朵村，就没有力量设置初中。容的姐姐是我们村的媳妇，容的初中就在我们村上了。吃住在她姐姐家。她学习成绩很不好，初中没毕业就到镇上的鞋垫厂打工，后来也嫁到了我们村，我母亲做的媒。我们上学时关系就很好，每次听说我回老家，她都要来看看我。

　　她脸上的皱纹多了，身材也很胖。真正的水桶腰。一心想生个男孩子，能不水桶吗？新婚不久她就开始东躲西藏，拼命要生个男孩子出来。然而生的一个一个都是女孩。她是这样处理这些女孩的：第一个留下，第二个送人，第三个做掉。第四个留下，第五个送人，第六个做掉……如此循环了两遍，她终于在她婆家村南的一个机井房里，生下了一个男孩。消息传来，我长松了一口气。仿佛是自己经历了一次特大难产。

　　在忙于生孩子的九年里，她信了基督教。当她抱着那个男孩子回家的时候，院子里的草已经长得可以拍浪漫电影了。

　　"估摸着你会来。"她说。递过一个毛巾被。这叫"搭孝"，是给孝子的礼。奶奶和父母去世的时候，她都来给我搭孝了。

　　我对她笑了笑。不知怎的，这一刻心里开始特别难过。我们年龄一样大，但站在一起，我一定看起来比她小七八岁都不止。她也明白这点，说："还是城里养人。看我都成什么了。过了初八，臭豆腐烂渣。"

　　我拍拍她的肩，表示一种亲昵的责怪。然而难过中也还是有一种受用。我们边走边聊，绕过灵棚，我把她拉到我们家门前，在石条凳上坐下。我的说多了她也不懂，但她的我都懂。所以她说的多。她说现在的日子过得很好。奶业集团在村里征地，刚好冲着了她家的旧房，赔了四万多。那房子早就不能住了，这会儿饿肚子赶上了大馒头，吃了个正着。四万多买齐了所有的材料，没欠什么账就把房子盖起来了。两层楼，全部铺了地板砖。

"用的是最好的地板砖，二十六一平方的。"她说。

"工价也不低吧?"我问。

"什么工价?!"她一扬眉，眼睛里放着光，仿佛早盼着我问这个问题。说他们的楼房没花一分工价，是她男人一砖一瓦一个人盖起来的。按常规两层楼房的工价得八千多，她男人一个人盖了一年，硬是把这八千多给省了。

"就是上水泥板的时候请几个人，剩下的就他一个死干。他这憨事，一乡人都知道。"

然后又说她自己的事。她现在在新周镇上的一个车检所外领着人检车，一天能挣二十多块。

"是不是违法?"我问。问过又有点后悔。报纸上常说，车检所的人和外边的人互相勾结，外边的人管找车，车检所的人管办手续，两下里把检车费均分了。

她看着我笑。

"我的意思是说，如果违法的话，就注意点儿。谁来抓你们的话，跑得快点儿。"我也笑，然而难过的成分如同没有关好的煤气，弥漫在空气中，越来越浓。

"不违法。"她说。说她只是比较熟悉车检的过程，能领着检车的人很快把手续办了。公家的钱是一分也不少交的。她挣的只是个领路费，或者叫咨询费。她的话我不信。但我没有继续往下戳。

"谁给介绍的这个门路?"

她朝里面努努嘴："丽。"

"她的关系还挺多的。"

"整天送旧迎新的，能不多?"容笑，"再威武的男人到她那里都不要脸了，她还把不住几句话?"

"你给她搭孝了么?"

"给她?"容说，"算了。"

石条凳很凉。渐渐地被我们焐得温热起来。眼看着嫂子二哥弟弟和月姑他们远远地走近，容才走了。

他们的脸色都有些奇怪。二哥垂着眼睑，嫂子的眼睛里晃荡着暧昧的波流。小弟根本不看我。月姑的眼睛红得滴血。尽管都是奇怪，然而奇怪得却如此参差，肯定是有什么事情发生了。我刚刚靠近嫂子，就看见月姑扑通一声跪在东院爷的灵前，号啕大哭。没有一点儿过程，奔放激烈得让人吃惊。她肆无忌惮地哭着，直哭得地动山摇，撕心扯肺。她凶猛地抓着自己的胸，仿佛有什么东西从里向外地压着她，要把她撑爆。

嫂子把我拉到一个墙角，讲了我走之后，三爷家发生的事情。其实也就是三爷说的几段话。

三爷对他们说:"月，是你们东院爷，和你们奶奶的，亲。"

三爷又说:"他19，她27，都难。月份不足，以为要死了，命大。二月十五生的，叫月。我是个绝户头，就给了我。"

嫂子说三爷的嘴唇几乎没动，但字还是如子弹一样，一颗是一颗，一粒是一粒。结结实实，清清楚楚。几十年光阴压出的话，能不结实，能不清楚吗? 我看着墙角的灰尘。有风吹过，呀，呀，灰尘们一下子飞舞起来，亮晶晶地悬在空中。我屏着息，看着这些精灵一样的灰尘。它们活了多久? 它们究竟都看到过什么? 它们有名字吗? 这真是一些有意思的问题。

三爷还说:"我死了，就没人知道了。还是，说说吧。"

嫂子说，那一会儿，他们都傻了。我可以想象，他们绝不会像所有的电影和电视剧里演的那样，叫一声："不，这不是真的！"然后掉头跑出去。他们只是看看月姑，月姑也看看他们。然后，他们谁也不再看谁。只听见彼此咽唾沫的声音。

他们跪着，跪着。耳听得东院爷家方向传来了欢欢的唢呐声和鞭炮声，三爷微弱地挥了挥手，最后说："这事，就这。回头，给老大讲讲。"

他们站了起来。男人先出门，女人后出。出来的时候，嫂子挽住了月姑的手，月姑"哇"地哭起来。好容易把她劝住，来到东院爷灵前，月姑的泪水就再次放闸。

我看看月姑。她依然在那里疯狂地哭着，任谁劝都不行。她哭啊，哭啊，酣畅淋漓的泪水让整个灵棚都湿润了。

女人们很快被感染得都哭起来。我的泪也溢出了眶。但不多，只两滴，很快就干涸了。已经习惯了独自悲伤，几乎不会当着人哭了。我潜心听着。每个声音的强弱和节奏都不一样，传达出的东西自然也不一样。有的是偶像派，如嫂子。有的是实力派，如月姑。有的则是偶像派加实力派，如四个女儿。这倒是可以原谅的。她们是主力军，哭了这么几天，如果一直靠实力哭下去，谁都受不了。这次，从她们兢兢业业的哭声中，我听出了她们对月姑的感谢。红事贵在笑，白事贵在叫。笑和叫都是热闹。热闹证明着人缘和脸面。有这么一个人来哭灵，对主家来说，实在是很有光辉的事情。

换上孝衣，我和嫂子围着月姑在灵棚里坐下。里面坐的人比刚才多了些。生了一个小小的煤球炉子。根据离炉子的远近，人也很有规律地疏密着。东院爷的四个女儿齐刷刷地围着炉子坐定。每进去一个人，她们就一起看过来，像替她们的父亲行注目礼。

棺材就在我的前边。两个长条凳支着，很小。像个小孩子的棺材。我忽然明白：里面放的是骨灰盒。现在殡葬改革也推行到了农村，村里死了人，都是要火化再土葬的，所谓的政策结合民情。棺材上面搭着一条大红色的绒布，上面花花地绣着"万古流芳"。每一个笔画都枝枝杈杈地缠着深绿浅粉。布的下端垂着黄色的流苏。全都是生机勃勃的色彩，但是搭配在一起，不知怎的就那么寒酸单薄。

棺材盖子还没有全部盖上。东院爷的骨灰就睡在里面。这个木讷懦弱厚道的男人突然变得丰富起来，在死后。他是我爷爷的弟弟，我奶奶的情人，我爸爸同母异父的妹妹月姑的父亲，一个大家庭伦理故事里的主角。活着的话他会让我们惶惑，但他死了。死比天大。他用死掩盖了一切，让我们对他不得不进行原谅的同时，还得搭上一份特别的怀想和隐秘的追思。只用死亡这一种武器，他轻而易举地就把这场复杂而漫长的战斗解决了。这真是个细密、坚韧和狡猾的男人啊。

同样细密、坚韧和狡猾的，还有我的奶奶。他们的配合真默契。

我盯着盖子处的缝隙，想找到难过的感觉。我想无论如何，在心灵深处，我对他的死一定是很难过的。平常在街上看到陌生人家举行葬礼我都会掉下泪来，对他老人家一定也是。不管怎么样我都应该哭，不然对奶奶对月姑对爸爸对自己对一世界人我都交代不过来。可看着这个小小的棺材，我怎么酝酿情绪就是找不到难过的感觉。我总觉得这个棺材里的物事和东院爷没有一点儿关系。不仅如此，一切人包括他那围着炉子坐着的四个名正言顺的女儿也仿佛和他没有任何关系。我知道自己是苛刻的，是挑剔的。我问自己：你想怎样？你还想怎样？

"老大真的一点儿空都没有？"眼睛红肿的月姑沉默许久，突然低声问嫂子。她的神情里有一种责问和命令的气息，和以前的和蔼慈祥迥然不同。这样的脸让人没有勇气敷衍。嫂子无语。

"给他打个电话，就说我说的，让他来。"月姑说，"实在没时间，下午直接赶到坟也行。"她抬起袖子擦擦眼，"又近了一层，他该来的。"

男左女右。棺材左边的男人们在打扑克，我听见二哥和弟弟已经开始很起劲地吆喝着牌名。灵棚里怎么可以这么嘈杂呢？简直不成个体统。我想。给父母和奶奶办事的时候，似乎没人这么喧哗。或许是他们都比较有面子的缘故：母亲是民办教师，父亲在城里上班，奶奶也是一个很讲究的人，在族里像个女族长，谁家有什么事都来找她商量，所以我们家的几次白事，除了应该有的哭，其他时候都是很安静的，没有这么松弛和热闹——也没有这么亲切。

丽一直晃着一脑袋黄黄红红的枯发，在灵棚内外出出进进。当她终于在我特意给她留的空座上安下臀来时，我连忙和她打了招呼。她保养得很好，手很细嫩。戴着三个明晃晃的大金戒指。我认定她已经结婚，便问，她很干脆地说："结了又离了。"

我道着歉，露出应该有的尴尬。

"你说什么对不起，又不是你的错。"她笑。

我很虚伪地故意问她做什么，她说在新周镇上开了个理发店，每天能挣个四五十块钱。不过最近生意不好，想关门去别的店打工。

"那你不是挣少了?"夏笑嘻嘻地问她。

"少是少了,可省心呀。"她说。

"店叫什么名字?"我问。

"美丽出发点。怎么样?"

"不错。"

"回头去我那里理发吧。"她说。然后她起身去外面倒水喝,问我们要不要,我说要。她一出灵棚,夏立即低声说:"大本事人。"

"怎么大?"我问。

她们都哈哈大笑起来。春凑到我耳朵边用我们都能听见的低音说:"人都用上面一张嘴吃饭,她还有下边一张嘴吃饭,本事还不算大?"她说丽的客主里不仅有周边村的人,也有这个村和她婆家村的人,甚至还有她前夫的堂兄表弟。冬说这不是全乱了么?秋说乱什么,反正听说她有的是办法不让自己怀孕。只要不怀孕就乱不了。姑娘有钱姑娘贵,姑娘无钱站门背。挣不着钱才叫乱呢。

我和嫂子不再说话。

丽倒水回来,先是递给嫂子一杯,嫂子没有接。她一直在低头发短信。估计是和大哥。月姑的事情肯定已经汇报过了。

我接过了丽的水。刚喝了两口,看见丽从灵棚里走出来,大约是要透透气。我也跟着走出去,又把她拉到刚才的石条凳上坐下。我们相视笑笑,一时间,都没话。我看看老家的门,自然锁着。里面荒得不知怎么样了。"烈属光荣"已经斜扭了最少四十五度,我走上前,仔细研究了一下,原来是木牌上端的两个钉掉了一个。木牌上曾经遗留的一些红已经彻底褪尽。

"容的事情做得怎么样?"丽问。我找到了由头,顺势撒谎:

"容说，她挺好的，幸亏你帮她忙。"

丽瞥瞥我手上的毛巾被，嘴角一抿："乡里乡亲的。"

"也帮我个忙，可以吗？"

她纳闷地看我一眼："你说。"

她的一言一行都是个见过世面的女子。我就把大哥的事跟她说了。她边听边笑，最后天真烂漫地大笑起来："有多少人见过老大的屁股？"

我说我怎么会知道。

"老大也太笨了吧？"

"那怎么办？你说。"

她说名片是交际工具，什么也代表不了。卫生巾是女性用品，老大只要不傻到去验 DNA，什么事也没有。最麻烦的就是那斑。

我承认。

"其实，说麻烦也不麻烦，不用管她就是了。"

"那她要是再到处造谣怎么办？"

"不会的。高不过眉，低不过膝。她也就这几招。把事情弄嘭了对她也没什么好处。她还得混呢。关键是让老大的态度硬起来。结成铁核桃，再敲都白敲。"丽说，"你们要实在不放心，我回头找她聊聊就是了。保证没问题。"

正说着，二哥和小弟又出来了。我进去，他们又和丽说上了话。穿过灵棚的缝隙，我看着丽的背影，还别说，她站的姿势还真是挺好看的。

闲话仍然在女人中继续。我听到了许多对他们来说是旧闻对我来说是新闻的消息：七爷三叔家的老二二十八了还没找到对象，据说是身体有毛病；八爷四姑家的老大去年夏天在马路上乘凉时把人嘎了，判了十五年。什么也不为，只是刚买了把水果刀，想试试快不快；五爷大姑家的儿子也离了婚又结了，第二茬孩子都一岁半了；四爷家的大堂兄得了肾病，已经花了一万多……

"噢!"

"噢!"

突然，男人们那里涌出一股起哄性质的吼叫。大家把眼睛投向灵棚外面，原来是起灵时间快到了，四个女婿已经白刷刷穿戴严整，正式集齐在了灵前。他们一脸静穆地磕过了头，准备进棚来抬棺。

"讹他们!"有人说。

"不讹白不讹!"

原来是兴讹女婿。四个女儿笑着，没人说话。她们紧紧盯着棚外，兴奋中又有着一种不能遏止的紧张。女婿们要进棚了。当然得进男的那边，可那边的人把口都堵严了，于是往女人这边凑过来，大约是想曲线救国。棚口早被几个身强力壮的女人把住，不由分说就去掏春女婿的口袋。

"拿钱! 拿钱!"她们一起吼。

"带钱干啥? 没带，没带。"

"没蛋算男人?!"女人们说。

春女婿眯眯笑着，后面的三个女婿也眯眯笑着，他们一起往里挤，像划船一样。四对桨划到这边，又划到那边，波浪在女人堆里来回游动，女人们拽着桨，春夏秋冬又拽着女人们。等到四个男人终于爬上岸时，孝衣早已经被扯得乱七八糟，棉袄口袋全都翻了出来。可收获不大，每个人的口袋里都只装了五毛钱。倒是崭崭新的刮耳朵票。

"滑头，真滑头，比泥鳅还滑！春，夏，秋，冬，你们真会过！"女人们又把矛头对上四个女儿。

女儿们一起得意地笑："买两颗糖甜甜嘴就行了，有什么不足的！"

几乎棚里所有的人都在笑。我也笑了。我看了看月姑，她也在笑。灵棚里成了欢乐的海洋。我忽然完全理解和接受了这种欢乐。这是真实的欢乐。这是悲哀的欢乐。这是穷人的欢乐。这是底层的欢乐，这是民间的欢乐。这种欢乐的生命力是强劲的。没有这种欢乐，这些人无法活下去。苦焦焦的日子里，这种欢乐就是珍贵的山泉，它一路跋山涉水，大多已经天消地散，一旦被人们掬到口里，自然是要随时喝下去。由它润润，光景才能开出花来。

这种欢乐，对他们来说，就是所谓的幸福。所以，即使是葬礼，也不能阻隔。

我又看了看月姑，蓦然明白，月姑本身就是一种笑。是奶奶和东院爷的笑。

起灵也并不是马上就走，之前要先把棺材盖用钉子钉好。钉的时候亲人们要一起喊："躲钉"以便让死者在阴间的行程没有什么坎坷和阻碍。然后女儿们一个个坐到棺材前面梳头，谓之"通路"。

"爹，爹，闺女把路给你通得宽宽的，你就骑马扬鞭，好好走吧……"每个女儿都这么说。她们梳头的时候，我看见，丽也用手轻轻地拢了拢自己的头发。

依次说过之后，媳妇摔了孝子盆，把棺材往前移一移，开始

133

让女婿们上祭。

上祭也许是最严肃的时刻了。我从没有发现乡村男人们的脸可以严肃得这样好看。春女婿说腿脚不好，让儿子代上。先上的主祭就是夏女婿。其他女婿陪祭。上祭的跪不同于一般的跪。先双手交叉在腹前，然后单膝着地，另一只膝再着地。动作的分解和缓慢让整个仪式感渐渐凸现。一切笑语都销声匿迹，他的神色凝重如天空。所有的人都看着他。三步一跪，他走到灵桌前，端起酒杯，洒在地上，这一刻，唢呐声停止。如是者三。最后祭礼结束的时候，他向灵桌边的太师椅上伏地大跪。回到原位。孝子过来谢他，再跪，两人碰头痛哭。陪祭的人是跪时陪跪，哭时陪哭。其他都是做样子假哭，只是最后这一哭大约是都要见泪的。我看见有泪的人都抬起了脸，略带炫耀地擦着。春女婿却伏着地，迟迟不肯起来。有人想要上去掺他，却被另一些人制止了。

"哭不出来，不要管他！"

于是人们都恶作剧似的看着他在那里跪着。哭声中多出了一些笑声。终于有人忍不住了，上前扶起了他。他的脸上果然没有泪。他嘟嘟嚷嚷有些不好意思地笑着。众人都笑了。那笑居然有些欣赏的意思，仿佛他不是一个讨厌的脸上无泪的孝子，而是一个淘气的孩子。

他儿子的祭却把整个葬礼的气氛推向了悲痛的高潮。

从开始，这个年轻人的眼里就含着泪。但他强忍着。因为身板挺直，他跪得就更好看。唢呐声响，他的泪掉下来。再也没有停止过。他一路落泪，动作却是丝毫也没有变形：双手交叉、单膝跪，双膝跪，高揖，洒酒……板板眼眼。人群静穆着，看着这个年轻人。他成了整个葬礼的灵魂。他哀恸的脸让沉寂的女人们长哭起来，他的母亲哭得尤其响亮。最后，在太师椅前伏地大跪的时候，他头触着地，从肺腑里吼出的呜咽让整个村落都长久地沉默着。他的舅舅，东院爷唯一的儿子过来谢他，两个人对跪，哭着，哭着。如兄弟一般。我看见，拉他起来的人也不住地抹着泪，他的顽皮的、一直被人打趣和嘲弄的父亲也哭起来了。

久不回家乡，我早已经忘了他的名字。只知道他因为是春的长子，所以经常来姥姥家玩耍。小学和初中也是在我们村上的。这应该是他第一次失去至亲的人吧？所以他的悲伤也那么专注和纯粹。一心一意。让人羞愧和爱怜。

小小的棺木被抬上了一辆机动三轮车。车速很慢。男子们在周围拉着幡绳，女人们拄着麻秆缠成的哀杖，在后面哭诉。

"爹啊，我的受罪的爹啊……"

"伯啊，我的好脾气的伯啊……"

"爹啊，你怎么走得恁快啊，叫闺女怎么能不想爹啊……"

"叔啊，我的好心肠的叔啊……"

"爹啊，咋不叫闺女好好伺候伺候爹啊，女儿愿意伺候爹啊……"

这些声音，不到这时候是听不到的。哭和诉都是真实的，但配在一起，不知怎的总是有些话剧式的夸张。

我和嫂子走在一起。我们只会哭，不会诉。诉实在是一种本领。小丽搀着秋走在前面。她也不住地哭诉着。出了村，女儿们就没人再哭了，除了小丽和月姑，其他女人们也都不哭了。小丽和月姑便渐渐地落在了后面。

"……啊，我的亲……啊……"月姑如此含混不清地哭诉着。听着像是哽咽难言。也只有这样。我和嫂子停下脚步，等上月姑，搀住她。她的哭声也渐渐止了。

灵车上的男人们沉默着。向东穿过奶业集团正在盖楼的工地，面前就是平平整整的田野。麦苗很绿。有几个小孩子挤在灵车上。东院爷的孙子扛着一棵小柳树，树枝上挂着长长的灵幡，灵幡的下端是白色的纸穗。一个小男孩试图去抓住离自己最近的纸穗，被大人发现，呵斥住了。他装作规规矩矩的样子挨着训，少顷，趁人不注意，他又开始抓。他故作镇定，慢慢地向前探着身子，逮着风往身边吹的机会，迅速地，悄悄地，一把抓住，揪下一小绺儿，塞进油汪汪的棉衣口袋里，脸上露出清水一样得意的笑容。

哭的人只有丽。

大家依然都不作声，任她哭。哭着哭着，她彩色的头发湿乱地横在了白皙的脸上，既娇弱又沉重，有一种说不出的风情。到后来，她似乎有些瘫软了，路都走得很踉跄，女人们才过来搀她。再后来，搀也很费劲了，几乎就是拖。这几个拖累了，那几个上。于是，丽被围在了正中间，一群女人绕着她，一步一步地把她向前面移着。灵车的速度也跟着丽慢下来，慢下来。

"傻，傻，别哭，别哭。"她们疼惜地喊。又有一些人在劝慰的过程中哭起来了。在哭的声势逐渐增大的时候，四个女儿很适时地扯开了嗓子，唱响了主旋律，把这一段哭引到顶峰。于是，高中低三声部全齐。鲜绿的田野仿佛是广阔的舞台，女人们如同训练有素的合唱队员，各种声音搅拌在一起，有一种特别的纷繁和华丽。

在泪光中，我看见灵车上的孩子们似乎被我们吓着了一样，惊奇地停顿了一会儿，然后他们彼此对视一番，几乎全笑了。

终于，人群又渐渐安静下来，我和嫂子默默地走着，许久，嫂子才说："回去之后，咱们几个每人再给东院奶奶五十块钱吧。"

"好。"我看看嫂子，说。

我们悠悠地走着。我忽然想，男人们围着灵车，女人们围着丽，两个圆这么缓缓地挪动着，从空中看去，一定非常像两朵雪白的大花。

又走过一段田野间的小路，前面就是坟地。我的父母和奶奶都葬在里面。爷爷也葬在这里。因为尸骨无处寻找，只是个衣冠冢，俗称"假坟"。

东院爷的儿子先跳进了墓坑，为东院爷暖房。然后，棺木被缓缓地放进了墓坑里。在用铁锹埋棺之前，每个人都要用手撒一把土。我抓起一小把湿润的泥土，投向那个小小的棺木。噗，噗，噗，土和土亲吻的声音累积起来，敦厚而轻柔。

填完了坟，烧毕纸马，一切结束。人们脱下了孝衣。最后一项仪式是要隔着坟头撂一下孝衣，说这样可以消灾避晦。每次只能进行一组。我看见，人们都自觉地搭着班子，两个两个地来到坟头两边。一人在这边撂，一人在那边接。然后再换位撂接。撂的人都很努力，接的人也都很努力。已经撂接过和尚未撂接过的人，都站在周围，全神贯注地盯着他们，像是在欣赏一场有趣的游戏。

嫂子和月姑一班。撂完后嫂子来到我身边，低声说："你哥马上就到了。一会儿我们上月姑家一趟。月姑说要摘些头茬香椿。"

我回头，果然。远远的，看见了那辆破昌河。

也有人看见了大哥，叫着他的名字。大哥停好车，走过来。

丽没有和人搭班。因为哭得太累，到了坟地她就一直坐在一边休息。我靠近丽坐下。丽默默地凝视着我胳膊上的黑痣，突然无声地笑了。

"都够笨的。"她说。

我诧异地看着她。

"老大上公共浴池洗过澡吗？"她问。

"十多年前去过。听说从当上科长开始，就只洗桑拿了。"

"去做个激光美容手术，把那斑弄干净，就一了百了了。"她说，"手术之后，一定让他好好地去公共浴池洗几次澡，越热闹的地方越好。熟人越多的地方越好。"

我也笑起来。是够笨的。我们都够笨的。

大哥来到了坟地，嫂子把自己的孝衣给大哥穿上。大哥磕了头，站起来，脱下孝衣。这时候，别的人都撂完了，只剩下了丽。

大哥和丽搭班。

丽站了起来。她的胳膊软得像两根荠荠菜，步子滞得像两棵玉米秆。我甚至怀疑她是否能把孝衣扔起来。大家也都很揪心的样子，一起默默地看着他们。

丽扬起了手。哗。孝衣像风一样，轻盈地向上飞去。它如一只巨大的蝴蝶，飘过无垠的天空，划过不远处正在施工的大楼的灰影，穿过东院爷的坟头，安全地抵达到大哥的怀抱。

一瞬间，我看见，所有人的脸上都笑靥如花。

像天堂在放小小的焰火

1

云平刚刚打开的界面是"百度"。查询框里的字码是"什么是破坏军婚"。相关网页有 174 篇。她先点击第一条。是百度自己的"百度知道"。答案很通俗："就是说一般的搞搞第三者，法律管不着。但是要搞军人家属，闹出来则是会被判刑的。刑法第259 条：明知是现役军人的配偶而与之同居或者结婚的，处三年以下有期徒刑或者拘役。"

这个答案前面插了一面迎风招展的小红旗，以示为"最佳答案"，有人在下面跟帖：深入浅出。谢谢！有人语态色情地继续跟：深入浅出？这个词很生动哦。嘻嘻。下面马上就有人训斥着又跟：这是有关法律、军人和爱情的重要事件，严肃些！

云平弯弯嘴角，查询第二条，这一条要详尽些，在告知过第259 条后，还把一些名词进行了具体解析：什么是"现役军人"，什么是"现役军人的配偶"，什么是"同居"等等，最后又附加上一条：利用种种不当方式奸淫现役军人妻子的，依照《刑法》第 236 条惩处。云平又赶快去查《刑法》第 236 条。答案立竿见影，钢刀利水，简洁直接：以暴力、胁迫或者其他手段强奸妇女的，处三年以上十年以下有期徒刑。

云平将网页一一关闭，失神地看着屏幕里悠然起伏的广袤草原。这大约是中国电脑里最常用的桌面了。碧茵茵的草场，天空湛蓝。朵朵白云的阴影温柔地落成铅灰色的轮廓，如纱巾一般轻绵。

云平点燃一根烟，放在烟灰缸的边儿上。干燥芬芳的烟草气息很快在眼前弥漫开来。云平凑近烟灰缸，深吸了一口。心事重的时候，她就会有些迷恋香烟的味道。但她不会抽的。最多不过闻闻这二手烟。过一段时间，丈夫就要从省军区调回来了。她打算要孩子。

烟雾从烟灰缸沿儿上袅袅升起。云平的耳朵转着弯儿听着楼道里的响动。张威没来上班，她知道。她的期待不过是一种幻觉。可她还是想这么静静地坐一会儿。实质上，她当然明白，她只是想以等张威的形式来理清自己。她等的，最终还是自己。

2

事情已经过去一周了。

一个多月前，她和张威被单位派去参加市局举办的一个计算机培训班。这种培训班每年都有，已经成了市局的一项传统政绩，以此来显示本行业紧跟现代化发展的迅猛步伐。单位大的来两个人，叫"双胞胎"，单位小的来一个人，叫"独生子"。被派来的人都是小三十的样子。这是有道理的。年纪大的培训了没价值，一般也不愿意来。正值壮年的都是骨干领导，没时间来。刚进单位的新手又没资格来。于是参加培训的就都是这些说绿不绿说黄不黄的边缘人物。云平所在的局有七八十人，算是一个大局。就被派来了两个，她一个，还有一个就是张威，是个男孩子。其实也不小了，比她还大两个月，却因为没结婚，云平就把他看成是男孩子。张威原来在下面的一个所站工作，刚调进局里半年。他在行政处，云平在宣传处，两个人接触不多。要不是这次培训，也就是见面点个头的交情。

成人培训班是个有趣的地方。虽说是有班主任管着，可真要管自然就是笑话了。班委会和支部也都是有的，不过担当的人自己是什么角色到最后都会忘掉。大家基本上都是随性而为。本来已经告别学校已久，现在却梦一般地重新回到了学生的流程，天天扎在一起吃饭，屋挨着屋睡觉，时不时地打打牌聊聊天，这气氛是亲切而迷人的。只要学费交了，课待上不上，结业证总是要发的。下课了就更自由。相好的人一对一对出去，谈得来的几个几个出去。大圈子小圈子都画得滴滴儿圆。这个年龄，眼睛里都经历了些世事，手脚里也略微有了些处世的技巧，是既能够自然分流又知晓同流合污的境界。在这个临时集体里，这个本事是很实用也很适用的，大家也都用得很好。

三十多个同学中，"双胞胎"有四五对。相比于"独生子"的天马行空和自由自在，"双胞胎"之间的关系就显得牵牵绊绊，顾忌繁多，相处的尺寸也就更微妙一些。都是一个单位出来的，离得太远，肯定说不过去；走得太近，也未必都是真心。怎么处得既让外人挑不出什么来也让自己舒服宽松，是个讲究。不过做起来也并不难：多说对方好，决不说对方坏。即便从别人口中听见有关对方的不妥之词也保持缄默，不传不议。但若得知了一些与己无关的私密消息却不妨及时共享和串通一下，对方需要帮助时则必定会量力而行。——这几条平常招数，使到那些平常人身上，是足够的。云平和张威都是知常理的平常人，因此在这些"双胞胎"里，算是处得好的。处得好的直接效果就是：逢到有什么小范围的活动，和云平好的圈子叫云平的时候会叫上张威，和张威好的圈子叫张威的时候也会叫上云平。彼此都给面子，和和气气，光光鲜鲜。这么叫来叫去，云平和张威就夹在人群里成双入对，来来往往自然就比以往频繁了许多。聊天的时候，问云平什么，张威知道的，就会替云平代答。问张威什么，云平知道的，也会替张威发言。偶尔两人还会说几句别人都听不懂的关于单位的私房话。如此这般，学业时间还不过半，几场小酒喝下来，他们的情形看着都有些像老夫老妻了。

但两个人的状态还是不一样的。在人群里，云平的话相对还是少。张威有时候说得多些，还会问她："是不是啊，云平?"云平就答应一声："谁说不是呢。"张威不说，云平也就绝不应和。毕竟是一个单位的，且男女有别，之前又不太密切，话里还是该有些藏掖。将来若是有了什么不合适的言语传到单位，自己也好撇个清爽。这么想着，云平就宁可少说，不去多说。有时候耳听着张威说得要过界儿了，云平也会朝他使个眼色或者把话岔开，单独的时候教化张威一顿。这当然是为张威好，不过说到底儿也是为自己好。同学都来自一个系统，就是一个塘里的水。张威的一些话虽然不是本意，难保将来口传口、舌传舌，旅游了一圈就换了个样儿。到时候虽说点火的人是张威，只怕离张威最近的她也逃不了干系。知道好歹的人都会明白云平的做法是多么周善。对这个，张威稍一寻思自然就是明白的，也是服气的。看着张威在自己面前温温驯驯听话的样子，云平就会滋生出一种类似于做姐姐的成就感，心里是熨帖的。

不过逛街的时候，云平就活泼了许多，由姐姐变成了妹妹。她这家店进那家店出，一三五二四六地评说着，张威就没了话。云平她们买什么，张威就帮着拎什么。张威一米八的个子，人高马大。相貌虽然一般，但男人么，个子一拔就显得帅了。看着张威亦步亦趋跟着自己的情形，云平心里也是暗暗得意的。当然仅有得意就够了。她不想招惹更多。对丈夫，她是称心的。丈夫是省军区政治处的少校军官。除了两地分居，没有什么大毛病可挑剔。况且最近连分居的问题都快要解决了。丈夫正在努力往地方调，已经颇有眉目。她可不想出什么岔子。结婚两年来，他们夫妻生活虽然过得有限，但感情还是蛮好的。即使两地分居，也每天都通电话和邮件，距离的漫长让蜜月期也漫长起来。冥冥之中，这似乎是对分居煎熬的另一种补偿。

当然，云平也知道张威也不会想和她有什么文章。张威家境是不错的，自身条件也都很好，可这么大了还没找，还不就是因为挑来挑去，高不成低不就，眼睛里容不下一粒沙子么？说到天边儿，他也决不会打她这个已婚女人的主意。即使他们彼此看着都很顺眼。

两个人在一起，都是很放心的，也都是受用的。

3

快结业的时候，他们去外面喝酒的次数多了起来。这样的酒常常喝在十点钟以后。宾馆向南走不远有一条河，叫银水河。河不宽，桥却很长。过了桥就是燕庄，是个都市村庄，有些杂乱，不过人气十足。他们常去的地方就是燕庄。一进燕庄，一街两行都是大排档，那些小菜看着诱人极了。其实都是一些最一般的菜：水芹花生米、清拌萝卜皮、油辣小螺蛳、红烧茄子、金针菇拼粉丝、白菜炖豆腐……车水马龙中，这些小菜就是尘世中开出的花朵，万紫千红，玲珑悦目，即使不吃，单看着也是让人喜欢的。若是坐下来，用筷子撅起，再陪上一杯小酒，那点儿情趣里，便有着一种说不出来的惬意。

酒这东西，说起来真是奇怪。喝的时候不仅分人，也一定要分时辰。早酒肯定是不合宜的，中午的酒又有些短促，匆忙，不能让人舒展尽兴。唯有这夜晚的酒最闲适，如拉面一般，是可以抻长的。而到十点钟之后才开始的酒，简直就有一种飘逸的韵味了。如一条柔软贴肤的真丝围巾，又如围巾下摆的穗子，绕来，绕去，是沁心的，也是别有滋味的。人在酒里，一杯一杯地数着光阴，不知长，也不知短，只知道原来酒在这世上可以衍生出那么多的醉意醺然，知滋味的人尽可以在其间游来泳去，荡荡漾漾，美美妙妙，如鱼如舟。

做姑娘时的云平是不喝酒的。她喝酒的经验开始于自己的婚礼。因为要敬宾客，作为新娘，她第一次喝了白酒。洞房花烛的时候，又陪丈夫喝。之后就面若桃花地度过了自己的初夜。从此，她对酒有了些感觉，但一般也是不怎么喝的。只有丈夫探亲归来，她才会陪着喝两杯。而现在，单身学习在外，轻快闲适，周边又都是看着顺眼的人，这情形似乎是合适喝酒的。于是，她就放开来喝了。喝着，喝着，到了一定程度，很鲜明的，云平就变成了另外一个样子。她不再阻拦劝酒的人，谁来和她碰，她就慢慢地，从容不迫地把酒喝下去。然后她两颊泛红，双眼含春，笑容灿烂地探着头，看看这个，看看那个，还会很细腻地为身边的人服务：给这个捋捋衣领，给那个顺顺头发，或者拿出一张餐巾纸，小心翼翼地替人擦去嘴角的油渍。这时候的云平，是分外可爱的。人们也会分外起劲儿地给她劝酒。她就一杯一杯地喝下来。喝到差不多的时候，人们起身，就会发现：云平已经醉得走不了路了。

于是就只好派人背她。背的人，自然是张威。他背着云平，慢慢走着，隔着一段距离，落在人后。醉了的云平很喜欢说话。

"张威。……是张威么？"

"是。"

"这河里是什么？圆圆的，白白的。"

"月亮。"

"月亮怎么在水里了？"

"地球引力。掉进去的。"

"哦。我还以为是我扔进去的呢。"

"不是你。"

……

"张威。"

"说吧。"

"你的头发真香啊。我想闻闻。"

"是么？那你就闻吧。"

"哦——好闻。哎，你看，我怎么觉得月亮离我那么近哪？"

"因为你快成嫦娥了。"

"那你呢？"

"我啊，我是吴刚。"

"你不是吴刚。你是玉兔。你的头发这么软，比兔毛还软。你是玉兔。"

"好，我是玉兔，我是玉兔。"

……

就在这胡说八道中，云平睡着了。第二天醒来的云平，总是有些羞愧。就偷偷地问张威自己说了什么可笑的话没有，张威一一道来，云平就会捂着脸叽叽咕咕地笑个不休。酒场的潜规则里，喝醉酒本身不算把柄，醉话和醉行却往往都会成为经典的谈资。也知道张威不是那般碎嘴的人，云平却还是要忍不住一而再，再而三地嘱咐张威千万不要告诉别人。张威自然应允，也从来没有食言过。于是云平对张威也就暗暗地更好些，两人的交情由表及里，渐入佳境，仔仔细细地厚实起来。

4

事情就发生在结业那天晚上。一拨谈得来的人又去喝酒。因为是最后一晚，大家喝得格外尽兴。话也说得格外尽兴。——最后的时光总是让人想朝尽兴处去做的。喝着说着，话题就飞开了。有人问张威为什么还不结婚，张威说找不到合适的。又有人问张威，看起来和云平那么好，是不是喜欢云平才不结婚，张威道："不是。云平是同事，别乱讲。"这话是没错的。云平心里却有些不舒服。他就不能顺口开个玩笑么？比如说"恨不相逢未嫁时"、"早遇到我她就不会成为军属了"什么的，这么明明白白古古板板地对着别人申辩，自己没有台阶下，多少是有些难堪的。又有人问云平为什么不要孩子，云平说想等丈夫调回来再要，不然一个人养会太过辛苦，张威睨着眼叹道："我和你一起养啊。"大家爆笑。问他用什么身份和云平一起养，张威道："我是孩子舅舅嘛。"大家又一阵爆笑，逗他："不会是假舅舅吧。"张威决然道："不会。不会。"

云平在笑声里沉默着，恼是不好，不恼也不好。巴不得这酒快快散了。这时又有人逗张威："一看你张威就不像盏省油的灯。肯定不会还是童男子吧？"张威还没答，云平心里正闷，听人居然问得如此不靠谱，脱口就道："张威当然是童男子。"不料张威闻声就立马转脸看着她，定定地，一派意味深长。一帮人也都发出响亮的起哄似的怪笑，笑得也是意味深长。一瞬间，云平就明白过来：自己说错了话。可有些错话只能硬到底，没法子改的。正想着怎么把话岔开，她最怕听的那句话已经被张威问了出来："你怎么知道我是童男子？"

所有的人都兴致勃勃地看着他们。

"怎么，当童男子很丢脸啊？"云平竭力使自己笑着。

"且不说丢脸不丢脸。你就只说，你怎么知道我是童男子？"

"一般没结婚的，当然是童男子了。"

"那我要是二般呢？"

"哪怕你是三般呢。和我有什么关系！"云平带了气。

"所以说，在童男子的问题上，不要轻易给一个男人下判断啊，妹子。"张威拍了拍云平的肩膀。他的手掌是厚大的，拍着云平的时候，像戴着一副怪异的皮毛手套。他叫她妹子。他居然叫她妹子。亲昵的，带点儿邪气儿地叫她妹子。云平觉得自己的思维有些短路了。

他们聊着喝着，喝着聊着，直到深夜一点，才斯跟着晃晃悠悠地回去。云平照例又醉了，张威照例又背她。这是最后的夜晚了。明天就要回去，再不能让张威这么背了。在张威的背上，云平朦朦胧胧地想着，有些伤感。刚才语锋里存着的一点儿疙瘩早已经消化了。她扣着张威肩膀的两只胳膊慢慢地软下来，张威察觉到了她的松懈，双臂一用力，把她往上提了提。云平觉得自己一下子高了许多。离天近了许多。高个子的男人真是好啊。伏在这宽大的背上，云平又想说话了。

"张威。"

"哦？"

"我重不重啊?"

"不重。你轻如鸿毛。"

"讨厌!"云平捶了捶张威的背,"你才是鸿毛呢。"

"好好,我讨厌,我讨厌。"

"你承认你讨厌了我就说你可爱。"

"不可爱,不可爱,一个童男子,可爱什么呀。"

"呵呵。我知道你生气了。你不是童男子,行了吧?"

"那我是什么?"

"你是大男人。"

"行,我就是大男人。我叙!"

"我也叙!"

"你拿什么叙啊?"

"不知道。"

张威就嘎嘎地笑。

"张威,快看,那是什么?"

张威顺着云平的手向天上看去,天边正划过几道金闪闪的微薄的光迹。

"是流星。"

"我还以为是焰火呢。"

"你说是焰火就是焰火。"

"那焰火怎么这么高啊?"

"那是天堂里的焰火,当然高了。"

"那焰火怎么这么小啊?"

"那么高,当然小了。"

……

回到宾馆,张威已经出了一头的汗。他在云平房前敲了半天也不见她同屋住的女生响应，这才蓦然想起那个女生下午照过合影就已经拿上行李走了。张威把云平放下，架着她的胳膊在她包里找钥牌，没有，他又在她裤袋里找。果然找到了。往外掏钥牌的时候，他感觉到了她皮肤的清温和润热。张威只觉得酒意轰的一声又上了大脑，又醉了似的。

可他知道，自己没醉，只是想醉。

进了房，他替云平脱了鞋袜，又到卫生间湿了湿热毛巾，想给云平擦擦脸。毛巾很小巧，是粉红色的。上面开着一朵朵雪白的小花。张威先蒙到自己脸上，嗅到了一种淡淡的香皂味儿。他只觉得自己的鼻子机灵灵地打了个战，却另有一股热力从头淋下，瀑布一般。

回到房间，他给云平擦了脸，又把外套给她脱下来。云平瘫在床上，骨松肉懒，一动不动，任张威伺候着。张威忙完了，把脸贴向云平，想要看看她是不是有醒的征兆。在橘黄色的台灯光中看了半天，却也没看出个端详。而云平的脸在光中变得渐渐妖媚起来。是的，她是睡着的，均匀地呼吸着。可她的脸，却变得妖媚起来了。眉好像更细长了一些，睫毛卷翘得让人心颤。嘴唇红润，嘴角还微微上挑。张威忍不住轻轻地在她的嘴巴上亲了一下。亲吻声把自己吓了一跳。四周看看，没有人，什么人都没有。然后，张威把云平的衣服一件件脱下来。云平依然一动不动，任他脱着。做着这一切的时候，张威一遍一遍地对自己说：你喝多了，你喝多了，你喝多了。他要让自己相信自己此时的喝多。有时候，相信什么比真的是什么还要重要。他知道。

终于，他们两个都是裸着的了。张威俯下身，开始认真地亲吻云平的脸。从额头开始，然后是眼睛、耳朵、嘴唇……在他分开了云平的腿，就要进去的时候，突然，云平睁开了眼睛。云平的眼睛睁得很大，很大。她惊奇地，不可思议地看着张威。

"张威，你在干什么？"

张威没有回答。一瞬间，张威明确地意识到自己不能回答这个问题，或者说，只能用行动来回答。他试图继续亲吻云平，云平开始无声地挣扎。张威全力以赴，云平也全力以赴。两个人都盲目地奋不顾身地使着劲儿。突然，不知道怎么，云平的膝盖就顶住了张威的要害。张威"哎哟"了一声，感到自己一下子在急剧地蜷缩。随着张威的叫声，云平从床上腾跃而起，这才发现自己居然已经是一丝不挂。她抓起毯子挂到身上，嘴巴张得很大，很大。似乎是想要说什么，却又说不出来。她只是看着张威的身体，张威蜷缩着的身体。

房间里很静。只有空调嗡嗡的声音。

张威终于慢慢地站起来，穿上了衣服。他没有再看云平。离开房间的时候，他带上了门。带得很轻。

第二天早上，单位来车接。云平下去的时候，没有看到张威。师傅对云平说，张威给他发了短信，说有朋友想让他陪着去办点儿什么事，所以一早就搭朋友的车走了，让他们不要等他。

云平一个人坐在后座上，闭着眼睛。师傅从问云平怎么了，眼圈那么黑，是不是没休息好？云平简短答道："头疼。"

5

第二天，云平就上班了。按照不成文的惯例，刚出差或进修回来的人是可以再接着休息一两天的，但云平没有。她几乎是迫不及待地想要上班。一个人在家里待着，她受不了。只要静下来，她满脑子就都是和张威裸体相对的情形。昏暗的灯光下，那景象历历在目：张威蜷缩在床边，肩、胸、腰、臀的曲线一气呵成，粗犷流畅，皮肤泛着淡淡的铜黄。她甚至是眼珠不错地看着张威站起来，一件件地穿上内裤、长裤和衬衣。在他穿内裤的时候，他胯间瑟缩抖动着的漆黑毛丛以及毛丛间的那棵灌木——她当然也看见了。虽然她只是看见，没有看清，但这看见已经如一盏高度明亮的汽灯，把她的大脑照得一片炫白。她要躲避这灯。她要上班。

然而及至坐在办公室，云平才明白，自己上班的目的原来并不仅此。她之所以这么急着上班，其实也是对自己好奇：这件事让她心虚。在经历了这件事后，她想象不出自己在单位会怎么样。她还能像以往一样有正常的秩序和正常的表现么？心里没底儿。她想知道自己的底儿。一进单位她就放心了。她看到了自己的底儿。这底儿还是结实的，不会让她露出什么破绽：和女同事们拥抱，和男同事们打趣，向和自己打招呼的其他科室的人忙不迭地呈现出储蓄已久的微笑和寒暄。谈及张威的时候，她措辞恰当，不疏不昵。谈及自己的时候，她表扬加自嘲，一脸没正经。然后见过处长，接领工作，处理信件……一切都如常起来。

天色渐渐地暗了。同事们早已离去。云平长长地出了一口气，在桌前坐下。这时候，她才搜索到自己急着来上班的另一个目的：想见到张威。没错，她对自己一万个承认：她是厌恶张威的。她简直不能想象昨天晚上的情形。他怎么可以那样呢？作为同事，或者朋友，他怎么可以那样呢？他怎么可以趁着她喝醉，就那样呢？但是，她也得对自己十万个承认：她想见到张威。她想知道经过昨天晚上的裸体之后，穿衣服的张威碰到穿衣服的她，会是什么样儿。他会怎么朝她走来？他会用怎样的眼神打量她？两人碰面的时候会不会说话？他会说些什么？会不会跟她说对不起？她要不要骂他？或者说没关系？……一切都是未知数。对这未知数，她是恐惧的，也是好奇的。刚发生时，是恐惧淹没了好奇，而现在，是好奇渐渐强过了恐惧。——说到底，恐惧又有什么用？总不能为这个把工作辞了。云平忽然想起一个段子：一个死刑犯被执行枪决，初次上阵的行刑手也很紧张，第一枪擦着犯人的左耳朵过去，第二枪擦着犯人的右耳朵过去，在他正准备第三枪的时候，犯人哭着说："大哥，求求你，勒死我，行么？"——既然必须有这个过程，那就干脆让过程痛快一些吧。

但是一天，两天，三天，已经一周了，张威还没有来上班。第五天，云平忍耐不住，跑到行政处作无意状去打听，行政处的人告诉她：张威病了，感冒。

云平的心一下子软了。他是在怕她么？他怕她什么？她这才想起去网上查询军婚和强暴的法律条文。如果张威真有这种顾虑的话——云平觉得自己的脸一下子发烫起来：她从没有把这件事上升到如此严重的程度。告他？这不是笑话么？她干吗要告他？什么都没做，有什么可告的？即使他是想强暴，那不也是未遂么？未遂当然也是罪，可是放在她和他身上，这罪名总是有些不伦不类。这么想着，云平忍不住就想骂张威：真蠢啊，蠢死了。是，这件事情他是性质恶劣，可自己这么长时间不说话不就等于原谅他了么？难道还需要她亲口许愿？他是不是真的以为被自己抓住了什么要命的根蒂？傻瓜。说到底，有什么呀，反正没做。没做就是看了一下。不过是被他看了一下。要这么说，她也看了他的。不亏。——云平惊奇地发现，自己已经开始替自己宽慰张威了。

电话突然响了起来。吓了她一跳。她犹豫了一下，接起。是丈夫。问她怎么还不回家，云平撒娇道：你不在回什么家？丈夫说：那你的意思就是说你还有可能夜不归宿？云平心里莫名其妙地闪过一丝慌乱，随后一阵真切的委屈又夹在了这慌乱里，把她的泪唰地冲了出来。她抽着鼻子说刚刚上班，手头积攒的事儿多，她想赶快处理一下。丈夫一边笑着逗着安慰她，一边叮嘱她要注意身体，说他调动的事情已经定下来了，办手续的过程得两三个月。"长征"即将胜利，要她再忍忍。

收线许久，云平的手还在话筒上。她忽然觉得丈夫是那么亲，那么亲，亲到了骨子里。

6

周一上班之后，云平终于看见了张威。不过一周时间，张威很明显地瘦了下来。简直是刀砍斧削。本来是想远远绕开他的，可一看到他的样子，云平的心就怦怦乱跳起来。怎么会那么瘦呢？才几天啊，就瘦了整整一圈。个子抽得更高了，像根竹竿。可怜人呢。看来他真是有心事了。怎么办啊？怎么办啊？她问着自己。横了横心，索性直接朝张威走过去。张威也看着她，一步步走过来。

"嗨，张威。"这三个字挤出来，云平的心突然安静了许多。

张威点点头，把眼睛看向别处，又看回来。

"听说你感冒了。好了么？"

"好了。"张威似乎有些腼腆地抿抿嘴唇，"你这些天，怎么样？"

"还好。"

两人相视一笑，回到各自的科室。坐到办公桌前，云平问自己：就这么完了？本以为天崩地裂的一件大事就这么完了？似乎又有些愤愤不平。凭什么呀，自己还得主动跟他说话，太没出息了。

可已经没出息过了，还能怎么样呢？

再见面的时候，两人似乎又恢复了正常邦交：打招呼，点头，微笑，偶尔闲聊两句天气、萨达姆、拉登和黛安娜。都是最正常的时段，最正常的节奏，最正常的频率，最正常的内容。他们之间，没有再开玩笑，一句都没有。

就这样宽宏大量地把平安无事的信息递给了张威，云平觉得自己已经仁至义尽了。可还没等她喘匀气儿，她就蹊跷地察觉：张威似乎并没有从自己这里得到有效的镇定。他还在继续瘦。瘦得目标坚定，不折不挠。起初云平以为是自己的心理错觉，后来才发现，他的瘦已经变得有目共睹。单位里所有的人都开始议论张威的瘦。连处长都上了心，把她叫到办公室，郑重打听："张威小伙子挺好的，最近是怎么了？"云平失笑道："我怎么会知道。"处长的眼睛里突然露出两只毛茸茸的小爪子，往云平的眼里勾来："在市里学习的时候，张威是不是喜欢上谁了？怎么就换了个人？""不清楚。"云平回答得斩钉截铁，"我也奇怪。"

有一次，培训班的一个女同学跑来他们单位调研，两人一起接待，在一个特色牛肉馆子预定了座位，三人汇齐。女同学一见张威就张大了嘴巴，仿佛见了鬼，结巴着问道："怎么，怎么会这么瘦？"张威和云平都没有接茬，只是给她夹菜，你一筷，我一筷。过了好一会儿，女同学才安下神来，挑起话头，回忆起培训班的许多趣事，张威和云平的反应依然平淡。及至谈到云平喝醉张威背的章节，云平起身便上卫生间。女同学终于感觉到了不妙，跟到卫生间，连珠炮似的问她："你们俩怎么怪怪的？培训的时候不是还好好的么？闹什么矛盾了？"

"没有。"云平断然道，又振振有词地解释，"那时是临时性同学，现在是永久性同事，所以尽管处得好，保持分寸还是很重要的。"

"噢——懂了。临时，性同学，永久，性同事……"同学念念有辞。云平把手上的水珠甩到她的身上。两个女人嬉笑着从卫生间走出来。隔着密密麻麻的食客，云平一眼就看见张威寂寂地坐在那里。人头攒动中，不早，也不晚，两人的目光于瞬间相遇。是清寒的、洁素的目光。一刹那，在喧嚣的众声中，云平似乎听见有金属落地的脆响，叮叮，当当。这声响折射到耳朵里，刺出锐利的疼。

这个笨蛋。云平暗骂。这一刻，她不得不承认她对他的揪心。他干吗要让她这么揪心？他还在思量那件事么？他还想要她怎么做才肯放下？她已经饶过他了，他就那么饶不过自己？追究起来，他这么秤砣落河沉到底，不也是从另一个角度羞辱她么？——羞辱她对他的既往不咎是一种不知自重的轻浮。她有些恨起他来了。无论如何，她不能容忍他这么下去，折磨自己，也折磨她。

第二天，快下班的时候，云平给张威发了个短信，要他晚走一会儿，说她有话对他说。——她打算和张威彻底地、直接地谈谈那件事。原本，她是想把那件事在心里沤烂的。短信发过，云平突然为自己骄傲起来。她是个多么有心胸的女人啊。不仅在行为上原谅了张威，还要从精神上解救张威。那个夜晚是条冰河，他和她本来已经处在了河的两岸，只要她不吐口，那条河就没有冰释的可能。他们就只能在冰面上行走，是真正的如履薄冰。但是，现在，她已经决定一容到底，不只是让冰面解冻，还要在这条河上重修桥梁。

怀着这样的骄傲，听见张威走进办公室，云平双眸朗净，递上一杯刚刚泡好的咖啡。热咖啡的香气霎时缭绕在他们中间。

"张威。"云平一字一字地说，"那件事，以后不要想了。"

张威啜了一口咖啡，无语。

"谁都会犯错误。我不会难为你的。"

张威仍然不说话。

"以后，你该怎么样还怎么样。"

张威抬起头，看着云平。

"我做不到该怎么样还怎么样了。"

云平的心一瞬间蹦到了嗓子眼儿。他这话什么意思？莫非他还想纠缠她？莫非他已经真的爱上了她？莫非他一直以来都不是在忧虑着原谅和忏悔的问题而是陷入了对她的爱情中？她看着张威，紧张地，抑制地咳嗽了两声，正想开口。张威又说话了。

张威说："云平，我不行了。"

"什么不行了？"

张威看着云平，笑了一下。笑得简短、微弱、凄凉。云平脑子里突然划过一道明亮的闪电，然后，由远及近，听见了轰隆隆的雷声。

"什么时候，开始的？"

"那天晚上，被你顶了一下之后。"

"以前，有过这种情形么？"

"从来没有过。"

云平把目光转向窗外。她的办公室是在二楼，楼外有一棵巨大的枇杷树，枝叶茂密。枇杷树不远处是一棵白丁香。有风吹来的时候，只要一打开窗，就能嗅到扑鼻的混合型的植物芬芳。

云平做了一个深呼吸。

"没有去看看？"

"这些天一直在看，没用。"

云平看着张威的鞋子。鞋子的标志是361°。这商标名字多棒，多有创意。360还不够，偏偏要多个1。多了个1，一切就都变了。

"那，怎么办呢？"

"不知道。"

张威端着咖啡杯，只喝了一半，咖啡已经凉了。他站起身去饮水机那里续水。一晃一晃的身子，如雷劈过的树，摇摇欲坠。云平看着，心里一片茫然。她没有再说话。沉默了一会儿，她走到张威面前，拿掉他手里的咖啡，轻轻地抱住了他。张威木然地站在那里。许久，才伸出树枝一般细长的手臂，抱住云平。

天完全黑下来的时候，两人走出了办公楼，一起去搭车。大街上人来人往，潮流涌动。每个人都是匆匆忙忙意气风发的样子，仿佛都有地方可去，都有目标可寻。只有他们，像两个迷途的孩子，在所有的路口都会犹豫着站定，束手无策。

7

都有些歉疚，都有些埋怨，都有些心疼，也都有些体恤。两人的关系，眼见得又密密匝匝地亲切起来。这真的是不打不成交。这别致的打，也成就了别致的交。他们常常会约着一起坐坐，喝杯咖啡，或者吃个牛排。或者哪儿都不去，只是都晚走一会儿，坐在办公室里随便聊聊，甚或只是坐着，看着电脑，聊也不聊。听着时钟滴答滴答地走着，一片宁默，一片纯净。

两个人之间有了秘密，在人群之中终归是有些不寻常的。单位里的人很快便看出来，他们和别的同事不一样。却都不说什么。也说不出什么。因着云平平日的谨慎和正雅，因着张威素常的豁达和简透，因着他们在单位的无足轻重和年轻，同时也因着他们的好确实也没有什么具体的、可让人想入非非的证据。云平像个小母亲，张威像个孩子。两人在一起的情形，有点儿像过家家。又似乎比过家家还要干净。是散散淡淡的默契，清清爽爽的亲。

　　——他们的好，真的是一种亲呢。这种亲和男女之间的爱是不一样的。亲好是好，却不黏缠，彼此是利朗的。诚恳坦荡，毫不暧昧。如果说男女之爱是莲蓬头，能淋得人浑身湿透，这种亲却是如热水袋，他手敷着一面，她手敷着另一面，两只手之间，夹着一枚深色的核，无数不能启齿的心思都灌进了这热水袋里，传出来的温度却是净暖和温爽的。当然，他们之间有时也是有疏离的。但这疏离又很奇怪，是可以随时变化的。要是有人想趁着这疏离插在他们中间打探些什么，那就只能感觉出他们的密来。等打探的眼睛走开了，他们也又分出了空当。总之是让人捕捉不住什么，却又有着一种氤氲生成的密切。这状态是有些奇异的，表现出来的却是家常面貌。于是大家也就只好以家常语调把他们定位成朋友。一单位上下说起他们，就说是不错的朋友。最多嘴皮子痒了，拿他们开个玩笑："瞧这小两口儿！"这玩笑开到了明处，在某种意义上简直就是对他们情谊最健康最纯净的认可，云平明白，所以也就不恼，只是嗔他们："那么大的人了，怎么就吐不出象牙呢？"

　　不过，话再说回来，其实也都知道，不会是那么纯净的。都长了快三十年了，哪还有那么纯净的心呢？常常的，云平会想起张威的身体。那个酒意荡漾的夜晚，她看到了张威的身体。这真实的事件想起来却如同幻觉。而张威也看到了她的。不，那时她是醉的。他看她比她看他还要确凿。那么，他也会想她的身体么？要是那天让张威真的做成了，又怎么样呢？她会恨张威的吧？不过，也不一定。两个人一旦有了真正密切的身体关系，再想要去全盘地、彻底地恨他，恐怕也是很难的吧？……脑子里万花筒般地转着圈儿，与张威在一起时，云平的脸上却是秋波无痕。不能问。不能说。问了是无聊，说了也没意义。她知道，再也不会发生那样的事情了。那个夜晚彼此的裸露——两个在单位衣冠楚楚的人，突然间看见了彼此的裸体。有时候，想着想着，云平就想笑。这感觉真是让人诧异的。但她始终没有笑出来。——现在，张威不行了。这是一件大事。他们都知道这件事的坚硬和重要。

云平偷偷在网上给张威查过一些资料。其实知道张威肯定也都查过，不过还是想尽尽自己的心。查过了，下载下来，打印好，给张威送去。路过书店的时候，也会在医学柜台那里挑几本书，包好，交给张威。张威都微笑着接了。想来张威也是更用心更下功夫的。但这不是用心的事，也不是下功夫的事。

偶尔的，云平也会问张威："怎么样？"

"什么怎么样？"张威困惑着，随即就明白过来，"还是那样。"

两人就都沉默了。

一点儿起色都没有。两个人难免都有些沮丧。相对坐着的时候，两个人会眼睛看着眼睛，苦笑一下。然而回头细想来，又觉得这苦也不是那么苦，似乎后味儿里还带着一些些甜意。这甜意，是所谓友谊稀释出的糖精。糖精是有毒的。

——正如云平知道，在微淡沉郁的外表下，张威是有些恨自己的。当然，这恨也不是那么好表达。有时候，云平会隐隐地感觉到，张威在不动声色地、冷冷地，从上到下地打量着自己。他用那样冰凉的目光在看自己的身体，这让云平有些毛骨悚然。不过，一次两次之后，云平也就坦然了。她任他看，看看又能怎么样？看也白看。她也知道自己的这种大无畏是有些残恶的，简直有些欺负张威的意思，由不得就内虚外热，对张威就更体贴知意起来，张威目光里的冰凉也就散了神儿，渐渐升到了零度之上。

一次，两个人从星巴克喝完咖啡出来，拐进一个街心花园散步。走累了，便坐在长木椅上休息。不知怎的，就说起结业那天晚上醉酒后看到流星的事情来。

"你说，流星是天堂在放小小的焰火。"张威道，不由得笑，"挺诗人呢。"

云平也笑："可能只有喝醉了才会那么说吧。有时候，酒醒了，反而特别想念自己醉着的时候。"

"是啊，想来人们之所以爱喝酒，原本就是为了醉吧。"

两人一起向上看去。这是个阴天，星星很少。

"不知道什么时候还能看见流星。"云平说，"也不知道流星从哪里来，到哪里去。"

"太空中的一粒微尘，偶然飞入大气层，发生摩擦，产生光热，就会成为一颗流星。"

"你怎么知道的?"

"网上查的。"

"怎么想到查这个?"

"那天晚上，你说过之后，我就查了。"

云平微笑。两人以同一种姿势仰面朝天，神情如两个小小的孩童。

8

　　偶尔，云平也会想，如果自己和张威再试试，又会怎么样呢？张威会不会好起来呢？俗话说"解铃还须系铃人"，用到这件事上，这铃到底是灵也不灵呢？但这也就是一闪念想想罢了，再一想就知道是不可能的，而且也根本无法说出口。况且，进一万步想，即使他们真的去试了，免不了会在紧要当口回想起上次的一幕，张威若是再产生类似的条件反射，那岂不更惨？

　　云平也曾暗示过张威去找小姐，张威直截了当地说："不去。"云平说："不过是为了治病。"张威不语。云平索性道："都说百分之九十九的男人都有找小姐的心理。"张威说："我就是那百分之一。"云平说："我不相信。"张威笑笑说："我就是去找也不要你提醒。"云平道："为什么？我不会看不起你的。"张威眼光锋利地剜过来："我也不相信"。云平就被噎住了。是的，她会看不起他的，即使是为了治病。

　　沉默片刻，云平又试探道："那，我给你介绍个对象行吗？"张威淡然道："随便你。"云平问："想要什么条件的？"张威道："没什么条件，你看着合适就行。"云平怨道："怎么可以这么没原则啊？"张威没有说话，只是看了云平一眼。接到这个幽深的哀怯的卑微的眼神，云平只好沉默。她还能说什么呢？还有什么好说的呢？那眼神让她明白：仅仅接受她这个建议过程本身，对张威来说，都可以称得上是一剂痛入骨髓的穿刺。一瞬间，云平心里一阵艰涩难过，几乎要落下泪来。

　　不久，云平果真给张威介绍了个对象，是云平表妹的朋友，比云平小三岁。圆圆的脸，圆圆的眼睛，一派天真无邪的模样。

看起来最多也就二十二三岁。穿着一身绿色的运动装,衣袖和裤腿上镶着长长的双白边儿,整个人如一只苹果,是刚落树的还没有完全长熟的苹果,散发着一股清甜的学生气。却也并不造作,是让人舒服的学生气。云平自己看着喜欢,想要介绍给张威,却也是有些犹豫,就拐弯抹角地向表妹打听,表妹就一五一十地告诉她,什么学历,什么工作,家世如何。听着——都比张威差了一截儿,云平心里就有了底儿。及至表妹讲到苹果少年时候因为子宫肌瘤做过手术时,兀自一惊,问道:"会影响生育么?"表妹道:"不会。就是肚子上有道十几厘米长的疤,不太好看。不过一般人么,也看不着。"云平在表妹脸上轻拍一掌,姊妹两个都笑起来。

衡量已定,云平就先给张威打了招呼,张威依然淡淡道:"好。"于是趁着一个周末,云平带着表妹和苹果,在一家餐馆和张威见了面。饭间苹果问东问西,显然对张威很有好感。张威耐心地回答着,他的神情因这一段时间的忧郁显得更有内涵似的,稳重又大方,是最惹女孩子上心的类型。情况看着很乐观。吃过饭又喝茶。之后分手,云平和两个女孩子一起逛商场,云平去买玉兰油最新款的面膜,挑过了,想了想,又多买了两份,送给表妹和苹果,两个人推辞了一下,也就要了。苹果脸上含着盈盈的笑意,润润地叫道:"谢谢姐姐!"云平搂搂她的肩,心里又安慰又愧疚,又忐忑又辛酸,一时间竟然百味俱全。

渐渐地,张威和苹果接触越来越多。起初云平和表妹也掺和着和他们玩过几次,慢慢也就不再凑热闹。只是在单位碰到的时候,云平偶尔会问张威:"怎么样?她还不错吧?"张威笑笑,不语。没有欢喜也没有黯淡。云平就知道,一切进行得还算顺利,便略略放心。然而心里又会莫名其妙地失落起来,仿佛张威离自己越来越远了。不过，她又问自己：要他离那么近干什么呢？

也曾问过一次张威："你，那个，好些了么？"

"云平，"张威认真地看着她，"不要再问这个问题了，好么？要是好了，你会知道的。"

"我怎么知道？"

张威笑笑。没有回答。云平有些惶惑地看着张威的背影，他似乎有些胖起来了。

又过了一段时间，云平的丈夫调回了地方部队。位置安排得不错，还配了专车，是一辆白色的桑塔纳2000。久别胜新婚，他经常开着车来接云平上下班。接来接去，很多同事都被丈夫认识了。单位的人都问云平，这么被呵护着，是不是准备要孩子了，云平只是笑。一次，丈夫问云平和哪个同事关系最好，云平道："我要说了你可不许吃醋啊。是个帅哥。"丈夫道："还能有我这解放军叔叔帅？"云平扑哧一声笑了出来。

一个周末，下班的时候，云平和张威一起走出办公楼，远远地看见那辆桑塔纳，张威道："是他吧？"云平点头。张威道："听说很不错。"云平问张威："你们见见，好吗？"张威看了云平片刻，道："好。"

两个人朝车走去。丈夫看见他们，就从车上走下来，迎上。云平稍稍落后半个身位，看着张威和丈夫越来越近，越来越近，她忽然觉出一种无可言喻的荒唐。这两个男人，这两个成年男人，这两个被她看到过裸体的成年男人……她有些恍惚了。因为性的关联和意义，这两个男人对她来说都是特别的，私密的。只是因为方向不同，一个成了丈夫，一个成了亲戚。

"是张威么？"丈夫先伸出手。

"是我。"张威也伸出手。

两个男人的手打了一个轻快的结，又舒展开。丈夫把目光转向云平。云平也适时地调整好了微笑："你怎么知道他就是张威？"

　　"你不是说过他很帅么？"丈夫把脸转向张威，"早就听云平絮叨过，说你是他在单位里最好的异性朋友，青衫之交。"

　　"惭愧惭愧。还需努力。"张威调侃。

　　"行了，你别努力了。我怕你再努力云平就不要我了。"丈夫接得也很完美。然后他兴致勃勃地请张威一起吃饭，云平也跟着力邀，张威就打电话把苹果叫了过来。四个人一起吃饭，是张威买的单，说是还云平的媒人礼。举座皆欢。完了之后，丈夫有些热情没使完似的，执意要请客去洗澡，于是几个人又去洗澡。云平夫妇本来可以去小包间洗鸳鸯浴的，想到张威和女友还是未婚，终究有些不好意思，也就只好分头去大间洗。男和男。女和女。

　　洗澡的时候，云平和苹果边洗边聊。互相夸着身材好，皮肤好，又聊些女人之间的寻常话题。云平果然在苹果的小腹上看到了那道小蛇一样的疤。苹果也注意到了云平的目光，说了自己做过手术的事，坦然道："很恐怖吧？好在不影响当妈妈。只要张威不嫌弃就行了。"云平忙开玩笑问苹果和张威发展到什么程度了，怎么会谈到小腹的伤疤问题，苹果居然一一道来：拉手了，接吻了，拥抱了。至于上床……苹果笑了，说："没有。真的没有。他很规矩的。是我不想对他隐瞒病史才主动告诉他的。"

　　"他说什么？"

　　"他说，"苹果的脸上漾着蜜一般的笑容，"有病的人都是更值得疼爱的。"

　　云平笑笑，展开毛巾，盖在脸上，然后脖颈高扬，迎向盛开的莲蓬头。温泉一样的水流从上而下，扑簌簌地浇灌着她，让她觉得自己越来越酥软，越来越酥软。

洗完澡，丈夫要送张威和苹果，他们执意不肯。他们是打车走的。上车的时候，云平看见，张威朝她悄悄地、很快地、调皮地、暧昧地，甚至是有些轻浮地，眨了一下眼。这让云平有些蒙。记忆里，张威从没有向她这样眨过眼。

9

一个月后，张威说准备和苹果结婚。一听到这个消息，云平就知道，他好了。想问张威什么时候好的，却犹豫着没问出来。之后就不大好见到张威了。他忙得要命，装修房子，买家具，选西服，拍婚纱照，订饭店。事儿多着呢。直到他给云平送喜糖的时候，云平才把憋了许久的问题端出来。

"好了？"

"好了。"

"什么时候？"

张威把头略低了低，黑漆漆的眼睛平视着云平。

"就那么想知道？"

"没良心的。关心你呗。"

"那我告诉你，"张威的眼睛里噙着晶莹的笑意，他慢慢地把后面的几个字逮出来，"洗，澡，那，天。"

"为什么？"云平直直地瞪着张威。

"不知道为什么，看见了他的，我就好了。"他歪着头，盯着云平的眼神，"真的好了。"

云平怔了怔。这个家伙。这是什么话啊。看见了她丈夫的，他就好了？然而云平很快悟过来，几乎不敢再看张威的眼睛。这个坏人。她想。这个坏人。

张威依然看着云平。不依不饶的。云平躲了片刻，又觉得这么躲很没出息，便麻着头皮迎上去，继续问：

"和苹果试过了？"

"试过了。"张威笑，"要不，我们也试试？"

"去！"云平一拳打过去，被张威捉住。云平发现，张威的手很热，很有劲道。这真是一双大男人的手啊。

云平使劲儿甩开了。

"不想试？"

"不想。"

"真不想？"

"真不想。"

"不信。"

"再捣乱我告你性骚扰了啊。"

……

张威把腰弯得更低，探究地，眼睛从下往上地看着云平。云平接住那个眼神，"呸"了他一下，两个人一起笑了。

然后他们一起吃饭。要了酒。一顿饭，吃了很久，喝了很久，坐了很久。等他们走出餐馆的时候，夜已经很深了。

以后，他们不会这么在一起吃饭了。他们都知道。他不是男人的时候，她不是女人。不是男人和女人的时候，一切都可以混沌的，天真的，这天真是躲不了人的，也不用躲人的。他们心里的那点儿东西，也许还称得上是友谊，或是约等于友谊。而现在，他已经又成了男人，她便又成了女人。混沌和天真也就随之消逝。再若要留，是留不住的。即使勉强留得住，也会是矫情，是造作，是自欺欺人。有多少被视作流言的绯闻到最后没有真的影子？被冤枉的有几个？群众的眼睛真的是雪亮的啊。

喝了不少酒，他们都有些醉。他们慢腾腾地走着，走着。后来他们都没了力气。云平给丈夫打了电话，让丈夫来接他们。丈夫问她在哪里？她说："不知道，不知道。不知道啊不知道。"

他们坐在路边的长椅上。是啊，他们确实不知道这是什么地方。这感觉真好。空气很清新，每深呼吸一下，肺就像被洗了一遍。他们一口一口地呼吸着。似乎已经很久没有这么畅快地呼吸过了。

"眼睛有点儿花。"云平说。

"没关系。把眼睛放松，往天上看。能看多远就看多远。这样会舒缓眼肌的紧张感。"张威说。

云平按照张威说的，把头枕在长椅的靠背上，专注地看着天。今天天气不错。虽然没有月亮，却有很多星星。他们一起看着那些星星。一颗一颗的星星像撒开的小米粒，金灿灿的，很好看。他们着了迷地看着那些星星，久久不动。这个夜晚，不会看到流星。他们知道。不是每个夜晚都能看到流星的。他们知道。不过，即使没有流星，能一起这么简简单单地看着星星，也是好的啊。

紫蔷薇影楼

换个姿势，再来一次

做小姐的人，随便哪个都有几只黑胸罩。黑胸罩的好处挺多。性感，显得皮肤白，好配衣服，还耐脏。前前后后，小丫买过不知道多少黑胸罩。舍不得买太贵的，再贵的胸罩时间久了也一样没弹性。她们消耗这种东西比一般女人厉害。她就一段时间买一只，一段时间买一只，又便宜又新鲜，二十多块钱的货就很像个样子。以前在东水县，哪里敢想这个价位的？十块钱也得好几趟转悠。过一两个月，带子松了，她们就换着戴。她专捡胸围比自己小的人的，胸围比她大的人就捡她的。

小丫也买过一只贵的。六十五块钱。全真丝料，杯罩上各绣着一朵娇黄的玫瑰。因为贵，小丫没怎么舍得戴，一直都是崭崭新的样子。离开深圳的时候，别的胸罩送人的送人，丢掉的丢掉，唯独这只她千里迢迢地带了回来。其实回来也没怎么戴，几乎忘掉了，一次回娘家收拾东西，在一个大柜的角落里找了出来。然而拿回去也还是没有想要去戴，顺手塞到了自己家大衣柜的抽屉里。她的内衣都在抽屉里放着。

看到这只胸罩，她忽然想起，戴上这只胸罩的第一天，她接的是一个家乡的客人。

五年的小姐生涯里，小丫就接了这么一个家乡的人。扒了皮挑了筋把他的骨头烧成灰，小丫都记得他的声音。按比例算，东水县有五十多万人，城镇约莫有八万，青壮年男人两万多，有机会出差的也就千把人，千把人里头就算有四五百个找小姐，恰恰到几千里外的深圳又恰恰碰到她的才会有几个？概率很小，但不能说绝对没有。所以她很小心。这种生意做不得一辈子，她迟早是要回去的。她不信这边的男人，也惦着父母。虽然上面有两个哥哥，可她知道那都是靠不住的，成了家越发看出来了。末了还得她贴着心给爹娘养老送终。想到父母小丫就干得分外敬业，一点儿含糊也没有。用爹娘给的身体去挣钱，既能给自己攒个本儿，等到将来爹娘七病八痛的时候，也能够放开手脚尽尽心，她觉得这也是一种孝顺。当然，无论多么心安理得，在这边的事儿还是不能让爹娘知道，因此她也格外回避家乡的人。

其实这个男人的普通话还是很不错的，小丫开始没听出一点儿东水味儿。两人开了房，先洗澡。鸳鸯浴。洗的过程中小丫给他吹了箫——小丫通常都会这么对付一般的嫖客，这样他们到床上之后即使还能折腾，也是炒锅里的黄瓜，硬撑不了多久。男人泄了一次，舒服得哼哼唧唧。洗完澡，他们来到床上，男人果然有些疲乏，就搂着小丫说看会儿电视，养精蓄锐一下。小丫摸着他黑黑的肚皮心想：再蓄也是个银样镴枪头！看了会儿电视，男人正蠢蠢欲动，手机突然响了。小丫替他拿过手机，顺着瞟了一眼，是家乡的区号。东水县的上级市主管着七个县。七个县用的都是这个号。她的身体不自觉地一凛，暗暗念叨：千万不要是东水县啊。男人接了电话，果然是标准的东水口音："四，四（是，是），我米（明）天酒（就）悔（回）。"接完电话男人就把手机关了，又用小丫再熟悉不过的方言说了一句："真他妈的吃胆

（扯淡）。"

怒气冲冲的男人爬到了小丫身上，关键的部分也很有些发怒，一下子便挺立潮头。他激情澎湃地做完了，小丫穿衣要走，男人道："我还行呢。你陪我一晚，明天早上我们再来一顿。"

"大哥，我就是能吃，也怕你累着啊。"小丫说。接他就够了，再陪他睡一晚，还不是像陪一只老虎？

谢谢妹子心疼，我累不着。牡丹花下死，做鬼也风流。要是怕耽误妹子挣钱，我补就是了。妹子你说，谁给的钱不是钱？男人很豪爽。小丫知道只有公费的人才会这么豪爽，内地来的几乎全是公费。小丫就有些动心了。男人说的没错，谁给的钱不是钱？钱也罢了，家乡人对她也是一种诱惑。她已经很久没有见到家乡人，很久没有听到家乡话了。她害怕这个，却也想这个。虽说是老虎，可从东水的山上下来的老虎，看着还是不一样。再说，这个老虎真的就能吃人么？天大地大，这一辈子难得再碰上他。专门寻人还寻不着呢，怎么就会偏偏遇偏偏？碰不上他那他到底还是一只纸老虎。这么想着，小丫就住下了。

接下来又是闲聊，男人给小丫讲了几个三国版的段子：赵云和张飞同室云雨，赵云身下的女人突然不高兴了，赵云忙问为什么，女人指着张飞说：我也想要巧克力的。刘备巡营，问候众将士：大家好！众将士回答：首长好！刘备又问候：大家辛苦了！众将士道：首长辛苦！刘备很满意，想进一步鼓励士气，便就近拍了拍一位士兵道：我们的军队绝对战无不胜，看这些胸肌就知道了。那位士兵道：报告首长，我是女兵！小丫嘎地笑了。男人受到鼓励，又讲：刘关张刚刚三结义的时候，有一次同享一个女人，说好每人做八下就下来，刘备负责查数。张飞先上，一二三四，五六七八。然后是关羽，一二三四，五六七八。最后是刘

170

备，只听他念：一二三四，二二三四，三二三四，四二三四……好不容易到了八二三四，关张想他总该下来了吧，谁料他接着道：换个姿势，再来一次。

小丫再想不到段子里刘备的逻辑是这种无赖法，笑得气塞咽喉。男人贴着她的乱颤花枝，说：你的胸肌和我的巧克力一样好，我们就换个姿势，再来一次吧。

如果不是老乡的话，男人给小丫的回忆还是很完美的。他技巧和能力都可以，很知道照顾女人的情绪。在她的客人里应属上乘。既然都是赚钱，谁不愿意快乐地赚？谁不愿意舒心地赚？谁不愿意在和拍拖差不多的甜情蜜意里赚？行规是做一次算一次价，那次本来该收三份钱的。但小丫三次只做了两次收，免费赠送了一次。甜不甜毕竟是家乡水，亲不亲毕竟是故乡人啊。何况，那天晚上她做了一个很滋润的梦，第二天早上他们做的那一次，感觉也是非常地好。

现在，她回到东水已经三年了，这三年里，她平平安安地结了婚，生了孩子，影楼的生意也越做越好。正是风调雨顺红红火火的时候，这个声音连带着这个人，却不知趣地出现在她面前。

"换个姿势，再来一次。"

听到这句话的时候，刘小丫正在整理收银台下面的柜子。柜子里乱糟糟的，坏相框，旧底片，儿子的小棉袜，没有一点儿眉目地堆在一起，好久没收拾，都快成垃圾站了。这种事情她不做，张长河是八辈子也指望不上的。男人到底还是男人。

忽然，小丫就听见了这句话。平时这句话是张长河常说的，她耳朵都听出了茧子，今日由那个声音说出来，仿佛是家常的床单披上了模特的身体，不知道怎么就这么奇怪。

她手里的两叠照片袋发出一阵轻微的风声。

"换个姿势，再来一次。"

那个声音把那句话又意味深长地重复了一次，像小孩子在津津有味地拾掇着只有自己才晓得窍门儿的玩具。仿佛这八个字的一句话是一个神奇的酵母，由他一遍遍地发着，就能蒸出一锅锅白生生暄腾腾的馒头。馒头里还冒出了一股一股的蒸汽，把小丫熏得像做梦一样。

这一天，终于来了。辘轳提桶，上上下下了这么多年，终于还是挨着了黑飕飕凉冰冰的井面。一瞬间，她忽然觉得，自己其实一直是盼着这事儿来的。

不知道过了多长时间，那个声音消失了。一个男人一个女人和一个女孩子从拍摄间走出来，边卸妆边问照片什么时候能取。小丫说得一周时间。女孩朝着男人喊："爸，到时候记着取哎。"男人没答应，他缓缓地移着脚，好像是在聚精会神地研究墙上的样片。

小丫没抬眼，但她觉出男人的眼睛穿透了身子在看她。他的眼睛里有股风，把朦朦胧胧的蒸汽一点点地吹散了，小丫已经看到了那些馒头，还有下面横七竖八的屉格。

女人和女儿出了门，推起了自行车，女儿不耐烦地喊了两声爸爸。男人慌慌地向外跑去。小丫盯着他的背影，他的背影犹豫着，终于在推门的一刹那，还是回头瞟了她一眼。只一眼，两人都赶紧把眼睛跳开了。只这一眼，足以让小丫知道：他们都确认了彼此。

小姐的职称

刘小丫刚刚认识张长河的时候，回到家乡只有两个月。腊月十五进家门，马不停蹄过了大小年，掰着指头过了二月二，掉转屁股就是三月三，眼看春天就踩上鼓点儿了，她还没找到事情做。

其实也不是完全没有事情，就是看不上眼。开个打字社，得有肥肥壮壮的公家关系才有的可赚，她没有。在饭店当服务员，一月三五百块钱简直是笑话。做老板倒是赚得多，问题是这小地方一年饭店三年账，平日里资金压得太厉害，家底儿耗不起。也想过卖服装，把着个身子，整日整日看店不说，还得三天两头起早赶晚去进货，辛苦死了。最好的事情就是嫁人，已经二十五了，早该嫁人了。报上说二十五六岁的女人生孩子最合适，她眼看就快过了这个好时候。可嫁人又是难度最大的。不能找家境太好的，家境太好的会挑剔她。不能找心底儿太清的，心底儿太清的会怀疑她。也不能找太有本事的，男人太有本事她的本事就派不上用场，派不上用场就没有地位和发言权。想了一场又一场，她对象的定位基本上就是：有点儿穷，又不甘心穷。想干事，又没多少能耐干大事。挺厚道，又不是不知道心疼人。肯吃苦，又没有多少臭脾气——最重要的一条，喜欢她，对她死心塌地。只要他对她死心塌地，她就决不会亏待他。至于她对那个男人，无论是谁，爱情肯定谈不上，当然，她不爱男人并不代表她察觉不出男人对她的爱，也不意味着她表现不出爱情的感觉和模样。——对她来说，这都像奥斯卡影帝演小品，小菜儿一碟。只要有合适她标准的男人对她投之以砖头一样结实的爱情，她保证会让他发现一块神魂颠倒的美玉。她保证。

"给我一个机会，还你一个惊喜！"这句广告词真是写到她心坎儿里了。

标准不算高，找起来还真不容易。其实哪里是找？只是碰而已。那天傍黑，她去买烧饼，一眼就看见了张长河。他正在大街上发送广告单，穿着贴满兜兜的劣质摄影服，是集上卖的那种，撑死了也超不过三十块钱。脖子上吊着一个相机，旧的，时不时举起来做出一个抓拍的姿势，不动的时候，就是一只呆头呆脑的企鹅，一看就是个傻里傻气的摄影爱好者。刘小丫一副漫不经心的神情走过去，要了一张广告单。广告单的名头是"小河照相馆"，地点是新华路最西头，快到城乡接合部的村里了，房租肯定是最便宜的。再看经理和摄影师就一个，不用说连带伙计就是眼前这位。身边站着一个靓女，此时的张长河显得有些紧张。他不时地扯一扯照相机的带子，黑带子本来已经在脖子那里勒出了一道汗涔涔的白印子，他一动，那道白印就会惊讶地静止片刻，然后绯红起来。

那时节的小丫穿着一件雪白的套头毛衣，自然旧的蓝色牛仔裤，扎着马尾，化着淡妆，看起来清纯无比，一派天然，见人还有些不好意思地笑着，害羞腼腆，脸也会恰到好处地微红一下，如果不留神看她眼角的细纹，简直就是一个刚刚毕业的大学生，任谁也想不到她做过五年小姐。小丫对那些把小姐样子挂在面儿上的同行总是嗤之以鼻。小丫觉得即使是淘大粪的在脸上贴标签都无妨，唯有小姐这一行不能。本来这事儿就被人看贱了，自己再把自己打扮成贱样子，等于帮着别人踩自己，心劲儿提不起来不说，也不安全，经济效益更也不沾什么光——只有低档次的客人才会喜欢黑眼圈红嘴唇皮短裙露背装。小丫曾接过一个客人，那个客人说他是个编审，小丫问他什么是编审，他就把职称的路数给小丫详细地讲了一课。按他的说法，小丫就想，如果小姐这一行也有职称可评的话，让人一看就知道是小姐，这是初级。看着不太像小姐却又透出那么点儿小姐的意思，这是中级。看着完全不像小姐，这是副高。看着不仅完全不像小姐而且根本不能把这样的女人和小姐想到一起，这是正高。她觉得自己就是正高。当然她也承认或许会有比自己道行更深的人，那就给她们再额外加点儿什么吧，诸如理事主席秘书长之类的头衔衬托衬托，爱怎么着怎么着吧，反正是自己瞎想着玩。

女大学生一样的刘小丫在这个柳丝刚刚开始吐绿的春天站在了摄影爱好者张长河的身边，用清脆又带点儿天真的声音问："你就是张长河吧？"

"是。"张长河说。

"你们有多少套婚纱？"

"十来套。"

"有摄像机吧？"

"没有。"

"拍时尚写真吗？"小丫知道，这个词在深圳当下很流行。

张长河吭哧了半天，没有回答。大约是没听懂。

"你的相机是数码的吗？"

"不是。"这次，张长河把声音振了振。可振到第二个字的时候，音尾又垂了下来。像风末儿捎带起的旗角儿，展了片刻便奄奄一息。小丫又问："你在哪儿学的摄影啊？"张长河说是自学。小丫笑了。一小间偏门面，一架破相机，十来套婚纱，全部成本也超不过千把块钱，就觉得自己已经有了一项能养家糊口的俏皮技术，就敢上街打出招牌揽生意，真是衔着鹅毛不知轻，顶着磨子不知重。不过，这也正是自己想要找的人：没阅历，有心劲儿，穷坏子，憨后生。只要落到自己手里，肯定拿得住，不愁调教不出来。

张长河见小丫不走，正遂了心思。路人见一个漂亮姑娘站在那儿，还以为他们俩是一伙的，上来要广告单子的就多起来。有询问价格的，张长河就出面说，有问业务内容的，反而是小丫比张长河说得花哨。一拨拨的人来了，又一拨拨的人去了，天黑下来，半天，张长河才道了谢，说："你干吗这么帮我?"小丫说我一个表哥也喜欢摄影，大家做个朋友，以后多交流。张长河忙不迭地点头，说："你来照相吧。"小丫说："就你? 免费还差不多。"张长河毫不掩饰自己的大喜过望，说："当然免费，当然免费。"

过了几天，小丫去了照相馆一趟，里面没有一个客户，只有张长河在擦柜台玻璃。用过湿布用干布，擦得一尘不染，极其认真。看见小丫来了，如同见了凤凰，找出几枚硬币跑到对面小卖部拿了瓶纯净水。看着他踢踢踏踏的背影，小丫心里的一块地方突然有些软酸软酸起来。

聊过几次之后，小丫的照片也贴了一墙。单看照片，是最幸福美满的县城时髦少女。除了必不可少的新娘照外，她还参照着对深圳影楼的模糊印象和摄影杂志上的造型，拍了许多在县城并不多见的照片，她把这些照片归纳成自己当初问张长河的那几个字：时尚写真。有一套装扮，是用玫瑰红的皱纹纸一圈一圈卷在胸前，同色的唇膏，几缕刘海有章有法地搭在额上，媚然浅笑。嘴角下方印着橙黄的繁体字：爱? 或是被爱? 夹带着省略号，提醒人们这问题多么意味悠长。还有一张是两条长辫子垂在胸前，月白色旗袍，有些惊讶地往后回首，似乎正听见有人突然喊了自己的小名儿。这是纯粹的小家碧玉式。落款"清新的旋律"。或是一袭黑色吊带裙，举着支白芦苇，芦苇轻轻地扫过面颊。这种照片的风格是良家女子在清纯许久之后突然想试试风尘之韵，又有些不熟悉，怯生生透出一种自然的稚嫩，俨然是想学又没学会的样子，反而让人心疼。裙边也有一行小字：越爱越美丽。也有一张是上身短肚兜，下身宽布裙，露着珠圆玉润的肚脐眼儿，因为在小小的照片里，肚脐眼儿远比实际生活中露出的要耐看，也更让人遐想。旁边也有几个不同型号不同种类的繁体字：梦城花影。穿着和服打着纸伞的，当然是"异域风情"。穿着家常T恤，用手拢起头发，腕上是粗大的木镯的，谓之"年轻的感觉"，也有忧郁地盘着髻静坐的，旁注是"人生驿站"，这都是在室内。室外也很简单，站在一棵树的树岔间，往上抬头，自然注解为"青春的记忆"。或是找一面破旧的红砖墙，脸贴着墙壁耳语，就是"往事如烟"。

每进一套衣服，小丫都要先试装照相。拉过了手，拥过了抱，该亲的亲了，该摸的也摸了，这一段恋爱史也是一段摄影史。无论恋爱还是摄影，都让小丫有一种微微的陶醉。道具和服装其实都是很粗糙的：衣服大都毛边儿了，拉链也多半不敢使劲。花儿是掉瓣儿的，叶子里揉满了灰。披肩的流苏长短不一，衬里边上染着一圈腻腻的黑。但这都并不妨碍拍摄效果的细巧和华丽。柔光一罩，什么都完美起来，使得照片里的作秀者即使是面对极限的观众，也不妨碍品尝到那么一点儿真切的明星味道。对许多女人来说，这是一种诱惑和满足。在这恋爱和摄影里，小丫觉得自己又恢复了一些正常女人的趣味——这些趣味是她早已经生疏和漠然了的，现在却常常会为此开心大笑。

在她经历过的有限尘世里，相对来说，这照片和这恋爱都是干净的。即使矫情，即使俗气，也还是干净。

小丫决定收网。她收得很谨慎。那天晚上，他又给她拍照片——这在他们几乎是一种游戏了。这次要她拍一张略微野性的，他设计她只用一条毛茸茸的褐色长围巾缠在胸部，额前一根同色细带，眼影深深的，有些神秘的吉卜赛风格。她猜测到了他的伎俩，他的伎俩和她的不谋而合。她当然也是希望能通过上床把关系推进并且确定下来，只是还没有想好该怎么去看似被动实则主动地实施，他给了她一个恰恰的机会。她乖乖地按照他的提议拍了那张照片，不过没用褐色围巾，她用的是白色的，白色的反而效果更好，野性里鲜鲜地带出几分无辜和纯洁。拍完之后，他舍不得走，又不敢贸然上前，她把一根围巾线悄悄缠挂在胸罩挂钩上，让他来摘，他才有了胆量。

一切都如她预料的那样，张长河看见了她身下的红。他哭了。小丫也哭了。他们紧紧地抱着，像这世界上所有最亲密的爱人一样。

这天是她例假的最后一天。

她骗了他。但骗也是稀罕他。想让她骗的人多了去了，她还懒得骗呢。张长河是青头丝儿，她必须看起来也得是黄花儿菜。她不能欠他的。没有男人不在意这个。她不想被抓住把柄，那样即使结婚也一辈子说不得嘴了。自己这么多年处心积虑的是为什么？还不是为了那句老话：妇女翻身得解放！

一切水到渠成。小县城里时髦少女的时髦恋爱之后是时髦婚姻和时髦家庭。两个人的婚纱照和儿子的时代宝贝系列紧随着小丫的时尚写真，为这一段发展做了最直观的跟踪报道。在老家举行过热闹的婚礼之后，小丫以母亲的名义把自己的积蓄取出来了一部分，两人轮番去外面学习了一次：小丫学习美容化妆，张长河学习数码摄影。学成回来他们就添置了电脑，小河照相馆也摇身一变，成了紫蔷薇影楼，搬到了最繁华的东大街上，小丫特意让装了一个四百瓦的激光射灯。夜晚来临的时候，他们的射灯远远地就弥漫出一大团浪漫的蓝光，几乎成了东大街的标志。

他们的日子，他们的影楼，和他们的儿子一样，在小丫的聪明精敏和张长河的勤恳能干中，一天天地生机勃勃地成长起来了。

一次，张长河问起他们初次见面时小丫所说的表哥："你不是说你表哥也爱摄影么？哪个表哥？"小丫嘴里正含着一口水，笑着喷了过去。

和故乡做爱

走出紫蔷薇影楼的那一瞬间，窦新成心里不知道是什么感觉。

女儿考上了省城的大学，妻子冯玉娟提议照个全家照。在街上左瞧右瞅，最后女儿和冯玉娟都在紫蔷薇门口焊住了步子，女儿指着招牌上那个新娘道："水水的，多好看。就是她了。"

他抬头看了看那个女子，她穿着白纱，低头浅笑，似乎有些面熟。一时也不在意，抬脚就走进去。照完了全家福，女儿又要求照个人写真。小女孩在镜头前频频作秀，摄影师一会儿便说一句："换个姿势，再来一次。"这句在影楼里最平常的话，今天却莫名其妙地让窦新成扎耳。听着听着，他忽然想起了多年以前在深圳的那个夜晚。鬼使神差地，他跟着摄影师说了起来。

他说了两遍。他说的时候，冯玉娟不满地看了他一眼。他知道自己的声音传达出的味道和摄影师不一样，是怪异的。

第二遍说过之后，他戛然而止。他想起来了：他见过招牌上的那个女人。

那个女人是个小姐。

可以说，他对女人最生动的了解几乎都是从小姐身上获得

179

的。第一次是在西安，一天黄昏，他绕着居住的宾馆附近散步，在一个凉皮摊上瞄见一个女人的背影，婀娜极了。他就在她对面坐了下来，要了一碗凉皮，装作不在意的样子偷偷去看女人，女人却长得窄眉窄眼，让他有些失望。女人笑了，低声说："大哥，我的好处不在脸上。"他的心嘣嘣嘣地乱跳起来，直觉到了这个女人的身份。吃完了，女人说："大哥，我那里有最新款的手机，特别便宜，你想看看吗？"他点点头，跟着女人到了一处单元楼里，女人进门就开始脱衣服，他有些慌，问女人："手机呢？"女人媚媚地看了他一眼，说："在你身上。"扑过来就握住了他的下体。他就做了。

出了楼，他觉得自己简直没办法看人，仿佛全世界都知道他刚才做的丑事。他一遍遍骂自己，真他妈下作！但骂着骂着就笑了。随之而来的第二次就从容了许多，他由衷地发现，这种事情虽然下作，但是真的很有趣。甚至可以说，下作的事情多半都是有趣的。做完之后，他还喜欢和这些女人们说笑。女人说："大哥，我爱你啊。"他说："妹子，我不爱你啊。"女人说："大哥，我是真的很爱很爱你啊。"他说："妹子，你是真的很爱很爱人民币啊。"他们就笑在一起。想说什么就说什么，想做什么就做什么。只要不是杀人放火，男女之间的事情和话语他们想来的全可以来，能来的全可以来。彻底的放松，彻底的做主。下作里有这样奇异的畅快和尊严。他贪恋。他在她们面前完完全全地做着男人。开始有时候还会觉得对不起家，后来发现自己一犯过错误就会对老婆特好，对老婆特好老婆就会很高兴，他们俩一高兴全家就都其乐融融，他的一点儿负罪感也就渐渐悄无踪迹。这也算用特别的方式为家庭做贡献吧。他想。

他就这样成了一个小姐爱好者。每听到养情人的朋友们诉苦，他就觉得自己的方式实在是好。老婆是青菜，青菜寡淡，但什么时候都不能少。其他女人就是荤，用来三天两头调口味。而在这其他女人里，情人是家鸡，娇气，费食，还常常得清理鸡圈；虽说吃个鸡蛋挺方便，可时间长了，这方便还抵不住闹心。小姐是野鸡，野鸡就省事得多，给点糠米就能用，因为久经风雨锻炼，肉质也分外的刺激和专业。他找小姐的时候有两条基本原则：一，从不多找。荤香是香，吃多了也就腻味。二，只吃远的，不吃近的。野鸡，野鸡，远一些的才算野。越远越野，越远越放得开。同时也因为野而不得不限制次数，而次数少就决定了质量和感觉都比较好，安全性也高。

他从不在本地找，只是在出差的时候公私兼顾。以前出差的机会少，自从占了卫生局行政科长的肥差，这就不成问题了。

那年的深圳之夜绝对是窦新成小姐艳遇史里最难忘的片段之一。不仅仅是因为她人漂亮，床技好，更重要的是她是他家乡的女人。开始他根本没察觉，后来他去接手机，那女人惊异地看了他一眼。她眼神闪过的速度很快，但还是被他捕捉到了。他把她眼神里的一机灵藏到了心里。半夜，他被她的呓语惊醒，是地地道道的东水县口音。

他打开灯，上了一趟卫生间。刚要关灯，忽然又想看看她的脸。也许是灯光太射眼了，她翻了个身，背对着他。翻身的时候把胸罩弄到了地上。他捡了起来，看见上面两朵娇黄的玫瑰。背勾附近的纯棉标签上显示的牌子是"沙菲"。

早上，他又和她做了一次。这次，他带着一种难以言说的柔情。他感到一阵阵的心悸冲刷着他的血管。他从未有过这样的快感。和她相拥而亲的时候，他的感觉宛如是在家乡的清晨，他和她是在绕着县城流过的黑水河的岸滩上。异乡的阳光里，他和同乡的女子做着爱。她年轻娇美，嫣然百媚。他惜香怜玉，风情万种。他们的呻吟和叫喊都是字正腔圆的普通话。他们的外在似乎和遥远的故乡没有任何关系。但他们却都在心里不约而同地，和故乡做爱。

做完之后，他们聊了很短一会儿。回忆起来，似乎只有这么几句话：

"在外面很不容易吧，妹子？"

"谁都不容易。"

"想家吗，妹子？"

"开始想。后来再怎么想也没用，就不想了。"

"过年回家吗，妹子？"

"到时候再说。过年这里的生意也好。也暖和。过年的车票还挺贵的，不如平常回。"

他抚着她小小的肩胛，不知怎的，几乎要掉下泪来。他知道自己很可笑，但真的就是想掉下泪来。

那时候，他一点儿都没有顾忌到自己已经暴露出的家乡口音。这样的女人多半将来不会回去。而且，即使她回去又能怎样呢？即使碰到他又能怎样呢？

但现在却是真的碰到了。一排排的小丫站在墙上，以从未有过的感觉刺激着他的记忆，这记忆又火辣辣地刺激着他的身体。他刚才在影楼里假装看照片，久久未动，就是因为他的身体已经反应得让他根本无法正常走路。他咽了七次唾沫，才把火头压了下去。出门后，冯玉娟疑惑地看着他，试探说："照片上那个女人是老板娘，长得不错，照得也不错，啊？"他只有不介意地说："一般人吧。女人化成那种妆都是一个模样。我方才细细比了比，

182

这里照片的质量还是不行。要照，还得去省里。"冯玉娟很羡慕那些人到中年的夫妇去补照婚纱照，曾经给他提过，他知道这个话题转移得一定会很有效。冯玉娟果然就很甜蜜地笑了。

灵丹妙药

窦新成的身体已经很久没有这么蓬勃了。四个月前，他的下身和大脑就已经失去了亲密的合作。

事情也还是在西安。县直医院的院长请他一同去考察一家医疗设备公司的产品。说是考察，其实就是玩。那天，同行的人都购物去了，他就拿了身份证另找了一家宾馆，开了房，找了个小姐。一边做，他一边向小姐回忆第一次在西安堕落的事，门突然被撞开了。一帮人冲了进来。他感觉到自己的物件一下子就滑溜出了小姐的身体，像鱼一样。他抓过床单盖住了自己的屁股，一个人立马把床单抓下来，扔到他的脸上，说："这才是盖屁股露脸呢。"

交了罚款四千，他又另给两个警察各塞了两百，他们才吐口说不把这件事情通知他们单位。从公安局出来已经是深夜了，他做的第一件事情就是马上又找了一位小姐。绝不是好了伤疤忘了疼，而是在从被抓住的那一刻起，他就无比恐惧地预感到：无论怎么努力，自己都好像不行了。另外，在哪里跌跤，就得在哪里爬起。他确信这个道理。不然，以后他永远也没有办法再来西安了。

事实证明，他确实已经不行了。以前他仅凭靠着想象就可以挑逗起来的身体，现在怎么折腾都只是一弯熟透的香蕉。起初他还给自己找理由，以为只是受到了一时的惊吓，缓缓就会好。于是此后两个月里，他频频出差，频频找小姐。他找来一个瘦的，不行。找来一个胖的，不行。找来一个不胖不瘦的，还不行。黑的不行，白的不行，不黑不白的同样不行。漂亮的不行，丑的不行，不漂亮不丑的自然也是不行。反正什么样的女的都不行。从那以后，他的身体就是两个字：不行。有时候折腾来折腾去，眼看着有点儿意思了，只要一挨到女人的那块肉，就像蜡烛放到了旺火上，准瘫。有一次，连小姐都没有了耐性，那位小姐很年轻，在钱面前也刹不住任性，说："我给你钱行不行？赶紧走吧。"

不行了。最该行的部分不行了。最能证明自己是男人的部分不行了。这真是要命的不行。自从不行之后，他简直没办法再听别人说这种事，开这种玩笑。他甚至不能再看见别的男人。他的脾气变得怪异起来，科里的人对他都比以前小心了许多。回到家，冯玉娟本来就言语不多，看着他的脸色一天天阴暗下来，就更和他没有话了。窦新成疯狂地出差，没有差出就自己往外跑，到了外地，一下火车他就会长出一口气，然后他又会深吸一口气。仿佛要把全身的力气都攒起来，去解决这件"不行"的大事。

他不再担心被抓了。再也不担心。他曾无数次设想：如果能让自己的功能恢复，即使再被抓一次也是一种莫大的幸福。被抓让他差辱，可这"不行"更让他差辱。好几次，抱着小姐们娇嫩的身体，他甚至开始羡慕她们：她们多好，岔开两腿，不管什么时候都行。即使来了例假，也会有心理变态的人喜欢。而作为男人，他的坚挺度却来不得一点儿水分。

他偷偷去省里看过两次医生，没用。那些药他都没信心吃完，连带处方和病历都偷偷放在一摞旧书里，等着有机会去北京找个好医院再看。他也没告诉冯玉娟。夫妻了这么多年，他知道冯玉娟不是那种他什么都能说的人。告诉她说不定只能落个笑话。路过夫妻用品商店，他也动过买春药的念头，犹豫了犹豫，还是没进去。他不想吃春药。他觉得四十出头就吃春药，就像借钱来花。越花债越多，到时候毫厘不爽，都是要还的。而且都是高利贷。

他就这样在别人身上寻找着自己的身体。一边寻找一边绝望，一边绝望一边寻找。从来没有奇迹发生。直到遇到了小丫。

其实当时他也有些怀疑这种振作是偶然的。第二天晚上，他绕着县城的街道漫无边际地漫游，不知不觉就靠近了紫蔷薇，在射灯的照耀下，远远地他就看见影楼外面小丫的照片，照片是喷绘的，巨幅。小丫的皮肤光洁如丝。街上的店铺都已经打烊了，行人稀少。他站在影楼的树下，细细地端详着她。也许是照片太大的缘故，她似乎比在深圳时有些胖，当年的娇媚中又添出几分成熟少妇的风韵。一双眼睛似羞非羞，仿佛在专注地看着他。深圳那个夜晚的记忆又像开了闸的河水，奔腾不息地澎湃出来，冲得窦新成心旌荡漾。他突然觉得下身一热，木橛子一样翘了起来，简直呼之欲出。这种可爱的信息连着两天都大驾光临，简直要让他欢腾雀跃。他甚至已经有了快感。他从来没发现过，意淫的快感竟然也是如此肆意美妙。

他这才确信了小丫对自己可能会有的巨大作用。这个女人不寻常。这个女人能帮他。仅是看到她甚至她的照片就这样让他鼓舞，如果实践她，就一定能让自己重振雄风。

可怎么才能实践呢？

这个女人已经立了牌坊，牌坊还不太好拆。小日子过得挺滋润，看来从良是真心的了。不能跟她硬来，弄不好会把自己搭进去，弄得声名狼藉，不划算。现在搞女人不算什么大事，但作为一个有头有脸的人，大事小事都不如无事。给钱估计也是不行，要是还想吃这口饭她就不会嫁人了。想吃荤又不带腥，有什么好办法呢？分析来分析去，窦新成分析出一个让他吃惊的结果：他在这个女人面前没有任何优势。他知道她的秘密，这是他的撒手锏。但这个撒手锏是布做的，一点儿杀伤力也没有。她的秘密也是他的秘密。如果他散布她的秘密，那无疑是自己踩自己的脚板子。即使是借着别人的夜壶撒尿也不行，散谣的下一步就是谎言，谎言的下一步就是悖论。他最终还是难逃脱干系，追来追去骚味儿总在他那里。退一步说，即使不会暴露自己，让别人知道她的秘密又有什么好处呢？这个做法更像是报复，这与他的目的是背道而驰的。——如果人人都知道她做过妓女，他还怎么实践她？他还有可能去实践她么？

他必须保护她的秘密，如同保护自己一样。可在一对一的沉默里，他于刘小丫又有什么威胁？刘小丫又怎么会让他实践？

但他必须实践。

他比她多的，只有权力。权力为他提供的方式只有两种：一种是帮助她，另一种是难为她。帮助还是难为？想了许久，窦新成心里一亮：他应该两个都用。那就是先难为她，再帮助她。先把她推下水，然后再让她上自己的船。

色彩的渐变

这个时节的雨真是多。有雨的下午常常是百无聊赖的，没有人肯这个时候出门照相。小丫掸着圣诞树上的灰，突然想起在深圳的那些日子。那些日子如老电影一样遥远，然而只要想起，电影放映的速度又是那么飞快。远镜头是回忆，近镜头就是细节，像他们电脑里的照片一样，一张一张都可以用鼠标点击出眉眼。

几年前，也是一个这样的雨天，她提着行李包从中山来到了深圳。她的行李包卷得很紧，油卷馍一样。可这油卷馍不能吃。她吃饭的第一个地方就是中山的那家玩具厂，流水线。玩具都是塑胶，总有一种说不出来的怪味儿，时间长了就会有一种隐隐的恶心。从早上七点半开始上班，到下午七点半下班，没有星期天。只有病了才准休息。她们整月整月两头不见太阳，十二个钟头里只有中午一个小时的休息和吃饭时间，隐隐的恶心就一直在她的胸间缭绕。能够支撑她抵抗这种恶心的只有工资。工资每月八百元，听起来不少，可除掉管理费卫生费治安费住宿费饭费等有名堂没名堂的支出，拿到手的连五百块钱还不到。她每月往家寄两百，自己只留两百多，够干什么的？这些还都罢了，最让她忍受不了的是搜身。说是以前发现有人三三两两地把玩具零件偷出来组装好往家里寄，那些高档些的玩具能卖一两百块钱呢。于是下班的时候总有保安在车间门口等着，查贼一样。保安说是保安，其实都是一些没什么本事的当地烂仔，在亲戚的厂子里当狗罢了。这样的人欺负女工当然是驾轻就熟的。有些长得一般的，他们抬抬手就过去了，像小丫这样有些姿色的，就得细致摆弄摆弄。摸了上边摸下边，摸了前边摸后边。一次，他们故意摸小丫的奶子，说："里面装了什么？光肉会有这么多？"看小丫要掉泪，才让她过去。还有一次，小丫走得靠后，保安看没什么人了，居然把手伸向小丫的两腿间，小丫尖叫着跳起来，保安嬉笑道："那儿肯定有东西！"小丫终于哭了，说："卫生巾。"走了好远，她还听见保安在学她说话："卫生巾，卫生巾。"

从那一刻起，小丫就决定离开这个厂子。月底，发了工资之后，她就出来了。

细雨蒙蒙，她站在深圳的大街上，高高低低的楼群矗立在她周围，像一堆精美的玩具，而她是玩具角落里最渺小最渺小的尘埃。仅是高中毕业，她不知道自己能找到什么样的工作，甚至不知道该去哪里找工作。天渐渐黑下来，她想找个地方住下，可那些像模像样的酒店怎么敢进去问呢？她上了一辆公交车，问售票员什么地方住便宜，售票员没理她。她茫然地坐在那里，霓虹灯闪得她的眼像晃着一块色彩斑斓的纱巾。过了不知几站，有人捅她，是售票员，售票员说："下去吧，十元店。"她愣着，没听明白，售票员拿起一张十元票子，大声说："十元店！"一车的人都哄笑着。

小丫下了车，一个男人也跟着下了。小丫左右看看，却没看见十元店的招牌在哪儿。男人走到她面前说："十元店是没有招牌的。你要是去，就跟我走吧。"小丫狐疑地看着他，他笑道："怕我是坏人就叫警察，前面有 IC 卡电话，你可以打 110，免费。"小丫思忖了片刻，说："走吧。"却暗暗地把手伸进包裹里，摸到了水果刀，放在随身的小包里。他打着伞，在肠子似的小巷中拐来拐去，就在小丫的脚快要提不起来的时候，她看见一栋楼面上贴着一张破报纸，报纸上写着：十元店，501。男人把小丫领到 501 门口，推开门，顿时一股潮湿闷热的汗馊味儿轰轰地围了上来。小丫道了谢，刚要进去，男人说："我明天有个朋友要过来玩，我没时间陪他，你能帮我陪陪他么？一天一百块钱。"小丫说："我也是刚来，什么地方都没去过。"男人微笑着说："不要紧，出租车司机都知道的。你只陪着他就行了，刚好也可以玩玩。"那个男人说自己姓陈，让小丫叫她陈哥。

价位决定了十元店肯定好不到哪里去，但乱的情形还是让小丫惊讶。二十多平方米的客厅里，全是小铁床合成的大通铺。有人在猜拳，有人在打牌，有人在下军棋，还有人在吃盒饭。老板把她领到一间写着"女客房"字样的房间，房间里已经有两个女人了，一个细眉细眼，在看书。一个边梳头边唱歌，很快乐的样子。小丫也不敢和她们多话，护着贴身的小包，倒下就睡了。

第二天，陈哥果然领着另一个男人来了，男人个子很高，很壮，很温和地笑着。游了一天，回到宾馆，吃了饭，他要小丫陪他再聊会儿天。一进房间，那人就抱住了小丫，小丫拼命挣扎，挣扎了一会儿男人就松开了，说："原来你真不想做这个。那就算了。"便打了一个电话，两分钟后有人敲门，一个女人走进来。看了看坐在沙发上的小丫说："不是有了么？想双飞？"男人没接茬，只说："什么价？"女人说："我是深南一枝花，一千。"男人说："行。"又对小丫说："你还不走么？那就一边看着。"小丫连忙起身。男人说："把门带上。"小丫带门的时候，听见女人问男人："她怎么不做？"男人说："那是个傻逼。"

小丫觉得自己浑身的血像被火点着了一样。她明白了：自己今天看见的，就是传说中的妓女和嫖客。她不会做这个的，打死也不会。

后来，陈哥又来找小丫，还是让她陪人游玩。她都同意了。反正没工作，闲着也是闲着，权当是个工作吧，只要不陪人睡觉就行了。小丫这样想。陪的客人越来越有钱，她的小费也见涨着。出门打车到饭店吃饭什么的感觉也仿佛是个深圳人了。当然，涨也是有条件的，男人摸摸她的腰和屁股什么的，她也就不那么认真了。想当初在中山保安的骚扰她都受了，为一月八百块钱！这也不比那更难过。和这些西装革履的男人手挽手肩挎肩习惯了之后，她一个人倒觉得挺没意思。她也眼看着那些男人当着她的面儿找女人，女人的价也越来越贵。有一个女人小鼻子小眼儿的，只仗着个子高，就说自己是欧式美，报的价居然是一万元，男人眼都不眨地给了。一万块！她得在流水线上站一年多啊。

最后破她的人还是陈哥介绍的。陈哥事先就告诉她这是个冤大头，特别好宰，只陪游就可以要五百，找小姐得两千以上，"处女就更多了。"他的笑意味深长。小丫也笑笑，脸有些烫。照例陪游，完了到宾馆，他进门就把小丫按在了床上，小丫挣扎了两下就没了力气。她死拽着裙子，她没叫，她看着男人的眼睛。男人说："一万，我给你一万。你要是处女我就给你一万五。"小丫的手一下子没了力气。

陈哥成了她的老板，她只是他众多小姐中的一个。他们通过手机联系，资源和利益共享。她给他干了两年，才另起门户单干。越干越觉得第一个陪游的男人骂自己骂得多么正确：自己就是一个傻逼！怎么不早干啊。早干早挣多了。很多事情根本不是能不能干的问题，而是干得值不值的问题。为了一毛钱，谁都不会当小偷。可为了一百，就有人干。为了一千，为了一万，有人把命就豁出去了。抢银行的案子发了，人们第一问的是："抢了多少？"要是三五万，人们就会叹息："不值！"若是一百万两百万呢？那就值了吧？就是他妈的这个理儿！

小丫曾经问过陈哥当初为什么不强迫她，那样的话她可能早就干了。陈哥说："我觉得那样良心上挺过不去的。"小丫吃惊极了，诱骗别人卖淫的人还讲良心？陈哥说："我怎么了？不过给你指了条路，走的还是你自己。"小丫想想，觉得他的话也对。和许多老板相比，他确实也是有良心的。自己走这条道，心甘情愿。当她躺在一个陌生男人的身下，让他进入自己身体的时候，没有人在一边掰着她的腿。

没有人卖她，是她自己卖的自己。而且卖的价钱还不错。如果一定要追究陈哥什么责任，那就是：陈哥破的，只是她身体之外的处女膜。而她身体里的处女膜甚至和破她的男人都无关。是她自己打开的，是她用自己的双手裹着坚挺的钞票冲进了自己内部，让自己抵达了心醉神迷的高潮。

白和黑放在一起，格格不入。但当把其间的色彩渐变过程一个细格一个细格地展开，就会发现这个世界其实没有什么让人吃惊的事情。一切都有因可循，一切都顺理成章。所以对于自己以前做小姐的事，小丫觉得除了在父老乡亲面前说不得嘴以外，真的没什么。没有那段资金积累，她就不会有今天。她不后悔。

当然，这绝不代表她不在乎后患。

小县城就是个大村子。她只随便打听了两个人，就知道这个男人叫窦新成，在卫生局工作，还是一个什么科长。

小妖和小妖

推拉门开了，冲来一股湿淋淋的雨意。是送照片的人，他们都叫他老赵。老赵个子很矮，却很敏捷，腮有些孩子气的鼓胖，小丫总觉得他有点儿像肥猫。影楼没有冲洗设备，一套设备下来几十万，他们买不起。就是买得起也不会买，一个小县城有多少照片可以冲洗？等把本儿赚回来机器也该老掉牙了。冲洗公司靠老赵们收活儿，影楼靠老赵这些人跑腿儿，老赵们挣的是影楼和冲洗公司给的提成，收入很可观。影楼和冲洗公司也都可以从中取一层利润，皆大欢喜。——只要挣钱，干什么不好？

老赵一天要跑六七个县城，见多识广，说话诙谐，小丫和张长河都很爱和他聊天。他进了门，放下照片，就开始逗孩子。孩子也张牙舞爪地朝老赵奔。张长河在一边翻检着送来的照片，小丫在一边假装无意地看着。那个男人从一打照片里探出个脑袋。没错，是他。她瞄了瞄照片袋上的名字：冯玉娟。肯定是他妻子了。她看着照片里的冯玉娟。典型的中年妇女，眼角扑了厚粉也盖不住皱纹。右眉角有一颗痣。小肚腩把黑毛衣顶得波涛起伏。另一个是那天喊他爸的女孩子，自然是他的女儿。看到女儿的模样就能推测出女人年轻的时候。平淡的脸盘上流露着一种清水般的娇憨。当然也可以从女人的脸上推测出女儿年老的情形：疲倦，温和，满足，还有雾一般缥缈的茫然。窦新成则和许多这个年龄的男人一样，在镜头前基本上是严肃的，只有嘴角的一抹挑窝，像多年的老窗户错了条缝，泄露出那么一点点笑意。他对自己的家还是满意的吧？还是在乎的吧？小丫看着他的笑意，心里突然踏实了一些。

推拉门又一次开了，是窦新成。他的头发有些湿，没打伞，也没骑车，大约是走路来的，这说明他家离这儿不远。离得这么近现在才碰着，老天对她真的也不算薄。窦新成很快地扫了小丫一眼。这是他们邂逅之后，他看小丫的第二眼。小丫清晰地觉得，这一眼和第一眼已经不一样了。

窦新成拿出收据，放在张长河面前。

"刚刚送来，您真巧啊。"张长河笑着给窦新成取出照片。张长河搭讪说你们照得真好啊。窦新成说还不是你们照得好。又说过两天我的同事们也会来照相的。我给他们介绍说你们照得不错。张长河忙笑说托您照顾。小丫听着张长河的笑，忽然觉得他怎么那么没出息，怎么那么没骨气，怎么那么讨好人。其实张长河对谁都是这么笑的，她知道是自己心里有病。她站起来，朝坐在玩具汽车上的儿子走去。儿子正在喝酸奶，一边喝一边往外吐着，调皮得很。酸奶汁儿顺着脖子往下流。有几滴还落在了老赵身上。小丫取过洗脸架上的毛巾，先让老赵擦过，再给儿子擦着，耳朵听着柜台那边的响动。窦新成说照片的颜色有点儿泛白，张长河一五一十地解释了半天。窦新成没再追究，掏钱结账。是一百，张长河说了句零钱不够就要往外走，小丫说："还是我去破吧。"说完小丫就后悔了。她不该提出自己去的。这越发让窦新成知道她心里的鬼，让他知道她就是她，她怕他。他要是知道她怕他，或许本来还有些怕她的，反而就不怕了。

"你看孩子，我去。"张长河说着就出了门。窦新成静了片刻，果然就慢慢地走过来，在孩子面前弯下腰，逗了两下。一边和老赵寒暄了两句。孩子自小在店面里长大，见惯了生人，一点儿也不怵，嘻嘻地笑着，朝窦新成递着酸奶，要他喝。窦新成摸了一下孩子的脸，小丫的心一紧，仿佛他要揪走点儿什么。窦新成又扫了小丫一眼，终于说："他长得很像你。"

小丫嗯了一声，不抬头，只轻轻地擦着孩子的嘴。她忽然觉得自己今天真是蠢极了，做什么都不对。刚才嗯的也不对。嗯什么呀嗯，她本应该大大方方对着他说话的。她怕什么？有什么可怕？再怕该来的还得来，要怕他也应该怕才对。如果注定逃不了这场狭路相逢的战争，如果那男人蠢到一定要打，那他们最有力的武器就是对方的怕。谁怕得越多谁就顾虑越多，谁怕得越多谁就输定。是，这个男人是做过她。可这又有什么要紧？做过她他就成了孙悟空？她也一样做过他。她是他的小妖，没有逃出他的金睛，没有翻出他的掌缝。他也一样是她的小妖，她抚摸过他浓浓的体毛，闻过他淡淡的汗臭。现在他们都坐在佛的莲花台上，要掉到淤泥里，就一起掉。

窦新成的眼神像扫一块硬地一样，继续扫着小丫，一眼，再一眼。小丫坐在椅子上，儿子靠过来，要她抱。小丫走到里面化妆间，把儿子抱在膝上，贴了贴他真丝一样的小脸。窦新成慢慢跟进来，询问着业务种类和价格，眼睛还在看她，但那眼神不再是扫了，而是像鸟嘴一样，很尖地啄一下，又一下，仿佛要把小丫脸上的筋筋脉脉都叼出来。然后，他不啄了。看着地面，像闷着一块幕布。小丫的眼前又满是他的厚眼皮，堵得她透不过气。

"你没怎么变。"窦新成说。

小丫觉得全身的羽毛正在慢慢凛起来。

"你也一样。"

窦新成有些惊诧。也许他以为刘小丫会不承认，最起码会装一下糊涂。

"我还以为你把我忘了呢，我可不能忘了你。"低低的语音使窦新成的话听起来情意绵绵。

"你记得我，我怎么会忘了你呢？我向来都是人敬我一尺，我敬人一丈。"

窦新成沉默了片刻："你还是和以前一样好看。"

"我和以前不一样了。"小丫说。她看着窦新成的眼睛："一点儿都不一样。"

"老板是你老公吧？"

"是。"

"他对你挺好的。"

"你老婆对你也不错。"小丫顿了顿，"还有你女儿。"

窦新成笑笑，环视着影楼："不容易啊。"

"谁都不容易。"

"有什么事需要我帮忙，就说。"

"谢谢。"

窦新成看了她一眼，嘴唇微微地颤了几颤，似乎还想要说话，又不知道该说什么。门唰地开了，张长河拿着一沓钱走进来，找给窦新成。钱被雨滴浸得有些润，窦新成卷了卷，塞进口袋。张长河让他点点，他说不要紧。小丫看着他的后影，他有点儿故作轻松地甩着步子，在门首稍微站了站，似乎在看雨的变化。前胸后背似乎都想透出一些无所谓，可胳膊肘里却又暖暖昧昧地带出点儿软来。

小丫抻了抻身上的衣服。她对自己刚才的表现很满意。没有主动，表示自己不想找事。但也不被动，表示自己也不怕事。不卑不亢，有守有攻。有理有礼，有度有节。

她不动声色地满意着自己，皮肤里开始回涌出兴奋的波流。这种兴奋的感觉她已经久违了。她突然想起：多年以前，她刚刚开始做小姐时，每遇到一个可能成为她顾客的男人，她都会有这种新鲜而又昂扬的情绪。现在，她将这情绪重温了。不同的是，以前，这种情绪是为了使一个男人靠近。现在，却是为了让一个男人远离。

小老母鸡

过了一段时间，果然有窦新成的同事去小丫的影楼照了两次相。窦新成装作没事的样子也陪着去了，一边转悠一边寻找着破绽，很有收获。打定了算盘，他便请人吃饭，先是建委，然后是税务。建委办公室主任是他的老同学，税务局的财政科科长上个月刚求他办过事，这些关系在手里，都是好放好收的。吃饭的时

195

候只是闲聊，闲聊的时候稍微引那么一点儿火，一件件事情就都按他的计划发生了。建委查的是挂在树干上的射灯，税务查的是影楼里的冰柜，这个冰柜顺便卖冰激凌，要按偷税论是不折不扣的。他还匿名给消费者协会写了一封信，说紫蔷薇影楼乱收费现象严重，恳请务必查一查。其实还有个把柄他没有用：按规定，拍摄用的婚纱礼服和饰物都应该一客一用一消毒，他们没有。而且他们化妆箱里的口红、眼影、唇刷和腮红之类的公用化妆品卫生状况都很成问题。这些防疫站都能查出道道。卫生局是防疫站的顶头上司，他身为一个实权在握的小科长，级别和站长一样高。在这块地盘上搅起一两尺风浪还是有把握的。不过这层关系离自己太近，不到最后他不打算用。

估摸着事情已经发了，见到小丫他就分外和蔼。每次都说："有事儿需要帮忙，你就说。"说了几次，自己都觉得像巴结了。小丫仍然是那么不冷不热，只是说："谢谢。"

小丫从没有在他面前提起这些事，一件也没有。他等了又等，终于耐不住，打电话给那些人，辗转问起，都回说小丫已经找过了人，罚了些款。这个憨婆娘啊。架好的桥她不过，现成的路她不走，脚边的梯子他不爬。她怎么就那么傻？窦新成忽然对小丫有些心疼。

但他即刻心如明镜：这个狐狸般精灵的女子，她怎么会傻呢？她决不是没有想到他，而是不愿意找他。她宁可找别人，宁可破财免灾，也不想再和他发生任何关系，再和他有任何瓜葛。

她不在他面前低头。不低头不是因为脖子硬，若是脖子硬她当初就不会做小姐。那她不肯低头的原因就只有一个：压她的屋檐还不够重。

想到还得要继续压她，他的心里就会隐隐地难受。这么做，肯定是对不起她的。即使她曾经做过小姐，即使他曾经做过她的床上客。可他又有什么办法？以后好好对她就是了。等自己病好了，就不再难为她。能帮多少帮多少。这时的窦新成实在庆幸自己做了科长，有这么一些小能力。有小能力好啊。这小能力既能让他现在说对不起，也能让他将来说没关系。

一个闷长的下午，窦新成正坐在办公室发愣，听见走廊上有防疫站站长王跃生的说话声。他看了半天桌上的文竹，还是决定把王跃生叫到屋里。倒了杯水，两人聊天，他问王跃生最近在忙些什么，王跃生说："还不是三核桃俩枣的破事，不够润舌头的。"窦新成又夸他光荣榜上的照片照得好，顺口就说起了照相的事，问照相业有没有什么漏洞，王跃生就说起了婚纱、化妆品这些东西的公共卫生状况。窦新成说既然有据可查为什么不查查，多少可以得些油水，王跃生说："县里像样子的影楼通共就那么几家，能查出什么油水？了不起是几朵油花。"窦新成说油花也比清水强，最起码到年底总结起工作来也算一项，好看些。王跃生点头道："你说的这个还有道理，那我就去敲一敲。"窦新成笑道："好。"

防疫站的人走了以后，小丫愣了很久。这一段时间，她的日子没有安宁过。不知不觉间，麻烦接踵而来。先是建委来人，说他们装的射灯不合规定，罚了三百。税务上来说冰柜的事时，张长河急了眼，和人家吵了起来，结果冰柜都被拉走了，又花了四百多请了一桌才平息了风波，冰柜要回来就直接拉到了里间，成了个摆设。连消协的人都拿着一封不知所云的信来找事，说是为照相业消费者维什么狗屁权。今天，防疫站留给她的，除了五十包老鼠药，还有一张一千元的罚单，另带一个遥不可及的通知。

老鼠药每年都见，由五毛钱一包到一块钱再到两块钱，今年恐怕会升到五块钱了，她的心理和那些药不死的老鼠一样，早已经有了抗药性。罚单数目有点大，不过也很面熟，隔三岔五都能见见。这张通知可就太奇怪了。通知要求他们的婚纱礼服必须一客一用一消毒，公用的化妆品也要一客一换。一客一换还算什么公用化妆品？至多是常换棉签就很可以了。这都是什么道道啊。功夫搭在这种盐不咸醋不酸的事情上，还能做成生意么？一边是耗时间，一边是倒贴钱，一反一正，割的都是肉。这是钝刀子割肉，割的还尽是里脊肉。

防疫站是卫生局直管的。下刀的人，就在那里。一层幕，一层幕，又一层幕，她早就听到了隐约的锣鼓声，只是不想去靠近戏台。但现在，那个人已经朝着她，喔，喔，呔，亮相了。偌大的台下，没有什么前呼后拥，空空荡荡，只有她一个人。

她看着在一边忙忙碌碌的张长河，这个对她不能见人的历史一无所知，却又肯定最在意的男人。还有她的儿子，这个需要她用清白的名誉保护才能在小县城的环境里健康成长起来的孩子。对面的墙上挂着她娘家的全家福，老实忠厚的父母都满足地笑着，她知道，这种满足更大程度上来源于能在女儿的影楼照相这个事情本身。她用金钱证明的出息让他们感到幸福。

她清楚地记得自己把一叠存单给母亲时的情形。在昏暗的灯光下，母亲困惑地看着她，仿佛在看一个陌生人。她蹲在床前，一遍遍地絮叨说："妈，你放心，你放心，清白的，是清白的。"说得自己也有些恍惚，橙色的灯光昏昏地摇曳着她的心。不知道说了多少遍，母亲的泪落下来，她抓过枕巾擦了擦，说："傻孩子，妈心疼你。"

母亲没有问小丫这钱的来由。小丫也没有说。每当有人问起小丫在南方闯荡的事情，母亲总是说："她给我讲了，我记不住，也听不懂。"不是石头一样的事实砸在面前，每个母亲都不相信自己的孩子会是与自己的期望背道而驰的人。她们不会相信，也不愿意相信。

她的心里突然起了一种非常奇异的怜惜。仿佛他们每个人都是自己的孩子，是一群毛茸茸的小鸡仔，而她就是那只肥肥实实的小老母鸡，他们都需要她的保护，才能够不被老鹰叼走，才能一如既往地生活下去。

她当然要保护他们，责无旁贷。

老赵又来了，孩子不在，在等着张长河交照片的空当里，他拎起一本杂志和小丫聊起来。这本杂志是本专业的摄影杂志，产地就在深圳，经常刊登一些深圳的照片。老赵指着一页高楼对小丫感叹，说什么时候能去那里转一下就好了，小丫笑了笑。他又问小丫在那边打了那么多年工，好玩的地方是不是都转遍了，小丫也很想夸深圳几句，可话到嘴边就变了，她说："金窝银窝不如自己的狗窝。我就看咱们东水好。"

胃溃疡

这是一个阳光灿烂的早晨，刘小丫梳洗停当，穿着一件浅绿色的薄毛衫，扎着一条白底绿花的小丝巾，下面是白色的微喇长裤，斜挎着白色的坤包，骑着一辆大红的自行车就出了门。小城的街道清新安宁，上班的人流沉默无声。她像一块鲜艳的颜色飞行在画板上，自己都觉得有一种奇异的轻盈。仿佛她要去的地方，并不是她躲避了许久的地方。

一边骑着自行车，她一边看着街景。她喜欢看这街景。这是她熟悉的街景。心情不好的时候，她就透过影楼的落地玻璃，看一会儿来来往往的人群。看到这些人群，她的心里就会莫名其妙地高兴一些。

来到卫生局，找到窦新成。他刚刚签过到，一杯绿茶送到唇边，看见小丫，差点儿呛住。刹那间，他甚至为自己的计谋有些惭愧起来。小丫是多么不像小姐啊，从他和她再相见的一瞬间就发现她不再像是小姐了，其实她即使做小姐的时候也根本不像是小姐。她是一扎水灵灵的蔬菜，把自己刷洗得干干净净，放在白玉盘里。她怎么就能把自己弄得这么好呢？

窦新成困惑着，看着小丫走进来。小丫大大方方地坐到他对面，叫他："窦科长。"

"什么事？"窦新成自己都听出自己的心虚。

小丫从包里拿出一个信封，推到他面前，说："一点儿小意思，见笑。"窦新成马上把信封推回来，说："你这是干什么，让人看见了不好。"小丫说："求佛保佑，见佛上香。这个道理我还是懂的。"窦新成说："佛要是不认这炷香呢？"

屋子很静。小丫低下头，闻了闻文竹的叶子，叶子早上刚喷了水，发出一种润润的细光。小丫说："你还以为你真是佛啊。你到底想怎样？"

"你知道。"窦新成说。小丫玫瑰色的唇膏映着文竹毛茸茸的青翠，把他浸得有些迷离。她的胳膊她的颈项她的手腕她的脚踝，无不透出她当年的妖冶和放荡。算来这个女人也有小三十了吧，一点儿也不像。这是一个会盘蛊的女人。

"你找时间，找地儿。不过我告诉你，只能一次。"小丫说。她把信封装进包里。

她的信封里只是一摞白纸，没放钱，那只是一个姿态。她当然知道窦新成想要的是什么。但知道也不能说。知道也得走这么个程序。她不能一上来就把自己卖出去。这话得让他自己说。人就是这么矫情。人就是这么回事儿。

因为是交易，两个人开始都很利落。房子是窦新成哥哥的，一栋古老的单元楼，是县城最早一批盖起来的商品房，只有三层。前些年，窦新成的父亲病重，心心念念想着身后事，就分了家。窦新成就兄弟两个，哥哥从军之后考了军校，分在济南军区。虽然铁定不会回来养老，老人们还是表现出一碗水端平，给了他一套房子。三层楼里最好的楼层自然是二层。然而这也不过花了不到三万块钱，六十多个平方米。窦新成住的是小院。小院比楼房老，面积却大，地段也好，所以肯定是偏了小的。大的却也很明白，部队给的房子一百多平方米，他要小县城的破楼干什么？将来弟弟伺候了二老送终，房子最终还是给他的，于情于理都好看些。窦新成当然知道这个，所以每到哥哥休假回来之前，就会殷勤地派妻子上去打扫打扫房间。

然而交易却也不同于以往的任何交易。窗外是他们熟悉的人流，收破烂的叫着"收书纸报纸！五毛钱一斤！"也有女声从巷口传过来："卫生纸，卫生巾，批发价！"音质和车上的纸质一样干硬苍劲。还有用豆子换豆腐的，六两豆子换一斤豆腐。有用啤酒瓶和饮料瓶换方便面的，有卖菜的，葱、姜、蒜，全齐。上海青和小白菜都是自家田里种的，一块钱三斤五斤，笑嘻嘻地聊着闲话也就清空了车斗。

心不静。他不用掏钱，她不用收钱。仅是两个偷情的男女，为的是制造和解决一桩麻烦。事实如此，都是聪明人。但心情却和预备的很离异——或许怎么预备都是不对的，根本也没有办法预备什么。他脱了衣服，她许久没脱。几年不做，她一时间有些不适应。夜游一般。在天涯海角的移民城市深圳，夜晚的灯光通宵不熄，把她的窗帘照得如同黎明，总是闪着淡淡的鸭青。

他把窗帘拉好，似乎隐约仿造出了一点儿当时的情境。他伸出手来。他的手仿佛是长在房子外的，戳破了墙，连带着尘土。让她心惊。幸亏这心惊又被墙揽住，于是便没有叫出声来。他给她脱衣。一件件下来，温情脉脉。以往都是她自己脱的。以往都是她温情脉脉。

他的温情脉脉让她生涩。和张长河结婚后，两个人整天耳鬓厮磨，回家是他，工作是他，闲时照脸，忙时照脸，经常被人说是夫妻相，彼此看着也都像一个人了。在忙碌的倦怠中，互相的感觉好像是在照一面镜子。不，其实也不是照镜子。镜子往往是让人警醒的，因为一旦到了需要照镜子的时候，就是期待或者已经有了什么改变的时候。他们却只是这么对视着，年年如此，昏昏欲睡。在这种亲切的疲乏里，房事即使还有，一向也不多。每周一般一次也就是了。这对小丫当然是不够的。性欲也是有胃口的，她的胃口被撑大了，再把它往小里缩，总是要有一个过程。她在想象中为自己做了胃切除手术——手术方法很简单，就是多干活，不去想。果真就渐渐把这事忘了似的。不去想确实就是最简便的度过煎熬的方法。

但是此刻，窦新成的手一伸过来，她才知道自己并没有把那一部分肥大的胃切除掉，那胃还在，被他的手触成了胃溃疡。疼，也渴望着药。他的身体就是对症的药。她也才知道：自从遇到窦新成之后，在心里的最深处，原来自己也很想。往事一幕幕被挑开了，一场场的疯狂，一场场的无耻，黑地儿泛着各色繁花，一股股涌到她的面前。如拆了的旧毛衣，原本已经成了一团乱毛线，窦新成是一根竹针，她是另一根竹针，那些不死的日子是第三根竹针，在一瞬间，那件毛衣就被织了出来。针数和针数是不一样的，图案和图案也不一样。但远远地看去，总是那么诡异璀璨。

她的皮肤起了小小的山峰，一凸一凹，流过他的渴，还有她的。新鲜的黑暗穿墙而过，她似乎又回到了从前。然而比从前要好。隔着时光的空隙，那好被提炼了出来，清清楚楚地盛在她的面前。如同一个素妆很久的人，邂逅了姚黄魏紫黑珍珠一样幻象的牡丹。

他也好了。虽然很短。他伏在她身上，久久不动。她抚着他背上的汗。虽然她不记得他从前的身体，但这个男人肯定是老了。他代表着和她好过的那些男人们老去。他代表着他们的身体和她交缠，并且在这交缠中验证着时间的冷酷。难过的感觉一点点袭来。她不知道自己难过的是什么。但真的是难过。

窦新成也慢慢平息下来。做完了，但他们都好像还在等，仿佛是等着什么再重新开始。过了一会儿，他从床头柜里取出来一个硬纸盒，又从硬纸盒里取出一只黑胸罩。全真丝料。黑色的杯罩上各绣着一朵娇黄的玫瑰。窦新成说：不知道合适不合适。前几天去省里开会，想给你买件东西，又没什么好送。好像记得你以前戴过似的，就给你挑了一只。一直放在这里，就等着你来。你试试吧。

小丫拿过来，看了看。这个男人居然有这样绵密的心思，想想真是可怕。但再想想，又有一种压抑不住的温暖。和张长河生儿育女过几年了，他也没想到要给自己买什么。房间里的光被窗帘遮着，很弱。她端详着那只胸罩。黑还是那样黑，黄却不是那样黄了。她想起以前的那只胸罩，还待在大衣柜的抽屉里。

小丫说："我不要。我有。"

窦新成说："你有是你的。"

小丫说："我已经不喜欢戴黑色的了。这些年都不戴了。"

窦新成说："为什么？你戴黑的很好看。"

小丫说："我现在的衣服颜色都比较浅，和黑色的不配。"

她俯下身，把那只胸罩又塞回到床头柜里。她不会试的。是因为不想试，也是因为没必要试。这只胸罩是 36 码的，她是 34 码的。

一进客厅，小丫就听见丈夫在床上打呼噜。先到厨房洗了洗手，把灶台上的水珠儿抹了抹，然后又回到卫生间洗手洗澡。洗澡时才发现自己洗的两次手是多么没有必要，可她洗手的时候，脑子里根本没有想那么多。

小丫来到卧室，丈夫半靠着枕头睡着，这是等小丫的姿势。小丫抚摸了一下丈夫的胡楂，又抚摸了一下。茶杯的水已经凉了，小丫换了一盏热的。然后，小丫依着他坐下来。丈夫一下子搂住了小丫。

"吃什么了？"他有点儿含糊地问。卷着大舌头。

"没吃什么。"小丫说。她玩着他凌乱的头发，他的头发像一块乱糟糟的草地。不知道为什么她心里有些难过。想要为他做点儿什么，又不知道该做什么好。

"骗我？偷吃什么好东西不对我说？"他说，"你嘴里有蒜味儿。"

小丫这才想起回家之前在街上吃过一碗凉皮。小丫说："凉皮。"

吃！他把手伸进小丫的身体。小丫温顺地摊开。这倒是一件最好的事。她想。这是他的领地，他应当这样。小丫习惯了，他也习惯。小丫习惯了他的习惯，他也习惯了小丫的习惯。这就是夫妻吧。他进入了，身体里的余液让他的进入很顺畅，小丫承受着。一个小时以前的高潮似乎让身体深深地沉寂了下来，有些拒绝的凉意和冷漠。小丫的表情没有拒绝。小丫微微喘息，双眸微闭，传达出一种娇羞的需要，他肆意地动着，用他特有的节奏往里顶着，研磨着，仿佛在替小丫挖掘记忆。终于，身体的记忆被一步步打开，小丫找回了那些熟悉的链接，真正兴奋起来，这新宠的兴奋和一个小时前的兴奋疯狂地交合在一起，让小丫的愉悦一个台阶一个台阶地高升。

身体是有记忆的。每一处都有。每一处细胞对每一个光临她的人，都有记忆的账号和储蓄。小丫的身体记忆如此复杂，以至于她常常会有些混淆：自己这是在和谁？和他？和他们？还是谁都没有？仅仅是和自己？

张长河没有吻小丫的唇。

"去刷牙吧。"他笑着说，"以后偷吃完东西要把牙刷干净。"

小丫听话地起床，刷牙。

以后偷吃东西的时候要把牙刷干净。小丫想起他刚才的话，不由得一阵心悸。他不是若有所指的，但小丫不能不多一只耳朵去听。因为小丫的心多长出了一块地儿。不多一只耳朵，就看不住那一块多长出的地儿。

小丫又洗了一遍澡。

看着浴室里自己绯红的身体，自己被接连爱抚和滋润的身体，小丫的脸红了。红得很美。带着那么一点点邪恶的纯真。心里有那么一点点淡淡的歉疚，但小丫知道自己的神情很合适。小丫知道目前只能如此。

鲜红的秋千

窦新成没有想到王跃生会在自己面前摆谱。王跃生先问："不是你熟人吧？是熟人当初你就不会挑起这茬儿。"窦新成只好承认是朋友托朋友。王跃生的态度就明确起来，理由也很充分："都这么不了了之，还要弟兄们怎么吃饭？"窦新成顿时明白王跃生不是要他简单承个人情的。想想也是，两人平级，本来就谁也管不着谁的事。"人不求人一般高，人若求人矮三分。"他没有理由要求王跃生和自己预想的一样。以前他们常常出去碰酒摊，但互相没有办过事。王跃生平时喜欢打哈哈，满口你行我中他不错，就是这素日的好脾气让他做出了一个幼稚的判断。酒肉朋友看起来是满树繁花，只有一下雪你才会知道哪朵是蜡梅。办事的性质就是下雪。没下过雪，他们的交情就很显得脆弱和可疑。所以说他开口本身几乎就是一种冒险。碰这样一个软钉子自然是在最正常不过的规矩之中。

不能简单承个情，复杂一些总够了。最多一顿饭。都在一个系统，说不定什么时候谁就会用着谁，略摆摆架子就行了，王跃生不至于那么跟自己过不去。窦新成非常明白，于是就接过话茬，笑道："弟兄们的饭自然是要吃的，就是不知道我安排下来王站长赏光不赏光？"王跃生连连摆手，说不是那个意思不是那个意思，窦新成说："现在我的面子已经搁到了大厨的板上，好赖就是一盘菜了，你要是不吃，就只有剩下。"王跃生就笑了。事情就应当这样办，既然当事人和窦新成不那么相干，那么让不相干的人出点血简直太应该了。

饭局定在桃园酒家。县城的消费，再怎么高档也不过五六百块钱，点了满当当一大桌子菜，酒要的是剑南春。很看得过去了。小丫提过想让张长河来应酬，窦新成拒绝了。如果冲的是张长河，还用得着他下这种功夫？要的就是让小丫看他的面子和本事。

王跃生半小时后才到，还带着两个属下，司机窦新成是认得的，那两个很面熟，估计是防疫站办公室的。一问，果然是。一桌子就小丫一个女人，孤零零地坐在离门最近的地方。窦新成看见她这个样子，心里就像铺了块海绵，暄软暄软的。

酒过三巡，正事不提，王跃生开始讲段子。现在有人的地方就有段子，不想听都不行。说是一个年轻后生去集上卖猪娃，一天也没卖出去一只。天黑了往回赶，路过一户人家的时候就去求宿，那家只有一个女人，丈夫出去做工了，说什么也不肯开门留他，后生就说：大嫂，你让我喝口水吧。喝完水我给你一头小猪娃。大嫂一听，心动了，就开了门。后生喝了水，又说，大嫂，我实在是饿了，你让我吃碗饭，我再给你一头小猪娃。大嫂就又妥协了。两头小猪娃到手，后生说：大嫂，天实在是黑了，没法子赶路了，你就让我在这住一夜吧，我住外间，你住里间，一夜一头小猪娃，行不行？大嫂就答应了。睡到半夜，后生说自己冷，恳求睡在大嫂脚头，代价还是一头小猪娃，大嫂又同意。最后后生又想干坏事，大嫂坚决拒绝，后生说：弄一下给你一头小猪娃。大嫂答应。后生弄着，她便数着，弄到她正在妙处的时候，后生突然停了，说：大嫂，没有小猪娃了。大嫂说：没有也行，先欠着。后生说：我不爱欠人东西。大嫂说：我不要了行不行？后生说：那你不是白受了？我不落忍。大嫂说：求求你，你快着吧，你弄一下我给你一头小猪娃还不行吗？第二天，后生原封不动地赶着自己的小猪娃回家去了。

段子讲完，人都瞧着小丫笑。段子就是讲给女人听的，女人的反应可以增添很多趣味。但小丫不笑。窦新成不敢看小丫的脸。小丫沉默着。王跃生却把茶杯举给小丫说："大嫂，你让我喝口水吧。"众人大笑起来。小丫只好接过去，拿着茶壶斟了杯茶。看着小丫僵着脸的样子，窦新成一面担忧，一面却暗暗喜悦着。他自己的脸则是笑得半开未开，恰如其分。

王跃生接了茶，又道："大嫂，要小猪娃吗？"笑声又一次爆破开来。片刻，小丫推开茶壶，走了出去。窦新成看着不对，连忙跟出来，说："快完了。"小丫含着泪道："我不能再进去了，你把包给我拿出来。"窦新成说："这样不好。"小丫把脚伸给窦新成看，窦新成看见小丫的白鞋尖上已经印了几团黑灰。窦新成沉默片刻，说："那事情还怎么往下走？"小丫说："随便。"

窦新成只好进去拿包。脸上苦快快的，心里却着实为小丫的表现高兴。小丫砸了饭局，他例行了劝阻，这都是表象。就事情本身是有些遗憾，但他真的一点也不生气。小丫没错。他知道。小丫不再是从前的小丫了。从前的小丫和人上床是最正常的事情，但现在不同。虽然她和他已经做过。深圳之夜是他们之间独有的暗道。然而即使是有暗道，他也得费这么大的心机才能进去。那么没有暗道的人，当然连地表上的坎儿都不能过去。

看见窦新成一个人进来，王跃生就阴了脸面，问怎么了，窦新成说她家里有事，先走一步。王跃生不再说话，碰了两边的杯子，说："喝！"

事情自然没有什么结果。窦新成给王跃生赔了两次礼，王跃生不疼不痒地敷衍了过去，两人再见面时都有些不自在。这条明路是不能走了，只有另辟蹊径。当然办法总是有的，主管防疫站的那位副局长和他关系不错，可以用他压王跃生一下。窦新成打听了一下，那位副局长父亲重病，回陕西老家去了，等到老家的事情处理完，估计还得一两个月，等他回来，这事也就是一句话。于是就这么拖着，拖着，一日日地拖下去。窦新成突然觉得，其实自己的潜意识里，就是希望办不成的，就是希望拖下去的。甚至从他开口向王跃生讲情的时候，在最深层的意识里，他就希望王跃生是拒绝的。

他给小丫打电话，要小丫过来。小丫问："什么事？"他说："还是那事。你知道那顿饭吃的不行，我们还得再商量一下。"小丫放下电话，告诉张长河。张长河有点儿酸涩地说："他还真上心呢。"小丫说："要不然你去？"张长河说："人家又不是对我上心。"小丫说："对我不是对影楼？对影楼不是对你？"张长河笑笑，不说话了。

小丫当然知道这个电话的含义。还是在那栋楼里，他们先是坐着，然后他把她抱起来，上上下下地摸索着。暗红色的窗帘透着幽然的火焰，皮肤噼噼啪啪地闪着微光。仿佛是在暗房里。他们在对方眼里幻化成一张张的底片，面目模糊，然而这真的比往昔的几次还好。他们都觉得。小丫的身体里充满了安全和放纵共享的浓烈。以前天天顿顿是盛宴，但真的也伤胃伤肝。现在，家常的粗茶淡饭已经把她调养得再好也没有了，重温着这道盛宴，就有一种格外的鲜辣和迷醉。更何况，历史无须回避，现状不用伪装。在这些时刻，他和她都是最自由的。

他吻住她，看见她脸上点点的雀斑和黑头，她当然也看见了他的皱纹和白发。远远看着洁净的容颜，居然搁不住这样近细看。但也不脏，她的丑和他的丑尽情碰撞，她沉闷已久的野性的美，在这间小楼里，在沙发，厨房，浴室，地板上摄人心魄地辐射出来，妖精一样自由，魔术一样无理，同时也亲切无比，意味深长。

静下来很久，穿好衣服，小丫问："到底什么主意？"窦新成说："这事得给局里主管的副局长说一下。"小丫说："那你就说。"窦新成沉默。他是当然要说的。只是他不对她说，怎么能见到她呢？

隔了一周，小丫打来电话，说防疫站的催款单下来了，罚款已经涨到了两千，还有滞纳金两百。说是每拖延一天就加一百。小丫的声音并不急切，像一只悠悠飞的小鸟。窦新成说："你拿来那张单子，让我看看。"

还是那个地方。单子看过了。也就是一张鲜红的单子。单子的红映在小丫手里，把小丫的胳膊都衬得生动起来。这红是春天缠绵的花香，一圈一圈地绕住了窦新成的胳膊和腿。一切又开始了。他们真是有些疯狂了。在电话线里，小丫每次都能感受到流淌过来的滚烫的欲望，但她还是来了，要了。她想来。她想要。她的身体记起了以前的放荡和快乐。记忆是涨潮的海水，来得那样狠。他们以那张罚单为秋千，这挂鲜红的秋千，让他们在上面摇来摇去，飘飘欲仙。

有一次，他把她约到了邻县的县城。他说那位副局长真的很快就要回来了。真的，很快，他说。他的话里流淌着湿漉漉的伤感。他上午去省里开会，下午回来时逗留在中途的县城。那个县城离东水县城有一个小时的车程。在一家旅店里，他们见了面。

见了面也还是做。或许因为是换了地方，有新鲜感，或许是觉得越来越临近最后，他们都全力以赴，仿佛要把一辈子的爱在这个时候做完。小丫觉得不但深圳的日子是梦，连现在的日子也

210

都是梦了。这梦像一个剥了皮的水果，过滤掉了包裹着果肉的酸涩果皮，直接进入了怡爽的内核。也像一杯鲜榨的果汁，只要她噙着吸管，就可以尽情地啜饮。然而她又觉得，这都是奢侈。小小的奢侈让她愉悦，稍微多一点的奢侈就会让她恐慌。她不想让自己恐慌。

"以后我们别见面了。"小丫说。

"住那么近，不见面怎么可能？反而让人起疑心。"

"我是说别再这么见面了。"

窦新成拍了拍小丫的头。他们相视而笑。小丫靠在窦新成怀里依偎了一会儿。

"得回去了。再晚孩子要闹瞌睡。"小丫说。

他们穿好衣服，走出旅店，这一次，他们肩并肩走在了暮春的黄昏中。氤氲的路灯下，他们有一没一地拉着家常。随便从什么商店或者影楼的落地橱窗看去，他们的背影都有那么一丝甜蜜和妖娆。于是，看到这两个男女走过，有人不由得将脸贴在玻璃上，把鼻子压得很扁很扁。他看见，窦新成和刘小丫的身影时而交叠，时而分开。交叠的时候他们像两个恋人。分开的时候他们像一对兄妹。

崴脚

冯玉娟来找小丫的时候，神色像一块脏兮兮的抹布。她说："找个地方说说话。"小丫的脸色有些诧异，心里却不惊奇。她早已经不习惯呈现出特别的表情了，对很多事情。但该诧异时还是必须要诧异的。她说："你是谁？"冯玉娟说："我是窦新成的爱人。"小丫就笑了，说："嫂子，找我有事吗？"冯玉娟仍然收着脸说："没事我不会找事的。"小丫说："那你就说。"冯玉娟说："在这儿不能说。"小丫为难道："今天长河去省里修相机了，明天才能回来，就我一个人张罗，实在没空。"冯玉娟说："我等你。"小丫前前后后不知所以地忙了一会儿，把孩子送到隔墙的童车店里，请人家帮忙看着，就关了门，和冯玉娟走了出来。她们默不作声地走着，走着，冯玉娟一直把小丫带到那座小楼前，小丫站了站，说："嫂子，你到底有什么事?"冯玉娟说："别叫我嫂子。你上来。"

楼梯很暗。小丫走得很小心。这样小心的姿态也好，仿佛是第一次来。进了屋子，小丫四处打量，她以前确实没这么留心打量过这个屋子。木格窗户，方格沙发，一些绿色的小漆凳规规矩矩地排在一起。小漆凳蒙着灰，沙发也蒙着灰，地上的灰和每一件东西上的灰连在一起，灰质细腻。冯玉娟把窗帘唰地拉开，灰尘一下子飞舞起来，飞得很是活泼浪漫。小丫捂住了嘴。她怕自己会咳出声来，惊动了这些原本就没有睡去的灰尘。

她们对坐在沙发上。小丫不由自主地做了一个深呼吸。她和窦新成在这个沙发上做过爱，她似乎想验证一下做爱的气息是否还留在这里。冯玉娟说："很熟悉吧?"小丫说："你到底什么意思，我不懂。"冯玉娟说："有人看见你和窦新成来过这里，你们来这里干什么?"小丫想了一想，说："是。我是来这里找过朋友，不过没有见过窦科长。"小丫以前确实辗转听说有一个小学同学住在这里，不过要见面恐怕也认不出了。冯玉娟说："你们是一前一后来，又一前一后走的。"小丫淡笑道："一前一后的人恐怕就太多了吧?"冯玉娟道："窦新成都承认了，你还嘴硬?"

小丫微微苦笑着，说："我不知道他有什么好承认的。那是他的事情，和我没关系。"在江湖这么多年，她也炼出了几条拿得住的真理，其中一条就是对某些事情必须咬紧牙关，不到最后就不能松口。——到了最后也决不能松口。

冯玉娟沉默了一会儿，从床头柜里拿出了那只黑胸罩，说："你的东西都在这里，还有什么好说的？"小丫几乎要笑出来，说："那不是我的。"冯玉娟说："那是谁的？"小丫说："这个问题你不应该问我。"冯玉娟说："你试试，不是你的你戴上就不会合适。"小丫说："不是我的就不是我的，我不试。"冯玉娟说："你不敢。"小丫说："这和敢不敢没关系。我没必要敢，也没必要不敢。"

小丫站起来就往门外走，冯玉娟拍着裤子，一下一下，说："我知道你不敢试。窦新成什么都对我说了，是你勾引的他。你是个狐狸精，婊子。"

小丫走到门边，又停下，回头冷冷地看着冯玉娟，说："你说什么？"

冯玉娟又重复道："他说，你是个狐狸精，婊子。"

小丫就走回来，走到冯玉娟跟前，脱下上衣，露出白皙的胳膊和秀气的肩胛。虽然生了孩子，她的肚子却还没有起来。胸下面的地方瓷实实的。冯玉娟看了一眼，小丫故意脱得很慢。她任她看。她把随身的白胸罩扔到沙发上，把那只黑胸罩拿起来，打开拉钩，由胸前围到身后。然后她把两只手都插进腋下那截带子里。带子松松的。两只乳房好像两匹太想撒欢的小白马驹，随时都会跑出宽宽的栅栏。

小丫说："你看见了？"

冯玉娟不说话。她依然拍着裤子，一下一下。

小丫换好衣服，再次走到门口，回头说："看你大我几岁，是个嫂子，窦大哥也帮过我的忙，我就不说什么了。但是今天的事情你不占理，如果再有下次，我们都别想有脸。我要你知道。"

楼道里越来越暗，小丫的眼有点花，她很小心地一格一格走着，告诉自己千万别崴了脚，可快到一层的时候，她还是踩空了。在踩空的一刹那她抓紧了栏杆，使劲撑住了身体，听到"啪"的一声轻响。

她一瘸一拐地慢慢走着，一步一步挪出楼洞。她的心突然很静很静。她一点儿也不担心冯玉娟会出来追她。这样的慢很适合此时的心情，还有疼。其实疼也不是疼，只是慢。慢也不是慢，只是疼。一户人家晾晒的床单被风吹起，清爽的方格子掠过她的脸，有一股好闻的肥皂香气。她甚至能辨出，那是东水县自己产的"碧玉牌"。

走了一会儿，她有些累了，在一个街角的石头上坐下来。突然，黄昏的路灯一下子全部亮起来。小丫仰视着那些灯光，忽然发现从这个角度看去，那些灯光很柔软，像婴儿刚刚洗浴过的头发。那些灯光也很直率，像街头女郎刚刚染过的彩发。以前，在深圳的时候，每每流行什么发式和发色，她和姐妹们都会寸步不离地跟着，橘黄，深灰，大红，浅绿，全染过。这些头发的名字也怪得要死。她曾经染过一个发型，叫"维多利亚大道"，染了之后每逢别人问起，大家就会笑做一团。还有一个姐妹染的是"非洲丛林的家"，她们见面就互相拿着对方的头发取乐，怎么也不明白发型的名字和发型有什么关系。这些名字会让她们兴致盎然地研究一两个月，直到换成新的发型。

那些名字，她到现在还不明白。可不明白也有不明白的好处吧。那样的时光，那样没心没肺的轻快和欢喜，也只有在那里。她们为地摊上的一条便宜项链高兴，为大商场一件打折的靓衣惊叹，为客人们多给的小费得意。客人们带来的意趣当然不仅仅是钱，也不仅仅是身体，有的是在钱和身体之外。她喜欢做过之后躺在床上闲话的时刻，听他们说顺口溜："为叉生，为叉长，为叉奋斗挣银两。吃叉亏，上叉当，最后死在叉身上。"叉就是女人的那东西。听他们形容男同性恋是"拼刺刀"。她问："女同性恋呢?"那男人说："就是拍大镲。"小丫失笑："镲的中间可不是凹下去的么。"

当然，客人带来的绝不仅仅是这些。无论怎么说，到底，小姐还是小姐，男人还是男人，生意还是生意。有晴天，就有雨天，有好时候，就有坏时候。客人中什么货色没有啊。有的不用脱衣服就知道他们不是善茬儿，趁早就辞了。有时是脱了衣服也不敢做。有的人东西太大，做长了会疼。那就得找个借口出去，换生过孩子的人来接。有的人东西上面有暧昧不清的斑点，很可能就是有病的，或者病了自己不知道，或者是病还没好就忍不住的，或者知道自己有病故意来这种地方报复传染的，那就得想办法打发走。有的人能力非常强，做的时间长而且力度大，这样最好在做过一次之后劝他玩双飞。多一个人对付他，自己的身体就会少吃些亏。有的人不怎么做，就是看个没完没了，过眼瘾你还不能轻慢，赔出一副爱情的模样作秀，临了听他骂贱货。有人会突如其来要求走后门，有人喜欢用手狠抠，除了这些，还要防着他们拍照，留意他们录音，有时还得留心听他们偶尔嘟囔出来的奇怪的音符，这种客人一般都不怎么正常，往往是暴力实施的前兆。好不容易生意完了，还会发现有人给的是假钞，有人趁着去接电话溜掉……

五年里，她的日子还算平安。要是不回家，当初她一定还能做下去。凭她的条件，就是放到现在也不至于站到街边吃几十元一次的"快餐"。她决定洗手，也是有些凑巧。先是母亲病了，是一般上年纪的人患的心脏病，不怎么严重，可她的心还是跟着有些慌。后来一个小姐妹也得了病。不是普通的病。是艾滋病。那个小姐妹是湖南人，身材很玲珑，喜欢吃火锅。她的症状开始只是舌头两边有些白，大家都以为是吃火锅吃的，没怎么在意。她也忌了口，吃了一些消炎药，可怎么也没吃下去，后来连舌头中部也开始发白，她烦恼极了，说着惯语"搞不赢"，去了医院，到了医院就没再回来。

有一段时间，小丫总觉得这件事情是假的。她怎么也想不明白，口腔里的一个小毛病怎么就成了艾滋病呢？这件事情以后，她们都去查了查，没事儿。仿佛凭空捡了一条命，那天晚上，她们去外面喝了酒，酩酊大醉。一路唱着歌回去，把夹杂着东西南北中方言味道的醉话涂了一条街。她忽然觉得太倦了。第二天就跑到火车站，买了一张票。

是她自己想要这种安稳日子的，是她想要回来做贤妻良母的。

她该认这个命么？

崴了脚的刘小丫就这样坐在街角的石头上胡思乱想。这是她从小到大熟悉的城市，可她却有些迷惑，弄不清这是什么地方。远处一团朦朦胧胧的蓝光。那是她的紫蔷薇影楼，那是她的家。只要她伸出手，仿佛就可以抓到那团光。可是她没有伸出手。她坐在那里看着她的家。她的家，离她是那么近，又是那么远。

不许

窦新成刚刚逛了一次药店。本来只是想买一些喉片的，顺便也看了看别的药，打发完了他，穿着白大褂的售货小姐无精打采地看着电视。当他走到夫妻用品柜台时，售货员像吃了兴奋剂，一下子精神了起来，快步跟上，低声问："要不要试试新货？好着呢。"窦新成下意识地看看周围，没有别人。神经一下子松弛了下来，笑道："什么货啊。"售货小姐说夫妻用的药。名字叫"倍柔情"，说这是一种新型的高级润滑剂，采用的是国际流行的水溶性膏体，原料是进口的天然保湿精华素，晶莹透明，滋润爽滑，能显著提高性爱时的敏感程度，增强快感，延长时间。还安全可靠、容易清洗，符合人体自然温度和女性阴道的 pH 值。

看她也不过二十出头的样子，说起来头头是道，脸一点儿也不红，窦新成就想逗逗她，便说："你试过？"售货小姐说："我还没结婚呢。"窦新成说你怎么就知道好着呢，还是新货。她说有顾客反映啊。窦新成又问："什么顾客会给你反映这个？他们怎么反映的？"以为可有些难住她了，没想到售货小姐说："他们的反映不是说话，就是一盒一盒地接着来买。要是没用他们能这样吗？"

在酒桌上，窦新成一边把这事讲给一同吃饭的人听，一边叹气："可惜了这位小姐的热心，我还没到用这药的时候。"以前不行的时候他从不说这个，现在他说起来就不用再有什么忌讳，甚至还有一种心底无私天地宽的爽朗和辽阔。

正笑着，手机响了，他看看号码，是刘小丫。他走出包间，听见刘小丫"喂"了一声，细细的，像根丝线。他感到一股流火顿时从心脏左边飞了出来，同时又从右边飞了进去，把胸膛烧出一个小炉。

小丫说："忙吗？一会儿我们见个面吧。"这是刘小丫第一次主动提出约会。窦新成一阵惊喜，然而还是要本能地作一下态，便沉吟道："让我想想。……行。"

小丫说："你来我家。"

"你家？"窦新成的惊喜顷刻间无影无踪。

"长河不在。明天才回来。"小丫说。

带着微醺，窦新成来到了小丫的家。小丫家独门独院，两间小楼，门虚掩着，窦新成进来，关好门，看见小丫坐在客厅里。他问孩子，小丫说睡了。央视八套的电视剧叽里咕噜地放着，演员们表情苍白，像一堆煮得太熟的菜。窦新成想靠着小丫坐下，小丫的眼睛却是冷的。他寒了寒，在最近的沙发上挂着，看见小丫的脚上贴着膏药。

"脚怎么回事？"

小丫久久没有说话，只是转过头，看着他。看得他毛骨悚然。他等着，等着。突然，小丫跟跟跄跄地站起来，他赶忙伸出手去扶她，她却朝他直奔过来。他往后退着，她往前跟。像一个学步的婴儿执意要投入他的怀抱。——不，她不是投，她是撞。她拼命地撞向他，这是非常有力道的撞，是死一样的撞。窦新成能感觉到她撞来的风声。可他不敢躲闪。他怕她会撞到墙上，头破血流。他就那么愣愣地贴住了墙，任刘小丫撞。小丫的头发纷乱地甩在他和她的胸前。小丫一下一下地撞。撞。撞。

然后窦新成抱住了她，开始说话。在窦新成的话语里，小丫突然哭了出来。她抽着肩膀，窦新成把手伸过来。小丫的泪滴在他的掌上。泪水那么小，那么孱弱，把那些日子那些脸碎成一块一块，又粘贴起来。她哭着，哭着，哭得一塌糊涂。她从没有这样尽兴地哭着。以前和姐妹们在一起时，她常常没有氛围哭。和客人们在一起时，她常常没有心情哭。回到老家后，她常常没有理由哭。找个哭的时候，居然是那样难。

哭完了，事情也很快讲完了。一时间，窦新成不知道该说些

218

什么。

"你有没有说那句话?"小丫问。

"哪句?"

"那句。"

"没有。"窦新成明白了。

"你说了你说了你说了你说了!除了你还有谁!"小丫歇斯底里地喊。喊的时候,一种别样的快感冲进她的心里。她相信窦新成没说。她知道自己这么喊是在任性,是不讲理,是在撒娇。可这个时候,她就要对他这样。她也只能对他这样。

"我真没说。"

"你没说她怎么会知道?!"

窦新成看着小丫,这么俊秀的一张脸,却是玻璃一样地弱和脆。

"所有的人骂女人都喜欢那么骂的。"他说。

"为什么要那么骂?为什么?"

窦新成不知道该怎么回答。

"你说,你说!你说!"小丫晃着他。

"不许他们这样骂!不许他们这样骂!不许!不许!"小丫晃着他,蛮横得像一个孩子。

在晃动中,小丫看见家里的一切都旋转起来。沙发,茶几,餐桌,钟表,瓜子,梳子,奶瓶,电话,窗帘……她就奇怪:自己在摇着什么?自己怎么会和这些东西在一个房间?又怎么和这个男人在一起?他和她这么近,真的有这么近吗?一直以为自己是一个刚强精明的女人,是一个千层油百层水泡透了的女人,可晃着这个男人的时候,她觉得自己不过是荷叶上的一滴露珠,滚过来,滚过去。

窦新成任她摇着，摇，摇，然后静下来。他说："小丫，没事儿。"

小丫看着他。眼里的波光像湖水一样，迎着暗淡而安稳的天空。

认亲

窦新成的话是有谱儿可靠的。冯玉娟不笨，可是也还赶不上他和小丫。她一定是听了别人的闲话，心里又没有什么主意，才会这么连警告带咋呼地去找小丫，要是有底儿肯定就闷不声儿地捉奸了，还会去打草惊蛇？小丫牙关咬得紧，给他留的余地太大了。

回到家，他把旧书里藏着的处方和病历都找了出来。以前生怕冯玉娟看到这个，现在却像捧着荣誉证书。还有那些没吃完的药，统统倒在桌上，像是一堆小小的奖杯。冯玉娟听见他回来的响动，就一直腻在卫生间里。他本来要喊她，想了想，还是没有喊。他倒了杯茶，慢慢地喝着，等卫生间的水声响了又响。半个小时后，冯玉娟终于出来了。问他今晚在哪里吃饭，他说："我刚才去刘小丫家了。"

冯玉娟不说话。

窦新成说："你不想说点儿什么吗？"

冯玉娟半天道："我还不是为了这个家。"

窦新成点了一支烟，说："你来看看这些东西。"

冯玉娟走近前，就看见了那些东西。冯玉娟看到那些东西就怔住了。许久才说："那只胸罩是怎么回事？"

"还不是为了治病？医生说可以用女人的东西刺激刺激。其实也没什么用。后来想给你拿回家，忙三倒四就忘了。"

"真的有人看见你和她去过那栋楼。"

"谁?"

冯玉娟嗫嚅出一个名字。

"是一起出，一起进的?"

冯玉娟不吱声了。

"那我往后还不敢去逛商场逛公园呢。那么多女人和我前脚进后脚出，我还过不过了!"窦新成把茶杯摔到地上，冯玉娟不由得一哆嗦。这哆嗦让窦新成更加沉着起来。他不再说话，洗完了就跷起脚在客厅里看电视，不知道看了多久，睡着了。忽然感觉有人给他盖东西，他闭上眼睛，继续睡。这样睡到第三个晚上，冯玉娟终于说:"你说怎么办?"

"我的意思是，冤枉了人家还不算，还害人家崴了脚。改天我们得去看看她。不能白让人家遭罪。"

冯玉娟沉默。

"去不去?"

"去。"

去的时候，他们也没买什么东西，但人到就很有面子了。张长河慌慌张张，喜气洋洋，跑前跑后，倒茶端水。冯玉娟和小丫不自然了一会儿，说着大米小米青菜萝卜换肤霜护肤水，孩子又在前面调停着气氛，很快就熟亲起来。女人和女人之间就这点很奇怪。能迅速地翻脸，也能迅速地和解。翻脸的速度与和解的速度几乎一样快。

冯玉娟的手一步不离地黏着孩子。

"几岁了?"

"快三岁了。"

"几月生?"

"六月二十。"

"初一十五不算硬,生到二十硬似钉。这日子还挺硬,得认个干亲。"

"可不是。早就说要认个干亲,还没顾上呢。"

"要不,认到我跟前吧。我们孩子也上大学了,身边没个孩子,还挺信信的。我平常在家里没事,常把他接去玩玩,也不那么冷清了。"

"我们门槛儿低。"

"什么低,什么高!"

"下个月就是孩子生日,那我跟长河说说,可就准备认了。"

"认得备礼。你打听一下得备什么礼。"

"听说是得找一百个铜钱,用红线缠好。再用五种颜色的线捆好五种树枝。夹竹桃、柳树、杨树什么的,都行。还得买把锁。供飨是我们这边儿备的。"

"好。"冯玉娟举着孩子:"叫娘!"

认亲那天,也是在桃园酒家吃的饭。饭后回来举行仪式。点了香,跪了礼,孩子手拿着新锁,窦新成上去把锁锁住,冯玉娟拿着五色枝轻轻地打到孩子身上,一边说:"杨柳枝,三尺长,锁住俺的小儿郎,锁住儿郎长成树,锁住儿郎长成梁……"

完了事,大家都松了口气。女人和女人说话,男人和男人说话。解放了的孩子跑进跑出,上天入地。看见院子里的树上停着一只鸟,他叫了两声,想把小鸟吓跑,可是小鸟根本不理他。他想起了姥爷特意给自己做过一个大弹弓,这弹弓可是专门打鸟的。他连忙来到里间去找。他记得自己是把弹弓放在一个抽屉里的。可找来找去，怎么也没有。他就一个抽屉一个抽屉地找。在一个抽屉里，他看见了一件东西，黑黑的，光溜溜的，一堆奇怪的带子，鼓起来的圆球球上还绣着两朵漂亮的黄花。他忽然想，这个东西这么黑，一定也能把小鸟吓跑吧。他就偷偷拿出来，在院子里寻到一根长竹竿，把这个东西一圈一圈地绕到竹竿头上，然后，他高高地举起来，朝树上的小鸟捅去。小鸟扑棱棱飞走了。

他得意极了，高声喊："胜利！胜利！"

屋里的四个大人都静下来。他们一起向窗外看去。

扇子的故事

1

免贵姓单。就是简单的那个单字，在当姓的时候念扇，扇子的扇。对，我知道真有姓善的人，我也查过，可是那个姓的人老少了，太稀罕。姓我这个单的，还是多些。对，这个字还有一个音，念缠。不是有一句诗么，"月黑雁飞高，单于夜遁逃。"好像是匈奴人对他们领导的称呼。汉语就是讲究，随便哪个字都海一样深。我的老伙计们都叫我扇子。你也这么叫我吧。这跟恭敬不恭敬扯不上，我乐意听人这么叫我。现今这么叫我的人越来越少了。

知道。我知道你在这里看我好些日子了。书法？别笑话我了。我知道自己的水平。我这要叫书法，可就糟蹋书法这两个字了。别看我整天在这里练呀练的，笔也大，字也大，乍一看大架子也还行，可要真说到书法上头，我这可是有书没法。外行看热闹，内行看门道。不怕你生气，我看你也就是个外行。要是懂行的人，一看就知道我这手字也就是地板字。现在不是兴说啥地板价地板男地板女什么的，把地板说成最差的，那我这字也就是地板水平。再说也是在地上练的，是货真价实的地板字。呵呵。

知道。我知道现今这么写的人不少。绿城广场、中州广场、曼哈顿广场、索菲特广场、花园广场……都有。一只水桶一支笔，就在地上写起来了。中州广场那个只写毛主席语录，花园广场那个只写最时兴的，什么"三个代表"啊，"八荣八耻"啊。这两个常上报纸电视。索菲特广场那个没挑拣，三字经，百家姓，顺口溜，打油诗，什么都写。我啊，就喜欢写这些唐诗宋词。

没有，我没有去看过他们。各写各的呗，有啥看的。都这么大年纪了，在地上练个大字，难不成还要比一把？我在大石人这儿五年了——知道这里叫孔子公园，整天在这里，还不知道这个？可老百姓都这么叫，我也就少数服从多数，跟着叫吧。大石人，想想这个称呼还真挺有意思的。你再说这是孔子，再说这是七十二弟子，说到底也都是石头做的塑像，是不是？老百姓粗是粗，俗是俗，可有时候一下子也能说到根子上。你说中央电视台的新大楼叫大裤衩，像不像？广州那个电视塔叫小蛮腰，像不像？

好了，写完这句就够了。我每天最多写二十分钟。写多了对腰椎不好。再喜欢也不能拼命，是不是？不写？那也不成。写这么多年了，有瘾。在家里写？老婆不答应。说太脏，也不环保，不低碳。我知道她是过日子仔细，抠，能省一个是一个。她哪回去超市买白菜不把净净的叶子剥了又剥，还扔一地。那时候她可不说什么环保低碳了。唉。

成，今儿不写了。唠唠？反正也没啥事，那就唠唠。

2

我爱写字是受我爷爷影响。我爷爷是私塾先生，知道私塾吗？不，不是家庭教师。爷爷这个私塾是在老日子的时候，也就是新中国成立前，农村人自己办的学校。有些事啥时候都是一个理，哪儿都有穷有富，穷人有穷办法，富人有富办法，中不溜溜的人有中不溜溜的办法。读书也是这。富人的孩子去大地方读书，穷人的孩子在破庙跟着穷先生认几个字，中不溜溜家的孩子就能凑些粮食读小私塾。我爷爷就是这种小私塾里的先生。听人家说，在十里八乡我爷爷都教得挺有名的，字当然写得也好。他常跟我说，读书跟写字不分家，书读得好，字一定写得好。字写得好，书读得也不会差。人的精气神儿心肝眼儿，都在字里呢。古人写信，总要说四个字：见字如面。那意思，看见了字就像看见了这个人的脸一样。我爷爷常跟我讲：人脸长啥样是老天注定的，改不了。你的字脸长得好不好可全在自己，能叫自己长得多体面那就该让自己长得多体面。你说，这字脸要是长得丑，那该多败兴。

秦桧的字？那自然是好。现今电脑上的宋体字，那个坯子可就是他打下的。那个人，有才。听说太师椅也是他的才，还有咱们河南的烩面……对，都说他是个奸臣，大奸臣。可世上的事，不能这么看吧。要我想，他再是个奸臣，也只是个臣，臣听谁的？还不是听君的？奸臣的罪过是大，那昏君的罪过不是更大？那昏君怎么就能够一推三六五，推了个一干二净，人们还由着他推呢？

太远了，不说他们了。还说字。新中国成立后没多久，私塾就都散了。我爷爷没人教了，就教我。我打会端碗起就拿笔了，起初是胡抹乱画。到了四五岁，才开始正经写大仿。不，大仿不是描红。描红是描红，大仿是大仿。描红是字上描字，大仿是照字写字。不一回事。

那时候，我爷爷绷着个脸站在我旁边，他写一笔，我跟着写一笔。先写笔画，横平竖直——不，不对，横平的平可不是说绷得跟线一样平，哪有那么平的横？那么平的横，一来写着难受，二来写出来也不好看。横平的这个平，意思是平稳。平稳就行了。一般来说，这个横都要往上走走，走到横末的时候再往下沉沉，这个横才平。竖啊，竖也不是那种孤寡寡的直，比如你写田，三个竖你都写得跟尺子一样直，那可就没法子看了。竖讲究的是端正。这个端正，怎么说呢？还比如写这个田，三个竖你都得斜一点儿，这个字看着才端正……没错，学问多着呢。

　　那时候，我每天写两回大仿，上午一回，下午一回。写完了，爷爷就给我画对钩。哪个笔画写得好，就在哪个旁边画对钩。等攒够了一百个对钩，就会给我一块梨膏吃。那时候乡下没有糖，梨膏就是糖了。中药店有卖的，走街串巷的货郎挑子里有时候也有。最开始，我十天半月才能挣一块梨膏，后来六七天就挣一块，再后来三四天，两三天……真是孩子啊。直到现在看见对钩，我的嘴巴里还会有梨膏味儿。小时候落下的毛病，忘不了了。

　　笔画练得差不多了，就开始练字了。第一个字？是人。现在我还记得，当时练这个字的时候，爷爷跟我说："人这个字，最难写。"我说："这有什么难的？不就是一撇一捺么？"爷爷说："看着简单，其实最不好写。"爷爷这话，后来我才明白。一来是说字，越简单的字越不容易写好。二来是说字后面的意思，是说做人难，多少人一辈子都撇不好那个撇，也捺不好那个捺……又说远了。还说字。反正最开始写，那就是人啊，口啊，手啊，就是这些简单的。对，永字也写得多，爷爷说这个字含的笔画多，写这个字能综合起来练笔画。有一天，我们爷俩正练着呢，农会主任来我家借东西，看见了，说："你们咋不写写毛主席万岁呢?"我爷爷没吭声。第二天就开始教我练了。呵呵。

再后来，就不练字了。练别的——对，炼钢铁。看你也不过三十来岁，还知道大炼钢铁，不简单。现今知道这事的年轻人，不多了。那是1957，1958年，全国上下都超英赶美，大炼钢铁。咋大炼?把各家的锅砸了炼。咋吃饭?那时候有了人民公社，开始是初级社，没多长时间就都成了高级社。各家都不做饭，村里建起了大食堂，都去吃大食堂。有个电影叫《李双双》不知道你看过没有?没看过也听说过吧?常香玉还唱过这出戏呢。唱得老好了。李双双就是大食堂的炊事员……说来也怪，那时候的人说把锅砸了就都把锅砸了，说去大食堂吃饭就都去大食堂吃饭了，都没咋想。不过现今想想，说怪也不怪。有啥想头?想啥呢想?上头都替你想好了，还用你想?

一世界的热闹里，我就练不成字了。就是爷爷能定住神，我也静不了那个心啊。我成天跟着大人小孩疯跑野看，耍得那叫一个得劲，学都没有好好上，早把练字丢到茄子地里去了——为啥叫茄子地?你这个人，问题还怪稠呢。你想想，茄子像啥?像不像咱们男人的玩意儿?长茄子像那根棍儿，圆茄子像子孙袋，像吧?茄子地的意思，你琢磨吧。

不过，上到初中我就又开始大仿了。不是我爷爷，我爷爷那会儿已经不在了，死了。"三年自然灾害"的时候饿死的。那时候还是吃大食堂，可是大食堂也吃不着啥了。每天我爷爷领我去，两大马勺汤，照人脸的汤。"端起碗，照相馆。拿起碗，洗照片"，说的就是这个。他说他不饿，先尽着我吃。可就那我也吃不饱。那时候，没几个人能吃饱的。我爷爷就那么死了。死的时候倒是胖的，全身浮肿，明亮亮的，一摸都能出水儿……不说这个了，说了伤心。

我去乡里上初中那年，是 1965 年，我十三岁。日子缓过来了，就又开始正经上学了。给我们上大仿的是我们的语文老师，班主任，姓李。那时候他也就三十来岁，长得细眉细眼，挺顺看的，个子也高高的，穿得干干净净，体体面面，脾气也好。我们都挺喜欢他。我们俩村子挨得近，他住李庄，我住张庄。从张庄往乡里去，要路过李庄。上学的路上我们俩经常能碰着。他话不多，我话也不多。除了问候一声，我基本没话。到底他是老师，我心里怯。他要是先不跟我说话，我就是有话也不会找他先说。这是我心里的规矩。有时候他会跟我多说几句，他说什么，我应什么。面上虽然不露，不过心里还是很高兴的，偷偷地就觉得老师跟自己很亲了。再加上后来的大仿课，我就尤其喜欢他了。当初经过爷爷的调教，我大仿也算是有了底子，虽然荒了几年，到底是容易上手，一理就熟。李老师就老是表扬我，说我写得好。他也喜欢在好字旁边打对钩。我的大仿本上，对钩就最多。后来到了路上再碰着的时候，我们俩的话就多起来。原来他是打心眼儿里好写字。我们俩路上说的，也多是写字。什么颜柳欧赵，什么二王，都是从他那里才知道了根梢。他的学问，那真是好啊。

后来想想，在爷爷那里，我是用对钩换梨膏。在李老师那里，我虽然没有得着梨膏，可是得了他的这些话，这可比梨膏还要好。这些话算是给我开了小灶，既长了学问又增了尊贵。——对，我就想用尊贵这个词。用现在的话叫自信？可我觉得这自信跟尊贵不是一回事。这尊贵是既被人看重也自己看重自己的意思。梨膏甜在嘴里，这尊贵甜在心里，甜在骨头里，可不是比梨膏还要好？有了这尊贵，一看到大仿本上那些对钩，我就像看到了李老师微微笑着的两个上翘的嘴角，就忍不住想微笑起来。

受了这甜尊贵的滋润，我只要一有空就琢磨写字。越琢磨越觉得有意思，越琢磨问题也越多，问题越多就越想去和李老师说说话，听他解解。要说两个村子离得可近，没几步路，李老师也说过随时都能去，我却不大好意思去。可不大好意思去也还是想去，心里痒痒得难受，非得李老师给挠一下不可，于是就也去过几回。那时候，我们张庄还有一个同学，叫疙瘩。我就叫他一块去。他写字不咋好，对写字也没啥兴趣，不大愿意。我就用好处笼络他，给他捉个大蚂蚱，给他一把炒黄豆啥的。他也就跟我去了。从张庄到李庄还有条小路，我们俩就穿过小路去李老师家。到了李老师家，我和李老说字写字，他在一边听，时不时说句外行话。那个人，咋说呢？有些理，就是跟他讲不清，再清的理，他也能搅浑。有一回李老师说写字就是写心，心正字正，心邪字也邪。疙瘩就在一边："那心黑字才黑？"我和李老师都笑了。李老师说："这个理可不通。字黑是墨的事。"听这话你就知道了，疙瘩就是这种人。还有那一回，李老师跟我讲起张旭和怀素的狂草，说毛主席的字也是狂草的路子，我问他："你觉得毛主席的字怎么样？"李老师说："我说不好。"——你知道的，"我说不好"这四个字，可以做两种读法，一种是"我说，不好"。一种是"我，说不好"。疙瘩当即就说："你觉得不好？"李老师愣了愣，就笑了，说："我不是说不好，我是说我说不好，不好说。"疙瘩问："为啥？"李老师说："有些事情不能当下说，就像风吹沙，当即会迷眼。也像诗里说的：不识庐山真面目，只缘身在此山中。得过些时间说。就像颜柳欧赵的字，就像唐诗宋词，多少年过来，才能说出个清清楚楚地好。"疙瘩也愣了愣，说："毛主席还不是啥都好？"我嘟噜了一句，说："总不是毛主席拉的屎都不臭，都是香的吧？"我们都笑了。

有时候我会想，要是疙瘩也爱写字就好了。可是再一想，要是他也爱写字，那李老师不也偏他了么？那还不如只偏我一个呢。唉，这就是孩子的小心眼儿。

可这大仿课只上了一年，第二年就没有了。为啥？因为李老师不上课了。他上不成课了。全国的学生都上不成课了。干什么？干"文化大革命"呗。——我现今还记得那条小路，那时候没有水泥路，也没有煤渣路，就是土路。我们下午去，黄昏时候回。有时候天都黑了才回。那路面在黑夜是灰白色的。

3

你留意过风没有？我想你没有。你这年纪，还想不到去留意风的事。留意风的啥？风从啥时候起开始刮。没留意过吧？一般没人留意个这。我年轻的时候也没留意。现在我开始留意了。风刮之前，那空气不一样，树叶动得也不一样，天也不一样……不一样的。

可那时候真没留意。那股子革命的风，还真察觉不出啥时候就刮了起来，从村外刮到了村里，从校外刮到了校里，从远远的地方就刮到了自个儿身边……起先是从初三开始刮的。他们年纪比我们大，按那时的话是觉悟得早，革命得早。最常见的形式也就是给老师开开批斗会。开批斗会的时候，多是叫老师们坐飞机。你知道坐飞机吧？俩人站到老师后头，一人揪老师一只胳膊，把两只胳膊往后撅成翅膀，再有一个人在前头按住老师的头，使劲儿往下按，这不就像一只飞机了？对，不是坐飞机，是扮飞机。可是，坐飞机不是说着更顺么？有一个词叫黑色幽默，坐飞机就是黑色幽默。

老师们坐着飞机，学生们批斗老师。起先也就是打嘴官司。学生们批斗得不对，老师们还敢还嘴。那回我就亲眼看见初三的学生批斗一个数学老师，那老师本来就油嘴滑舌的，挨斗的时候嘴巴也贫。学生们说个这，他对个那，用对联的格局来形容就是：河对汉，绿对红，雨伯对雷公。烟楼对雪洞，月殿对天宫。总之是句句在理，把学生们驳得哑口无言。后来有个学生想难为住他，就叫他唱语录歌。知道啥叫语录歌吧？对，歌词都是毛主席语录，是根据林彪的指示搞的，说是革命音乐工作者为了满足广大人民群众的强烈要求创造的一种音乐形式，是为了更好地传诵毛主席的思想。

　　都没听到过那个数学老师唱歌，都以为他不会唱。可他一开口就把人都震住了。唱得那个好啊，节奏那个准啊，词那个全啊，谁都挑不出毛病来。而且点啥唱啥，绝不含糊。连学生们不会的好多歌他也都会。什么《领导我们事业的核心力量》《政策和策略是党的生命》《我们应当相信群众，我们应当相信党》《我们的教育方针》《工作就是斗争》《凡是敌人反对的我们就要拥护，凡是敌人拥护的我们就要反对》……对，这些都是歌名。那时候的歌名就是这些。

　　那个批斗会后来成了这个数学老师的独唱音乐会。唱着唱着，不知道是谁提的头，他还开始教学生们唱歌，我还跟着学唱了一首，叫《什么人是革命派，什么人是反革命派，什么人是口头革命派》。歌词记着呢，没忘。那时候天天唱，天天唱，都长到嗓子眼儿里了，想忘都忘不了：什么人站在革命人民方面他就是革命派。什么人站在帝国主义、封建主义、官僚资本主义方面他就是反革命派。什么人只是口头上站在革命人民方面而在行动上则另是一样，他就是一个口头革命派。如果不但在口头上，而

232

且在行动上也站在革命人民方面，他就是一个完全的革命派……
后来学校成立了毛泽东思想文艺宣传队，这个数学老师还成了顾
问。也是更后来我们才知道，这个老师的有个相好，也是个老
师，是音乐老师，没少教他唱这些歌。

这事不算可笑。有可笑的。我亲眼见我们村里批斗老会计，
那个可笑。那是七八月份，玉米正长呢，得给玉米锄草。大人们
都忙着去地里干活，都没空斗，就叫几岁的娃娃们去斗，娃娃们
连话都说不利索，能斗个啥，老会计就一边领着孩子们耍，一边
教着娃娃斗自己，你想，一个人要是教着娃娃们斗自己，这可
笑不可笑？——老会计为啥挨斗？说起来更可笑。他倒是爱学
习，那天学习毛主席语录时忘了语录本放到哪里了，找来找去几
个来回才发现在自己的口袋里。他就说了一句："真是骑驴找
驴。"叫好事的人听见了，就这就是罪啦。

这就是最开始的大革命，挺热闹的，挺新鲜的，像玩游戏。
不过也就是图个热闹看个新鲜，当真的人不多。村里是这，学校
里也是这。再怎么说，师道尊严几千年了，老师终归是老师，老
师是教育学生的，颠倒过来让学生去教育老师，谁都别扭。再革
命也是别扭，是不是？不过，话说回来，既然开始革命了，上头
不叫停，这下头也不会停。何况还有这份热闹新鲜，总是叫人上
瘾的。玩的人上瘾，看的人也上瘾。那被玩被看的人，就只有倒
霉了。

李老师？他早就不上课了。学生们都革命着呢，他给谁上
课？起先我们去参加批斗会的时候，他还带着我们，后来就不带
我们了。很知趣。我们一个个上天入地，泼猴子一样，谁任他带
呀。连校长都不敢随便开口，哪有他说话的份儿？就是他说，也
没人听他的。要听他的调教，哪还有革命的阵势？他肯定清楚这

个，所以后来就不带我们了。可批斗会他也去。我挺留心地看着他，他总是待在一个旮旯里，悄没声息的，安安静静的。别人喊口号，他也张嘴。别人举拳头，他也举。可我知道，他的嗓子没出声，他举的胳膊也是做样。咋看出来的？那时革命的人，只要朝疯处使劲儿，都占四条：眼球凸，头发乱，青筋鼓，喉咙现。这四条，李老师连边儿也不沾一点儿。

我跟李老师还会在路上遇见。两人见面也不说字了。不说字就没啥说的，那就啥也不说了。我们俩就那么愁眉苦脸地走着。后来我就有些怕见他了，就不想碰见他了。那就有意躲着他。这个容易。路上要是碰不见他就算了，要是看见他走在前头，我就慢慢跟在后头，或者躲到树下头歇一会儿再走。要是看见他在后头走，我就快快地走，叫他撵不上我。说实话，我很有点儿替他急。急啥？我怕他也给批斗了。这可是保不准的事儿呢。我经常自己个儿琢磨：他咋还来学校呢？他咋就不会请个病假在家里待着呢。现在想想，他那时候也是为难啊。形势是那样的形势，他又是老师，是老师就得对学生有责任，不能不去。还有，他也不敢不去。你想想，按那歌里唱的，他要是不去不就成了反革命派或者口头革命派了么？不就成了做贼心虚么？为了避这个嫌疑也得去。可去了呢又啥也干不了，只能干看着。熬煎人啊。

后来就开始兴大字报了，这一下，毛笔字就派上了大用场。大字报越贴越多，越贴越多，能贴的地方都贴了。到后来就没地方贴了，咋办？往大字报上贴大字报。有的刚贴上，糨糊还没干呢，就又被新大字报盖上了。厚啊，一层糊着一层，揭下来都能当褥子睡。为了不让自己的大字报给盖上，那些孩子们可没少打架，势力大的还派专人去守卫大字报……大字报写得好不好，光看内容可不成，也得比比字的丑俊，学生们就纷纷要求李老师教他们练大字，李老师才算是有了事做。

不，不能用报纸练。那时候的报纸可不敢乱写字。为啥？报纸上印有毛主席啊。你一个不小心在毛主席脸上抹了黑咋办？李老师就让每个人拿了毛笔，蘸了水，在桌子上练，他来回看。我们都把这个叫作上水字课。桌子上写的字干得快，他就得不停地走。一节课下来，那可是满头大汗。可那时候他的精神倒是好了很多。一个老师，好歹算是教上了学生上成了课，不管咋说，他心里肯定是舒坦了不少。他一个人忙不过来，有时候就叫我也起来帮着看看说说，我也算是个小老师了，心里头就美得很。可是，没有美几回。因为没多长时间，李老师就被批斗了。

4

其实之前我就觉得有些不妙了。像火一样，革命的程度已经越来越大，烧的地方也越来越宽，眼看着就从初三到初二，肯定立马就会轮到我们初一，到时候我们肯定就不能光去参加别人的批斗会了，肯定就得自己组织批斗会了。——咋说呢，这就像请客一样，你整天去参加人家的批斗会，就像去赴人家的宴。吃了那么多回了，不能总吃人家的呀。总得回请一下呀。这种菜单上，谁是那道菜？肯定少不了李老师……不过，虽然觉得不妙，可我也就是想想。到底是小孩子，想想也就算了。不到眼前的事，老想着干啥呢？

那一天的到来说突然也自然。为啥？因为那时候的学生都是老手了，随便找个理由都能批斗老师。批斗这种事，就像做作业——不，比做作业好玩多了。做作业还得叫老师改，这可是学生们去改老师，想咋改就咋改，那个痛快，那个尽兴，那个上瘾。……对，就是叫人上瘾。真是会上瘾。啥瘾？仔细想想，这瘾，像酒瘾。可不是么？最开始喝酒的时候，不习惯。想着酒有啥好喝的？那么冲，那么辣。可喝了一阵子，就觉出好了。刺激，来劲，晕晕乎乎的，喝醉了还能胡抢八砍……我们多多少少都上了批斗的瘾，几天不批斗人，心里就痒痒，喉咙里就痒痒。有好几个同学都说过，一到了批斗会上，都能闻到一股特别的酒气，醺醺然的。说实话，我也能闻到……不过，要是去批斗李老师，那是说自然也突然，为啥？因为归根结底这是我们班的老师，是我们自己的亲老师——都说现在流行这个亲字了，亲兄弟，亲姊妹，亲老师啥的，李老师就是我们的亲老师。这种关系，事情发生的时候，再自然也还是会觉得突然。

那时正是李老师给我们上水字课的时候，是最革命的学生提的头，他叫铁卫红。他原来叫啥我忘了，是运动开始后改的名。那时候改名的人可多，都成风气了。不信你去问，那个时候改名的，十个里能找出五个来。叫卫红、卫东、向东、学青、文革、向阳、向红的人，不知道有多少。嗯，就是这个铁卫红，他开了第一"枪"。那时同学们在练着字，李老师在下面转着看。忽然间，就听铁卫红喊道："你攻击毛主席左倾！"

班里人都停了笔。我也停了。大家都朝着铁卫红那里看。只听他又说："你反对毛主席！"

这句更厉害了。班里起了一阵小小的议论声。这时候，铁卫红第三句也喊了出来："打倒李老师！"

对，他说打倒李老师。他当时就那么喊的。我记得真真的。过后想想，他也只有这么喊。因为那时候谁都不知道李老师叫啥，总不能说打倒李啥啥吧，所以他也只有这么喊。——后来我才知道，就是因为铁卫红在写"毛"这个字，李老师纠正他，说他把那个竖弯钩的竖写得太正了，应该往左靠一点儿。——那时候，这话要细抠起来还真就是毛病：往左是左倾，往右是右倾，只有中间正正的才算绝对好。听说有个地方想做一尊革命火炬的雕塑，去征求群众意见，结果是火焰朝哪都不对，向西吧，说是倒向西方，向东吧，说是西风压倒了东风，向北吧，说是火烧党中央，向南呢，又说是投靠台湾……末了就硬生生让火焰正朝天，把火炬做成了一个大辣椒。

铁卫红喊过以后，班里安静了一小会儿，很小很小的一小会儿，有好几个同学也跟着喊了起来："打倒李老师!"

先是几个人喊，后来是十几个人喊，然后就是全班同学都喊了起来："打倒李老师!"

我? 我也喊了。我不想喊，可我还是喊了。因为到了后来，我觉得全班好像就剩下我一个人不喊了。我不喊，我站的那块地方好像就成了一块空地，很显眼，好像全班人都看见了这个空地。我怕这个。——没错，这是有点儿奇怪，好像不仅是喊能听见，不喊也能听见。

于是我就喊了，第一声喊出来，我就闻到了那股熟悉的酒气，让人醺醺然的酒气。这酒气让我的脑子里充满了一种麻嗖嗖的怪怪的快感。生怕别人听见了我的不喊，我就喊得很大声。跟别人一样大声。不知道别人是不是也是这么想的，因为我听见别人也很大声。我怕自己的声音给比小了，就更大声。于是全班人都好像在比着大声……我们班的大声把其他班的同学都引过来了，人越来越多，越来越多，喊的声音也越来越大，越来越大。在我们的大声里，李老师默默地站着，低着头，脸色煞白。他的双腿轻轻地抖着。他手里的毛笔也慢慢地干了，硬硬地干了。

那天回家的路上，我远远看见李老师慢慢地走在前面。我也就放慢了速度。走一会儿，疙瘩跟上来了，他问我咋不快点儿走，我说我脚不舒服。疙瘩就噜噜噜地往前走了。走到李老师跟前的时候，我看见他朝李老师吐了口唾沫。他离李老师还有一段距离，应该没有吐到李老师身上，李老师却还是下意识地擦了一把。然后李老师还是慢慢地走着。我也慢慢地走着。走着走着，忽然李老师坐到了一棵树下，不走了。

他不走了，我也就停了下来。等他。这时候我突然觉得背上湿湿的、黏黏的，很不舒服。我这才明白刚才喊得太用力，出的汗把衣裳都湿透了。

突然，我听见李老师哭了起来。他哭的声音很低，可我还是听见了。不知道为啥，我也哭了起来。我们俩就这么哭了一会儿，天慢慢黑了。李老师又站起来往前走了，我也才又往前走去。

接下来的很多天，我们班每天都批斗李老师。但不再叫他李老师了。我们知道了他的名字，他叫李文道。

5

革命的火越烧越旺，我们这些人都是添火的柴。对，就是柴火的柴。这些年，我一想起那时候的事，就觉得可多人都是柴，人柴。对，不是人才，是人柴。比起木柴来，人柴更耐烧，更好烧。你想，木柴烧烧就成灰了，人柴呢，烧了一天，累了，睡一晚上，第二天再去风风火火地烧。一天又一天，一天又一天，似乎可以这么长长久久地烧下去……

不知道从啥时候起，人柴越烧越疯，革命行动也越来越激烈。打人的事多了起来，连杀人的事听说都有了。县中的一个老师在批斗会上被当场打死，还有两个老师被打成了残废。听说有个校长一天被打了五回，当晚就吊脖子自杀了。当然不仅仅是教育上，各行各业都在革命，都在死人……我们学校算是好的，还没有死人。可打人的事也不少，起初不过就是推搡一把，不严重，也不多。后来就严重了起来，有一批老师被打成了刘少奇的孝子贤孙，被斗的时候都要穿孝，头上戴着孝帽，手里拄着白纸缠成的哀杖——后来也不拄哀杖了，一人抱一个刘少奇。刘少奇是纸糊的，风一吹就破，一破这些革命的小将们就说革命成功了，太成功了……这些老师都被打出过血。还有一个女老师，教英语的，不知谁从哪里得来的消息，说她在台湾有亲戚，这还了得！这真是阶级敌人啊。她家被抄了个底儿朝天，她丈夫孩子也跟她断绝了关系，她被剃了个光头，整天游街，游到哪里谁想踹一下就踹一下。那天，我亲眼看见，有一个人背了一把扫帚从她身边过，已经过去了，又返回身，抢起扫帚朝她背上打了一下，那一下力道可不轻，那老师当即趴到地上，半天没起来。——没死，那老师没寻死。她挺倔的，听说每天被批斗完回家后还要该洗脸就洗脸该刷牙就刷牙该吃饭就吃饭，我是没有听到她死的消息。肯定没寻死。要是死了第二天我们就会知道，阶级敌人畏罪自杀也是革命的胜利消息嘛。唉。

那天，在斗李老师之前，我就听铁卫红他们在说，原来李老师家里是地主。这下子，李老师就成了黑五类。黑五类你知道吧？对，现今有个食品的牌子就叫黑五类，可那个时候指的就只是成分划分。地富反坏右，这就是黑五类。地就是地主。那个时候的地主，村村都划。咋划的？比如说，一个村有一千亩地，一百口人，平均一人十亩地，这就是个平均数。要是超过了这个数，那你家就是地主。要是正好是这个数，那就是富农。要是不足这个数，那就是贫下中农。大概意思吧。各地情况不一样，划的地主也不一样。我上大学的时候才听说，有的地方只要把地租给别人种，或者自己雇了人种的，租雇仨人以上的，算地主。租雇仨人的，算富农。租雇俩人的，算中农，一个人的，算下中农。被雇的人，那就光荣了，是贫农。有的地方都没有租雇人，那就按家财多少来划，我有个同学，他家里就因为比别人家多了三棵香椿树，就成了地主……反正不管咋说，村村都得有地主。就跟现今GDP一样，是一个硬指标。李老师家本来算个中农，可听说他有个本家叔是个绝户头，临死前把地给了他家，他家一下子就超了标，成了地主。他们家还不想认，不想认也不中。不仅是地主，而且罪加一等，是瞒报的地主。

那天，李老师一走进教室，不由分说，就有人架住他，开始喊："打倒地主!"

铁卫红是第一个伸出手去的，他上手就推了李老师一把。这之前的批斗中，已经有推这个动作了，但他这次格外地狠。他是从李老师左边推的，推了李老师的腰一下，李老师往右晃了一晃，右边也有人推了李老师一下，李老师又往左边晃了晃，然后，李老师又前晃，后晃……我们原本都站在自己的座位上，不知不觉，到李老师身边的人就多了起来。班里一共三十来个孩子，有几个成分不好的都不上学了，还剩下二十来个。霎时间就把李老师围成了两圈，第三圈也慢慢地形成了规模。

我算是最后往那个圈凑的。我往圈里凑的时候，教室的座位上已经没有什么人了。不凑那个圈，我就会很显眼。那个时候，我真是怕自己显眼啊。说老实话，常听人家说人民群众这个词，我平时也真没有觉得这个词多好，可是真要叫我脱离出去，我还真不知道该咋办。我还真是怕。

就这么着，我走到了第三圈的边上，磨蹭到李老师后面。我不想叫李老师看见我。真的，我就是不想叫他看见我。我走到第三圈那里，犹豫着自己伸不伸手，其实就是伸手，我也够不着李老师，甚至因为被前面的同学挡着，我连李老师的衣裳都看不见，只能从人缝里看见李老师的脚，已经一点点地被推到了讲台的边边上。我一边看一边还想着到底伸不伸手……这么想着的时候，我已经伸出了手，推着了前面同学的背，前面那个同学是谁我不记得了，好像是个男同学。就在我的手挨着他的背的这一瞬间，只听扑通一声，一片桌子椅子响，一片叫声，李老师就倒在了地上。原来李老师被我们从讲台上推了下来，他的个子高，倒下来的时候又砸到了前头的同学，还砸到了一张课桌。

　　人倒在地上，占的面积就会增大，我们的圆圈立刻就也大了，圆圈一大，里面的情形就能看得清楚了。李老师倒在地上的一瞬间，似乎还挣扎了一下，想要站起来。

　　"不能叫李文道站起来！"铁卫红喊，"他被打倒了还想迫害革命小将！"

　　"我们必须做到，把他们打翻在地，再踏上一只脚，让他们永世不得翻身！"铁卫红又喊。

　　随着这两声喊，很快，不知道谁的脚冲着李老师踩了上去，然后，很多脚都踩了上去，扑扑踏踏响成一片。这种响有点儿闷，频率却很快。然后，我清楚地看见了血。血从李老师脸上流了下来。不多，但可红。看见血的第一眼，我脑子里又充满了那种麻嗖嗖的怪怪的快感。——后来我才琢磨明白：那种快感，有点儿像射精。那一年，我已经开始遗精了。

　　李老师呻吟着，很快，血越流越多。他身上的脚慢慢少了，到后来，终于没有了。然后，学生们都静了下来，不知静了多大

241

会儿，铁卫红挥了挥手，道："胜利!"

然后，学生们都走出了教室，我也跟着走了出来。我夹在学生中，没有成为最后一个。我害怕自己成为最后一个，我害怕李老师喊住我，我害怕自己成为那样一个人，要是到了那时候，我可不知道自己该咋办。——对，我总是害怕。怕这，怕那。那时候，我的害怕还真是多。

那天回家，我是和疙瘩一起走的，他脸上放着光，对我说："真带劲儿!"

我说："哦。"

他说："真没想到，李文道就是个地主!"

我还是说："哦。"

他说："整天革命，可真比上课有意思!"

我说："哦。"

他又说："李文道不会死吧。他要是死了，咱们明天可就没人斗了。"

我没有再哦，我说："那咱回去看看吧。"我终于逮住机会说了这么一句话。我不敢一个人回去看看，要是疙瘩跟我回去，我就敢。

"你咋回事?"疙瘩说，"他要是死了是他罪有应得! 你回去看他干啥? 是不是想要给他包扎养伤? 你有没有阶级立场!"

疙瘩这么一说，我就不敢再说别的了。我们俩就这么回了家。

回到家里，吃晚饭的时候，我觉得手有些疼。是右手疼。疼得有些怪，是隐隐地疼，好像是里面的筋疼。我的手从来没有这么疼过。那天晚上，躺在被窝里翻了不知道多少个身，我就是睡不着。那只手疼得叫我难受。我左思右想也想不明白，这只手咋会疼呢？想到快天明的时候，我才明白了过来：我向李老师推出的那只手，就是这只右手。

对，我知道你会这么说。反正我的手又没有挨住李老师，李老师摔倒咋能怪我呢？可我当时没有那么想。我想，为啥李老师早不摔倒晚不摔倒，偏偏我伸出手的一瞬间他就摔倒了呢？我觉得自己就像外国人说的那句话，那句话你肯定听说过：压垮骆驼背的最后一根稻草。骆驼那么大，稻草那么轻，按说一根稻草哪能压住骆驼？可啥都搁不住多，稻草一捆一捆放到骆驼背上，那就了不得了。放到后来，就成山了。放到再也放不了的时候，再多放一根，骆驼就倒了。那根叫骆驼倒下的稻草，就是最后一根稻草。

我觉得，我的右手就是推倒李老师的最后一根稻草。

6

一夜没睡，我疼着右手，又去了学校。到了学校，只听别的班里喊声阵阵，我们班里却没有一个人，也没有李老师。地上只有李老师的血，一小坨，已经干了。我蹲下来看了一小会儿，黑黑的，硬硬的，有几只蚂蚁爬来爬去。我也不知道为啥要看那坨血，不过看血那一会儿，我的手就格外疼了起来。我不敢再看，连忙离开了。到别的班上看了一会儿批斗人，我就悄悄地溜了出来。不知道该去干点儿啥，浑身上下都闲得发慌。于是心顺着脚，脚顺着心，胡乱溜达了起来。走着走着，我才发现自己在去李庄的路上。

我就让自己停了脚。我问自己：你去李庄干啥呢？看李老师死没死？他要是死了你咋办？难不成你会去烧个纸吊个孝再哭一

243

场？他要是没死你咋办？难不成你会嘘个寒问个暖再买包点心？说实话，无论他死没死，我还都不知道该咋办。

就这么着，我就在路口那里站了半天。李庄就在眼前头，就那么几步路，我硬是没有挪脚。我的脚下像钉了钉子一样。那时候已经是十月了，玉米都快熟了，都打了红顶子了，我就在地边儿上找了个没结穗的甜甜秆儿，没情没绪地啃着，消磨时间。不管咋说，站在这个地方，比待在学校好受，而且还有一点儿，我的右手不咋疼了。

两根甜甜秆儿快啃完了，我正趔摸着第三根呢，忽然听见一阵乱乱的脚步声，说时迟，那时快，一群人就到了我跟前。真是怕啥来啥，正是我们班里那一群革命小将，铁卫红和疙瘩走在最前头，一看见我，疙瘩就两眼放光，说："正好，正找你呢！走！去李文道家！"我正想问问去那儿干啥，再一想又把话咽了下去。我知道，我要是那么问了，他们准会回答："去批斗阶级敌人！"

于是，我没问那句话。我问了另外一句："李文道没死？"

"流那么点儿血哪儿会死！"铁卫红说，"阶级敌人顽固得很！"

我心里一阵喜悦——不，不对，不是喜悦，也不敢喜悦。不是有一个词叫喜形于色么？人一喜脸上就容易带出来，所以我不能也不敢去喜。准确地说，我那叫如释重负，是轻松。不管咋说，人没死这是第一好。这么想着，我就糊里糊涂地跟着同学们来到了李老师家。那时候到底是傻，都没想想疙瘩见我说的那句话，为啥见到我就说正好，正找我？找我去李老师家有啥用？没想，压根儿没想。疙瘩也没有给我解释。后来我才醒过来，他是算准了我不会不跟着他们的革命队伍和革命形势走，所以就拉着我直接上阵，省了那几句口舌。

到了李老师家，他家里已经有不少人，看样子像是他的家里人和亲戚。他正躺在床上，床边坐着一个人，地上放着一个药箱，我知道那人肯定是个赤脚医生——知道啥叫赤脚医生吧？也就是普通的农民，经过上头的简单培训，能看一点儿小病，整天走乡串户地走，就叫赤脚医生。也穿鞋的，不是真赤脚。

李老师头上包着白纱布，脸色煞白地躺在那里，看见我们，他似乎想坐起来，可是医生按住他，不叫他动。这时候，铁卫红说话了，他是对赤脚医生说的，他说："你没有阶级立场，给阶级敌人看病！"那个医生嘴巴也快，立马就说："毛主席说了，要救死扶伤，实行革命的人道主义精神！"铁卫红就没话了。这时候，疙瘩就接上了，疙瘩说："什么时候也不能忘了阶级斗争！"然后他指向李老师，说："你，恶毒攻击我们伟大的红太阳毛主席写的字不好，罪该万死！"

这句话一出来，李老师就挣开了医生，忽地坐了起来，说："我没有！"

疙瘩转脸就指向我，说："扇子，你做证！那次，他用心险恶地教我们练字，说心正字正，心邪字邪，说毛主席的字不好，像他拉的屎一样臭，有没有？"

没有。我想说没有。可是我不敢。那么多革命的人都盯着我呢，我害怕。况且，这事还是有的，那些话虽然不是疙瘩说的那样，虽然都经过了疙瘩的胡乱剪接，但有总是有的。一片安静中，我的脑子里一片混乱。我该怎么解释呢？把那天的情形原原本本复述一遍？说李老师不是那个意思是这个意思？说拉屎那个话是我说的，跟李老师没关系？……直觉告诉我，不能说这么多。现在不是讲理的时候，要是一定在这个时候讲理，不但讲不出个理来，还会越说越复杂，越说越糟糕。八成也得把我赔搭进去。

那该怎么办呢？

全屋的人都盯着我。

"快说!"铁卫红说，"李文道有没有放这些毒屁?"

"怕啥？革命小将还怕阶级敌人?!"疙瘩说。

李老师屋里站的大人都没有说话，都只是默默地看着我。李老师也看着我。那时候的屋子窗户都小，屋里光线都不太好，可是李老师的眼睛可亮，他就那么看着我。看着，看着。

我终于说话了。我说："没有。"

"啥没有?!"疙瘩的唾沫都飞到了我的脸上，"你敢说没有?!"

"毛主席说了，要实事求是。"我说，"没有就是没有。"

"你再好好想想!"

"根本就没有的事，你叫我想啥？"

"我再问你一句，到底有没有?!"铁卫红突然提高了声音，几乎是喊着问我。我一激灵，想撒尿。可我还是收了收小肚子，对自己说冷静，冷静。这时候，我脑子里倒是明白得很。不能再改口了，绝对不能。

"我向毛主席保证，绝对没有。"我说。

"疙瘩，你咋搞的嘛。"铁卫红放低了声音，说。铁卫红的话一出口，我心里就落了底。我知道，在这场斗争中，革命小将们的气是泄了。是叫我泄的。

果然，在疙瘩恨恨的眼神中，铁卫红领着同学们喊了几句口号，就离开了。我也跟着离开了。那天，我没有再回学校，直接回到了家。后来好几天，我都没有去学校。我怕李老师病好了再去学校，我怕再去批斗李老师，我怕这个。

我请了病假。——不，我也不是装病，我的右手还是有些疼，不过疼得轻多了。要是不到夜深人静的时候，就感觉不到疼。可每天总有夜深人静的时候，这时候，那个疼啊，*丝丝缕缕*的，隐隐约约的，可真叫人难受。

后来，毛主席就说了，要文斗，不要武斗。再批斗人的时候，就不叫动手了。后来我也又去了学校，可我没有在学校里见到李老师。我不知道他去哪里了，也没有去打听。我害怕打听。我害怕听到李老师的任何消息。后来，一晃十来年过去，"文革"结束了，高考也恢复了。我赶上了第一班，考上了大学。有几个同学听说后给我摆酒送行，闲聊的时候我才听说李老师去了新疆。我不太信，专门去了李庄一趟，辗转找到了一个他的族亲打听，他的族亲告诉我，他真到新疆去了。去新疆哪里了？不知道。干啥去了？也不知道。只留下一个儿子在郑州他姑姑家上学，其他的家人都走了，房子也卖了，不会再回来了。

我这一辈子可能再也见不到他了，按说我应该松口气，把这事放下。可是没有。只要想到李老师，我的心就还难受着，我的手就还疼着。——现在？现在基本好了，基本不疼了。别急，你听我慢慢说。

7

不，你说得不对。我知道可多人都会这么想：虽然我推过李老师一把，可在说字香字臭的事上我又护了他一把，两相扯平了，所以我不欠他啥。我跟你说，这种想法不对。咋不对？推李老师那一把，我应该不应该？不应该。至于字香字臭那场事，我不是偏他，也不是向他，之所以用一个瞎话顶了另一个瞎话，归根结底我不过是为了护自己，顺便护了李老师一把，为谁的多？为自己的多。所以啊，我跟李老师的账，算到底还是我欠了他的。不管怎么着，我还是推了他那一把。能扯平不能？不能。说到天边儿，这个，赖不掉。

心思重？没错，凡是知道我这么想的人都这么说过我，说我心思重。就算我心思重吧。心思这事，还真是怪。心思轻的人难得重，心思重的人也难得轻。生就的骨头长就的肉，没办法。那时候，只要一闲下来，我就会想。一幕一幕地想，想我和李老师之间的枝枝节节。脑子里跟按了影碟机的回放键一样，慢慢地放，一点一点地放：

——李老师教我们写大仿，在我的大仿本上画对钩，画了一个又一个，脸上带着笑。到底是功底深厚，他画的对钩都不一般，那个墨用的，格外匀，格外润，格外好看。原本想起那些对钩，我就好像看到了李老师微微笑着的上翘着的两个嘴角，可在这回放里，我再看不到他那微笑的嘴角，看到的只是他紧蹙的两道眉毛。

——我跟李老师在路上碰见，他跟我讲柳体，讲《玄秘塔碑》，说柳体有骨头，可又绝不仅仅是只有骨头。

——在班里上水字课时，李老师叫我在同学们中来回看视，我们俩偶尔在座位和座位空出的小过道里碰着，他侧着身叫我过去，我总能从他身上闻到那种淡淡的墨香味儿。

——我和疙瘩去李老师家练字，李老师给我们吃他媳妇刚蒸出来的白馍，我手上有墨，按到白馍上，一按一个黑印。我想把黑印揭下来，又可惜那片馍皮，李老师就说："吃了吧，墨黑，可是不脏。墨吃到肚里，你的字就写得更好了。"

——李老师跟着我们去参加批斗会，孤单单地站在一个角落里。他的个子那么高，像一根竹子似的。他的脸色总是灰扑扑的。

——然后就到了李老师第一次挨批斗那一天，我也举起了胳膊，张开了喉咙，跟着铁卫红他们叫："打倒李老师!"在回忆中，似乎没有别人的声音了，别人的声音我都没有记住，我只听见了自己的声音，我的声音很大，很高，快把我自己的耳朵都震聋了。

——还有那天路上李老师的哭声，他哭得声音很低，可是在回忆里一点儿也不低，还很清晰，要是按写字的道理来说的话，他的哭声都能分成笔画，一点一横，一撇一捺，都分得很清楚。

——最后，就到了我最不想回忆却死活也忘不了的那一天，李老师挨打那一天，我伸出了自己的右手，我咋就伸出了自己的右手呢? 我咋就伸了出去呢? 我一伸出去，李老师就被打倒在地，还踏上了那么多脚……还有他流的血，那些血干了以后就剩了一小坨。我后来每次去教室，都要下意识地看看那坨血迹，可很快就看不到了。它消失得干干净净，啥都没有了。

——对了，还有第二天在李老师家论字香字臭的时候，李老师的眼睛，那么亮，亮晶晶的，比天上的星星还要亮，又像银针一样扎着我的心……

是，我是对这些细节记得真，因为咋也忘不掉。忘，我也想忘。我也想了法子叫自己忘。有人说，对自己忘不掉的事，多说说就忘了，就像酒一样，别把盖子盖严，叫他多跑跑气儿，时间长了就没有酒味儿了。我试过这个法子，对人说。对家人说，对朋友说，对关系不错的同事说，也对有缘的生人说——就像对你说一样，对可多可多人都说，可也怪，我说得越多，就记得越清，有些原本想不起来的细节也都想起来了，结果越说越多，越说越多……后来家人就不叫我说了，说我快把自己说傻了，是傻说。再说就该进精神病院了。

可不瞒你说，我就是想说。说说我心里就好受些。另外，我也想着，万一碰到一个高人，叫他给我指点指点，我到底算是个啥人？当初李老师没有被打倒的时候，我算是跟着李老师的，跟得兴兴头头，后来开始闹革命，我又跟着铁卫红他们，也是兴兴头头。再后来李老师被打倒了，我心里有李老师，可我还伸出手推了他一把……那天去证字香字臭的时候，要是李老师家没有那么多人，要是那个赤脚医生不帮着李老师说话，要是这事不牵扯到我，我还敢跟铁卫红和疙瘩对着干么？八成不敢。要是那样李老师会遭什么罪？……我是个势利小人么？说良心话，我觉得我不是。可我算是个胆小的人，也是个糊涂的人。可要说糊涂吧，我也还算是清楚……你说说，我到底算个啥人？

是，我有时候觉得家人说得真对，我这真是快想傻了，真是傻想。可我由不得自己。因为我的右手还在疼，我的手一疼，就会想。有时候，我真想把自己的右手给剁了啊。

8

2000年的时候，我们的初中同学搞了个聚会，叫作迎接新世纪聚会。我们初中同学自从毕业后都没有聚过，那是第一次。

在同学聚会上，免不了要说起过去的事，也免不了要说起李老师。大家你一句我一句，就说到了李老师教咱们写大仿，这个说谁往谁脸上涂了个大花猫，那个说谁往谁脸上画了个大胡子，还有人说上水字课的时候，谁把水都滴到了裤子上，像尿了裤……就是没人说李老师挨斗挨打那些事。我也知道，那些事说出来就是扫兴，可是就是作怪，我就是想听人说说。我想知道：既然在场的这些人都经历了那些事，那他们都是咋想的呢？有没有人跟我想的一样呢？

可是，就是没人说。死活就是没人说。莫非他们是把那些事都忘了？不能啊。要忘都忘，咋会有些记得有些不记得？除非是不想提。

我想了想，决定自己说。于是，我就说了。我就在饭桌上说了："你们还记得批斗李老师的事不？"

大家都正在喝酒，听到我问这个，都看了我一眼，似乎我是个怪物。然后他们该絮话的继续絮话，该喝酒的继续喝酒，好像我刚才放了个屁——不，要是放个屁还有人会开个玩笑，惹几句笑话，我这问的，还不如放了个屁呢。

这可不行。我还得再说。眼看着铁卫红敬完了一圈酒，回到了自己的座位上，我就端了杯酒走了过去。这时候的铁卫红已经是厅级干部了，走路说话都很厅级。

和他碰杯的时候，我就问："铁厅长，你还记得打倒李老师的事不？"

他看着酒杯笑了笑，说："有这事？"

我说："那是上水字课的时候，你说李老师教你写毛字时，叫你把那个竖弯钩的竖往左靠，是在攻击毛主席左倾……"

铁卫红看了天花板一眼，好像在想着啥似的，很快又笑了笑，说："不记得了。真有这事？"

我说："你是第一个喊'打倒李老师'的。"

周围的人都静了下来，我原来以为没人听我们俩说话，现在才知道，谁的耳朵都没闲着。听了我的话，铁卫红的脸立马就红了起来。刚才敬了一圈酒，没见他脸红，现在他的脸倒是红了。

他说："扇子,这可不能胡说啊。"

我说："我没胡说。"

铁卫红举起酒杯朝向了大家,说:"一个人说了可不算,群众的眼睛才是雪亮的。还有没有人出来证一下?"

这时,全屋子二三十号同学都不说话了,都看着我和铁卫红。好一会儿了,还都没有人说话。铁卫红的脸更红了,说:"要是有一个人出来证一下,我不但把这个酒给喝了,还要再连喝三杯,给李老师赔罪!"

还是没人说话。场面就僵到了那里。我和铁卫红的酒杯都举着,喝不进去,也放不下来。正不知道该咋办,这时候,疙瘩举着酒杯突然站了起来,说:"我做个证,铁卫红,你就别赖了。就是你第一个喊'打倒李老师'的,你喊了,我们才都跟着你喊的。当时我坐在你前头,我记得你的唾沫星子都喷到我的后脖子上了。你就喝了吧。"

铁卫红愣了愣。他为啥愣呢?一层我当时就知道了,是他肯定没想到疙瘩会站出来做证,还有一层是过后我才琢磨出来的,就是他没想到疙瘩会喊他铁卫红。自从同学聚会开始,大家都很自觉地叫他铁厅长,他也很顺口地那么答应着。疙瘩是第一个喊他名字的人。疙瘩的身份?我就不说了。反正在咱们省里是赫赫有名。他开着一家大公司,万贯家财。我们那次同学聚会,从吃到玩,都是他一手安排的。这点儿花销对他来说是九牛一毛。

说实话,我也没想到疙瘩会这样。这时候,疙瘩已经走到了铁卫红的旁边,笑着说:"也没有多大的事,就把你吓成了这?都不敢承认了?你这个人,啥时候不是我们的领导?那个时候就开始领导我们啦,一直领导到现在!啥也甭说了,你就喝三杯吧。"

气氛就这么缓和了下来，可铁卫红到底没喝三杯。他说他胃病犯了，只喝了两杯。后来又说有事，就早走了。他跟可多人都握了手，没跟我握，只是远远地打了个招呼。不握不握吧，说实话我也不想跟他握。

那天，可多人都喝醉了，有不少人都说起了打李老师那场事。有人说自己是跟着铁卫红上的，有人说自己是被人推上去的，有人说自己是被拽上去的。本来以为听到这些我会好受些，可是听着听着，我更难受了。我想有的同学是被推的，有的同学是被拽的，我呢？没人推我也没人拽我，我怎么就也上去了呢？我怎么就伸出手了呢？

疙瘩也喝醉了。他拉着我的手，说："扇子，你这个人，真是怪啊。人这一辈子得经多少事？该忘的就得忘。就像老马行长路，该扔的包袱就得扔。路远无轻嘛。你说你，我知道你跟李老师好，可你也不能搂着一团刺不丢，跟搂个宝贝似的，那不扎得慌？傻啊，傻死了。"

我说我也想忘，可是忘不了。我说我还记得第一次批斗完李老师后在路上他吐了李老师一口唾沫的事，我更记得跟他在李老师家对证字香字臭的事。

说到这个，疙瘩哭了，说："那时候，真是失心疯了。光想革命，光想找个事证明自己革命，太革命，老革命，想革命都想迷了……可是，扇子啊，不管咋说，咱那时候才十来岁，太小，咱都是受害者。想想这个，我就原谅自己了。就放下了。你这个傻子，你咋就放不下呢？你也放下吧。"

没哭。我没哭。因为我心里不认疙瘩说的理。知道。我知道很多人都认疙瘩说的这个理。十来岁，是小。可是受害者这个词，我怎么想就是想不通。受害者？可多人都这么说。那些被打的，那些打人的，他们都这么说。可是我想，那么多人呢，单单"四人帮"那几个人咋就把这么多人都害了？——是，毛主席也算有错，那再加上毛主席，总共也就几个人，他们咋就那么大能耐？我没见过"四人帮"，也没见过毛主席，我想，要是他们说他们也是受害者——这也不是没有可能——那又该咋说？要是他们也这么说，那咱们所有的人不就都成了受害者？那害人的，到底该是谁呢？还有，为啥人民群众就那么容易被害呢？从几千年前的封建皇帝到西方的帝国主义，从资本家到地主恶霸，一直到"文化大革命"，还到现在的高房价、毒奶粉、胶面条、镉大米、甲醇酒、地沟油、瘦肉精……你说，人民群众咋就这么容易被害呢？

那次聚会是我们初中同学的第一次聚会，估计也是最后一次了。反正我没有再接到过通知。也可能是人家聚会不再通知我了。也对，要我这种人去干啥？扫兴嘛。不过，说实话，他们就是通知我，我也不会再参加了。——不是，我真不是故意要恶心我的那些同学。那时候，我真的是还想不通那些个事，真的只是想知道他们都是咋想的。

——年轻人，我对你说，又十来年过去，对那些个事，我才慢慢想出了些道道来。人活一辈子，嘴要吃饭，心也要吃饭。这两样饭都不是吃饱就算，嘴里的饭得有油有盐才有滋味，心里的饭也得有油有盐才有滋味。嘴里的饭不说了，单说心里的饭，这点儿油盐从哪里来？有爱好的人旅个游，打个球，唱个歌儿，画个画儿，写个字，这就都是油盐了。可这种油盐，咋说呢，都是小油盐。大油盐？那就是毛主席说的那句话："与天奋斗，其乐无穷。与地奋斗，其乐无穷。与人奋斗，其乐无穷。"这句话的重点在哪里你听出来了没有？对，就是最后一句：与人奋斗，其乐无穷。这就是大油盐。

我对你说，甭管啥时候，这话都准。你想想是不是？小时候跟小伙计们掰个手腕儿，大些以后喝个酒猜个拳谈个恋爱，参加工作以后跟同事们耍个心眼儿，可不是都是跟人在斗？——知道，我知道现今的人可耍的东西多，别看电视啊网络啊，都花花绿绿热热闹闹的，可我跟你说，追根揭底，这些玩意儿说到底也都是在跟人斗。哪个电脑背后不是人？哪个网络背后不是人？

小斗有小乐，大斗就有大乐。掰个手腕儿喝个酒猜个拳谈个恋爱上个网，这种乐都是小乐。那个时候的大运动，这里头就有大乐。你想，几十个人，几百个人，几千个人，几万个人，几十万个人，几百万个人……那么多人都一起来，往日过好日子的，突然就被踩到泥里了。往日不如人的，突然就成了人上人了……这翻江倒海的，可不就有大乐？对，是有大悲的人，可尝到大乐的人应该更多吧。不信你数一数，这里头真正受罪的人是不是少数？肯定是少数。更多的人在这大折腾里头是有大乐子的。说句狠话，从根子里看，人的本心里都有那么一股子坏劲儿，都幸灾乐祸，都巴望别人不如自己，都喜欢看别人笑话，都想压人一头，都愿意欺负欺负别人，都想当领导……只是平常都藏着。藏着藏着就以为自己根本没有。可等到风一刮，那叶就开始摇。风越大，叶就摇得越厉害。等到风停了，那叶也就又静了。静得好像原本就没有摇过一样。就是想起摇那回事，也都觉得是因为风。

对，我也有那股子坏劲儿，我也有那些个叶。所以说我恶心我那些同学干啥呢？莫非我比人家好个啥？我要是恶心我那些同学的话，首先恶心我自己。

9

又过了六年，也就是 2006 年——一晃都四十年过去了，我又见到了李老师。没想到吧？我也没想到还能见着他。真没想到。做梦也想不到。

那是一个星期天上午，我刚刚从外地出差回来，下了火车先回到单位，想去好好练会儿字。那时候我就想好了，到五十五岁就退休，好好练字。从那时候起我就开始做准备了。出差几天不能练字，我有点儿躁，得先去练会儿字，去去躁。练字的人心是最静的，我喜欢这静。还有一点，我练字的时候，右手从来不疼。

练了一会儿，我似乎听见有人在楼梯里走。走得可慢。星期天没有人，不知道是谁会来。我只管练字，没出门去看。过了一会儿，就听见有人在一间间地敲门，一边敲一边叫着什么，声音不大。我也没留意。直到那脚步声越来越近，越来越近，离我办公室没几个门的时候，我听见那人好像在叫着什么子。是在叫我么？我有点儿怀疑了。就停了笔，仔细听。那声音越来越近，越来越近，终于，好像到了跟我隔俩门的房门口，我听清楚了，是在叫："扇子——"

我再听，那个声音已经到了隔壁，又响了起来："扇子——"

我连忙上前打开门，这时候，那个人已经到了跟前，准备敲我的门，他已经叫出了我的名字："扇子——"

是李老师。

那一瞬间，我和李老师都待在了那里，什么话也说不出来。我想了多少年的李老师啊，我想了多少遍的李老师啊，我无数次地想，有朝一日见了面，一定要对他说可多可多话，告诉他我心里的难受，我的右手……可当他真站到了我眼前，我却什么话都说不出来了。

他老了。那时候他三十多岁，现在四十年都过去了，他七十多岁了，他头发都白了，可是精神很好。稍微有点儿驼背，可个子还是显得很高。他的脸也还是那样，最显眼的是他额头上有一个坑。不用问我也知道，就是那天他倒地的时候在桌角上磕的。

我把李老师让进屋，他就说他一会儿就得走，最多待十分钟。说出租车在底下等他，他一会儿就得去机场。他这次回来是为孙子结婚。他来了五天了，一直想见我，就托人去张庄找到我的族亲打听到了我的工作单位，连着两天来找我，我都不在。

"你要是今天也不在，咱俩这一辈子兴许都见不着了。"他说。

我的眼泪，一下子就迸出来了。连茶都没顾上给他沏，顺着眼泪，我就开始说那件事，就是推了他一把的事。我对那么多人说了那么多次，这是最该说的一次。我终于等到了这一天。十分钟时间太短了，我说得开门见山，说得慌里慌张，说得语无伦次，说得颠三倒四。可李老师都听懂了。最后我对李老师说因为推了那一把，我的右手现在还时不时会疼。我边说边哭，像个没出息的孩子，抽抽搭搭地哭个没完。光看我哭得那个劲儿，好像是我受了多大委屈似的，好像不是我推了李老师一把而是李老师推了我一把似的，唉。

李老师，他也哭了。可他很快就不哭了，他把我抱在怀里，好像我还是十四岁一样。他一遍遍地对我说："扇子，好了，扇子，好了，扇子，好了……"

时间眨眼间就到了，他说得走了。我就送他往楼下走。我的办公室在二楼。我们俩边走边说些闲话，我问他几点的飞机，到乌鲁木齐得几个小时？他说先飞到乌鲁木齐，再转飞到喀什，到家天就黑了。他说他这些年一直待在喀什的疏勒县，在一个乡镇小学里教书，一直教到了退休……就是这样的闲话。对了，他还说，从飞机上往下看，乌鲁木齐和喀什之间是一路雪山，那雪山，一座挨一座，一群接一群，非常壮观。可最好看的还不是雪山，而是在雪山的窝窝里，有许多小湖，一汪一汪的小湖镶嵌在雪山之中，像一块块和田碧玉。那一块块碧玉纯净地仰视着天空，像很小很小的小婴儿的眼睛……对，就是这些闲话。这些闲话，我记得真真的。最后，李老师上出租车以后，摇下车窗玻璃，又对我说了那句话，他说："扇子，好了。"

几点了？哦，该回家了。你看我，啰里啰唆讲了这么多，也不知道你烦不烦。瞧，这么大工夫，这地上的字都干透了。好像从来没写过啥一样。写水字就是这。除了写字的人，谁还记得这上头写过字？写在纸上的还好一些，不过也长不了，最长久的方法就是刻碑。不过，值得刻碑的事才有多少呢？要不是发生了惊天动地的大事，谁会去刻碑呢？国家的事且不说，就说咱们小家小户，要不是死了入坟，哪件事能去刻碑呢？对不对？

没有。李老师没有留电话，我没跟他要电话，他也没跟我要。我跟李老师，自见了那一面，就再也没有联系过。其实，电话不电话的，不重要。有时候，人跟人之间，有那么几句话就够了。我和李老师，就是这样。你还年轻，我这些话，你到我这个年龄，兴许就明白了。

对，你猜得对，我的右手，自从李老师摸过以后，确实不咋疼了，不过还没有完全好。夜深人静的时候，偶尔还是会有些疼。好不了了。我知道，要想真叫它彻底不疼，除非到了我死的那天。

普通话

下午四点半，对于一个普通的饭店来说，是有点儿古怪的。这个时辰，整个饭店都骨松肉软。中午的高潮刚刚过去，晚上的高潮还没有来临，在两个高潮之间，是不想言语的疲乏和困倦。一切都像厨房刚刚挂上的炒锅，在疲乏和困倦中寥落起来。

油香稠稠地弥漫着，和暮春的阳光搅在一起，空气便成了一盆勾了芡的温汤，让人沉醉。英子站着站着就想睡了。阳光透过竹帘子，打在英子的脸上，把她的脸制成了一张横细格的作业本。慢慢地，格子一行行地斜了下去，英子的头歪了下来，一个点，一个点，连成了一条涩弧线。当点们把涩弧线连到底端的时候，她轻轻地盹了盹，一激灵，醒了。她看见，半轮放好了摩托车，肩膀左一摇，右一摇，一步一步地走过来。

英子迎着阳光，没动。她不怕晒。没办法，谁让爹娘把她的皮肤生得好呢。一拨招来的几个同乡姐妹里，英子的化妆从来都是最简单的。简单得理直气壮。老板说她的皮肤是国画用的特净宣，再平淡的五官，狠狠地趁着纸劲儿，也能显得好看起来，何况，英子的五官并不平淡呢。还说英子若不是个子矮了些，当初他是考虑让她在店口当迎宾小姐的。迎宾比走菜风光、舒服，挣的钱也多。可英子不想当。气儿不顺。当迎宾一站一整天，见个苍蝇飞进来也得微笑着说声"欢迎光临"，来吃饭的人川流不息，没见有谁正正经经地回复一下。太让人没处搁了。

不当迎宾，老板也没舍得窝藏英子的漂亮皮肤。英子的桌子是在廊上。廊很宽，大城市寸土寸金，这么宽的廊决不能白空着，封上落地玻璃，左右两边各摆上一排桌子，再搁个标致的小姐一站，就把这处空间做成了一道含金量很高的风景。英子就是这风景的门票。在这里站了没几天，英子就知道了这里的好处：活不多，钱不少。既不像大堂那样闹，又不像包间那样冷。还能比大堂和包间多看些花花绿绿的街景。当然，这样和姐妹们打交道就少了，不过说实话，英子也不愿意和她们在一起嚼舌头。

英子在这个饭店已经四个月了。第一个星期，她就认识了半轮。那天晚上客人不密，月亮很好，月光和灯光和在一起，再配着红酒的清香和低低的古乐，把廊下装置得很抒情。一个黑黑的男孩一进来就坐到左边的廊下。坐得斩钉截铁。男孩看起来有二十多岁，要是在老家，这么大的人早就结婚成家了，计划内计划外的孩子加起来，至少也要当两次爹，还男孩长男孩短的，多硌牙。可城里就叫男孩。英子还没有叫惯。她就暗暗地叫他男人。男人坐下后，英子拿着菜谱和写菜签走过来，问他几位，他竖起一根手指说："一位。"英子怕没弄清楚，又问："是还有一位，还是只您一位？"他说："怎么理解都行。"英子就蒙了。只一位那就只一位，还有一位那就是两位。什么叫都行呢？男人迎着英子的惊奇，笑道："我的影子，也算一位。"

英子嗤地笑了。

男人点了凉拌牛肉，清炒苦瓜，尖椒鸭杂，一瓶啤酒，一碗米饭。很快吃完，抽了支烟，就结账。他没要发票，英子就知道他是吃自己的，把零头给他抹了，整整五十。接过钱的时候，英子不自觉地迎着灯光照了照，男人就笑道："我整天在银行，还用你来当验钞机？"英子笑笑，嘴唇动了动，没说话。男人说："我知道你想说什么。"英子还笑，还不说话。有些男人见到女人就贫嘴，最好的办法就是让他们自己说到没趣。男人果然又顽强地说："你肯定想说，你说你在银行工作，谁知道啊。说不定你自己就是一张伪钞呢。"英子忍不住就笑了。正笑着，又有客人进来，英子忙把一脸笑意忍着，道："欢迎再来。"

男人第二次来就是下午四点半左右，正是英子最容易打瞌睡的时候。为了不瞌睡，英子常常会想些事情提神。想家里的大棚里又下了多少菜，想这个月自己能挣多少钱，想挣的钱能顶多少筐鲜菜……想想，自己都能挣钱了呢。去年高考落榜，她就没想着复读。下面两个弟弟，一个初一，一个高一，父母多包了三亩地，盖了六个大棚，种菜卖菜，腰没有直的时候。她的学习成绩不怎么好，复读一年，也不一定就会考上像样的大学。再说，即使是考上又怎么样？还不是一样要毕业，要找工作，要挣钱？现在，她既不用花钱还能挣钱，家里的经济格局就变成了三个人供两个人，轻松多了。要是弟弟们有出息，读完大学读硕士，读完硕士读博士，读到他们当了爹自己当了姑姑，恐怕也还供得起。

想到当姑姑，英子的脸上甜蜜蜜的。

"小姐，茶水。"有客人叫。英子回过神，才看见男人已经坐在左边4号桌上。她连忙跑过去。英子说："这么早啊？"男人一扬眉，说："嫌我早？"英子说："不是"。男人又说："那就是嫌我晚了。"英子垂下眼睛，笑了。男人道："叫你两遍了，想什么呢？"这句话叫别人说出，肯定是责怪的，准让英子红脸，但他的神态却是很亲切的，很像一个家常朋友的数落。

英子笑了笑，说："对不起。"拿起茶壶去装茶。暖壶里的水很热，砰砰地扑出来，洇湿了她的衣服。她的衣服是店里统一发的，蓝地白花，中式对襟盘扣，袖口领边都掐着红边，还有一块同色的三角头巾。她看了看那块洇湿的地方，有个大圆，像深蓝色的月亮。还有一串小圆，像月亮的泪珠。

男人说："小心些。烫着了么？"英子说："没有。谢谢。"男人说："衣服湿了，快去换换。"英子说："没关系。这衣服料子薄，一会儿就干了。"

几台桌只这一个客人，英子就站在左边2号桌的位置上，离他不是很近，也不是很远。男人吃完了饭，喝了会儿茶，点了一支烟，就那么闷闷地坐着。等到买过单就要走的时候，突然问："你是哪里人？"英子就说了，男人道："听不出来。"

英子抿嘴一笑。她知道男人是在夸她的普通话好。

以后男人就常来吃饭了。来了就在廊下。一般他习惯坐门左边，如果左边没位置，他就坐在右边。如果左右都没有空位，他就去外面逛一会儿再进来。无论坐在哪个位置上，他的眼睛都经常瞟着英子。这么吃来吃去，瞟来瞟去，迎宾的姐妹就知道了。她们一知道，全饭店的姐妹就都知道了。有一次，男人问英子多大，英子说十九岁。他就感叹："才十九，我比你大六岁，半轮呢。"仿佛历尽沧桑。后来，大家就偷偷地在背后叫他半轮了。半轮一来，回到宿舍的英子就会被盘问来盘问去，都说半轮一定是喜欢英子了，要英子抓住机会，嫁个城里的男人。英子嗔说："谁要嫁他？不过是吃吃饭，哪有那么多事！"可她心里知道，半轮对自己是有那么点意思的。

英子一点也不觉得半轮比自己大六岁是个问题。二十五岁的男人，正好。英子也常常偷偷瞄着半轮。半轮的脸方方的，有棱有角，皮肤虽然黑黑的，可黑得很滋腻，中看。英子自己白，就不怎么稀罕白了，她喜欢黑黑的男人。男人就是要黑黑的。要不，还是男人么？她巴望半轮来吃饭，可半轮常常来吃，她又替他心疼。整天这么吃，又不能报销，该吃走多少钱啊。一定是还没成家，才会这么在外面吃。不过他吃得起，证明他的工作还可以吧。他说他在银行工作，约莫不会骗她。年龄大，没成家，工作好……英子想着想着脸就烫了。

英子的普通话打小就好。从小学到高中，老师总让她朗读课文。她朗读的时候，教室里鸦雀无声。金子一样的阳光从窗户里照进来，细细的灰尘在光束中群舞。英子一边朗读一边惊异自己的声音，像纯银一样。她很少犯语音错误。不会把安说成挨，不会把门说成梅，不会把版说成百，不会把在说成赞。一个夏日黄昏，上小学五年级的她正在大门道里写作业，几个骑着山地车戴着太阳帽的人在她家门口停下，向她打听村南街的一户人家。他们用的是标准的普通话，她回的也是标准的普通话。她把他们领到那家，路上，那几个人很高兴地和她聊着，问她多大了，说："你应该是城里的孩子。"

她应该是城里的孩子。她记住了这句话。当然，那时候她还不太知道他们为什么会这么说。这次，应聘到饭店的过程，让她有些明白了。饭店的招聘启事上有五个条件：女服务员，18～25岁，身体健康，五官端正，普通话好。前四个一看就知道，唯有第五条必须通过一个小考试，就是说一段绕口令。那段绕口令是"走一走，扭一扭，一棵柳树搂一搂。"由"走一走"一直说到"走九走"。十几个入选的女孩子排成一队，一遍一遍念。从错误率上往下淘汰。英子的成绩是最好的。从一到九，她没错一个。即使是在最拗口的六上，她都说得行云流水。

英子的普通话说得好，也只是在两种情况下才说。一是在饭店里，二是在一个人的时候。在饭店说这是老板的要求。起初小姐妹之间偶尔说说家乡话，老板还不怎么管。一次，一个客人正找茬，一个服务员不耐烦，用家乡话唠叨了两句，被客人误会她在骂人，把桌子都掀了，闹了好大一场风波。从此老板就禁止她们在饭店说家乡话。"就是打盹儿说梦话也不准！"还说普通话就是打工妹的外语，要求她们不工作时也尽量多练。本来老板不提，大家都还有些兴致。他这么一说，小姐妹们就感到了一种屈辱。当面不敢怎么样，回到宿舍就让家乡话响得像放鞭炮。纷纷说："什么外语，走到天边都是中国话，谁比谁低一等？""俺们就是土葱，装不成那洋蒜。"因为英子的普通话说得最勤，有些难听话也朝着英子说过来。英子难过了很久，从此就不再和姐妹们说普通话了，就开始喜欢一个人去逛街。一个人么，想怎么说就怎么说。在公共汽车上买车票，她报的站名都字正腔圆。她听过一件事：一个人坐公共汽车，上去就拿出一张十元票子，问售票员："见过吗？"售票员说："无聊。"一会儿，那人又拿出一张二十元票子，问："见过吗？"售票员说："神经病。"没多久，那个人又拿出一张五十元票子，售票员忍无可忍，没等他开口，就拿出一张百元票子，吼道："你见过吗？！"——后来才知道，那人要去建国门。这趟线上有一站叫建国门。

那个人，自然是乡下人。英子不能闹那样的笑话。

英子的普通话也从不在回家时候说。村里一个大学生在省城读了一年书回家，半路上碰到乡亲，问他坐几时的火车，他用普通话说："昨晚九点。"又问他怎么这么说话，他又用普通话说："这是我们国家的通用语言，你们也都应该学的。"乡亲们笑得肚子疼，说他上了大学别的本事不见长，又坐碗又坐锅的，还带着两扇门回来了。他爹娘都为他羞。

英子也不能闹那样笑话。人家大学生在老家讲普通话都不是地方，她凭什么呢？

看着半轮走进来，英子揉了揉眼睛，精神了一下，安排半轮坐下，跟着又进来一拨人。英子手脚不停地招呼着。半轮吃得很慢，英子知道他想磨蹭等那四个人走，可那几个人就是不走。他们足足喝了三瓶"金六福"，才喊英子结账。英子报了账，做东的人把钱塞到英子手里，却握住不丢开，眯着眼睛用方言问英子："有馍没有？"英子说："有。"男人就摸了摸英子的手。英子那只手像被火钳子夹了一下，猛地缩回去，说："你干什么？"那男人说："你说的有摸啊。"他们大笑起来。英子默默地站着，不知道该怎么办。又能怎么办呢？她看看半轮，半轮不看她。她的心平平地凉了下去。是啊，连饭店对这种事情也都睁只眼闭着眼，她和半轮什么也不算，凭什么巴望半轮出头？她木木地看着男人手里的钞票，账是要结的，必须结。跑了钱老板是要扣工资的。不知道过了多长时间，笑够了，那男人又得意扬扬地用方言问："有水饺吗？"水饺就是睡觉。英子马上明白了他的意图，她问："请问你想要什么馅的？"男人说："你只说有没有就行了。"英子沉默。男人拍着桌子道："问你话呢。没听见吗？"

"她问你想要什么馅的，你没听见吗？"英子觉得身后有一种隐隐的风动，半轮来了。终于还是来了。他晃到那个男人身边，神情有点儿阴，像港台片里的黑社会老大。半轮说："这儿的大肉馅最好，师傅的刀工很有力道，剁得很烂。"他说得很慢，每说一个字就像吃了个饺子。

那个人迟疑了片刻，把泛滥的笑收了去，顿了顿，就把钱交了。

英子向半轮道谢，半轮说："怎么谢？"英子说："请你吃饭。"半轮说："整天在饭店，就知道吃饭。我们去喝咖啡。"

夜里十一点多，饭店打烊之后，半轮来接英子。英子在姐妹们的目光中，坐上了半轮的摩托车。英子知道自己这时跟着人出去不好，可她不想管那么多了。她坐在半轮的身后，按着座位两边。半轮说："抱住我的腰！"她就顺从地抱住半轮的腰。半轮问："快不快？"她就说："快！"半轮问："好不好？"她就说："好！"

他们去的咖啡厅叫"小垃圾"，一个很怪的名字。莫不成里面有垃圾？半轮挽着她的手走进去。英子发现小垃圾咖啡厅的里面一点也不垃圾，清爽极了。他们面对面坐在两张秋千椅上，秋千椅上到处缠着绿色的塑料藤萝和娇艳的绢花。半轮要了两杯咖啡，他们悠悠地喝着。咖啡一点都不好喝，但喝咖啡这件事情却是那么好。他们摇啊摇，摇啊摇，摇来摇去，摇去摇来。英子说了许多。她觉得自己长这么大从来没有对一个男人说过这么多。她讲小时候去河边给猪打草，天黑了才回来，路过一片坟地时她疯狂奔跑，风呜呜地吹着。无边无际的夜含着无边无际的恐惧，恫吓着她。讲上高二的时候，一个男生总是在路边等她一起走，走了半年也没和她说过一句话。唯一做过的事情就是把她丢的擦车布捡回来，扔到她的车篓里。讲一个很冷的冬天，奶奶让她去地里铲大白菜，她想让大弟一起去，这样可以干得快点，奶奶历来有些重男轻女，就不答应，说要让他在家学习。英子说："我也要学习。"奶奶说："你学习好，还学什么？"英子说那小弟也学习好，让小弟去吧。奶奶说："他学习好，不能耽误。"这糊涂的逻辑把英子气坏了，她哭着和奶奶吵了一架……回忆起这些事情时，英子的面前突然清晰地闪现出当时的情形。狼狈的、难堪的、愤怒的、粗糙的、隐秘的、羞于提起的种种细节，在这个晚上的回忆中都像泡展的枯花，变得那么优雅，那么可爱。伤感中流淌着诗意，怀念中饱含着深情。回忆是一首歌。她是回忆的领唱。独一无二的领唱。钢琴的伴奏、杯里的咖啡和面前的半轮都是她的小小合唱团。她的领唱和这些背景的合唱天衣无缝，和谐无比。

当然，她用的是普通话。

半轮说得很少，他默默地听着，含着笑。

送她回去的时候，安静的大街如一匹巨大的蓝布。偶然有汽车飞快地驶过，像一只梭子。英子觉得，自己和半轮就是这布上两朵小小的、散步的花。

过了几天，半轮又来吃饭。还是四点多。吃完了饭，临走时，半轮对英子说：下周我叫几个朋友过来，给你过生日。

英子一下子想起来，喝咖啡那天，她说了自己的生日。生日就是下周。她的头脑一时间欢欢地炸起来。以往她在乡下，过生日时都是母亲煮几个茶鸡蛋就完事了。半轮这么郑重给自己过生日，还要带几个朋友。是什么意思？他会怎么介绍自己？若说是女朋友，到底他也没对自己说过什么。若说是一般朋友，自己受得起这样平白无故的人情么？另外，那天是不是还要在这个饭店？在这里太招摇了。不过，退一步想，不换地方也挺好，就是让姐妹们看见，又怎么样呢？想到那一天，迎宾的姐妹要给自己拉门，说："欢迎光临！"她就想笑了。

那天中午临近的时候，英子换好衣服，在饭店外面等半轮。她穿的是一身浅绿的长裙，这是她最好的衣服。雪白的皮肤给绿裙一映，简直就是一朵白荷开出了水面。半轮和朋友们到得很准时，他们打着两辆车，捧着鲜花和蛋糕。蛋糕是"泰发"的，"泰发"是这个城市最有名的蛋糕房。鲜花是热烈的红玫瑰簇拥着两朵百合，扎着粉色缎带。除了半轮，还有两男两女，很显然，英子就是给半轮的。两个女孩子都很亲热地抱了英子一下，道了生日快乐，他们朝饭店里走去，迎宾果然就微笑着给他们拉开门，临到英子进来的时候，拍了她的肩一下，低声说："生日快乐。"小姐妹见了她，也都纷纷说了生日快乐。英子连连说着："谢谢，谢谢。"她觉得怀里的花正在无限地蔓延，饭店的每个姐妹都花枝招展，每桌客人都鲜花盛开，每一道菜都花颜绚烂，每处角落都花香弥漫。

菜本来是要英子点的。她点了一个木耳青菜，一个日本豆腐，其他四个人都起哄说：为什么那么给他省啊。最后还是半轮点的菜，凉菜是酱牛紫茄、玉米色拉、薯条手卷、泡椒凤爪，热菜有鱼片蒸蛋、麻辣茭白、青蔬肉粽、烩鸭四宝、蚝油草菇。外加一个海鲜豆腐羹和紫菜排骨汤。酒水要的是菊花生啤和鲜榨果汁。菜一道道地上着，半轮嘱咐说上慢点，英子看见包这个间的小姐妹一边答应着，一边对她眨了眨眼。

英子的话很少。她觉得自己不需要说那么多话。仅仅是听着，就很好，很好了。

英，英。突然，英子听见有人叫自己的名字。仿佛是母亲的声音。她的心一抽。悄悄地站起来，走向门口。包间门却已经被推开了，母亲，父亲，小弟和邻居家的二婶都站在那里。

英子说："你们怎么来了？"

他们都不答。

英子又问了一句："你们怎么来了？"

他们还是不答。

英子顿时慌了。他们都这样迷怔，家里莫非出了什么事？她走到母亲身边，着急地几乎想要抓住母亲的胳膊，可一看到母亲的嘴唇，她就马上明白过来，他们不答，是因为自己说的是普通话。

她的脸唰地变了颜色。她不知道变成了什么颜色。她看不见。但她看到了母亲的嘴唇，她必须说话。她说了一句话。说这句话的时候，她感到自己的舌头拐了一个奇怪的弯，很疼，很疼。

她说："恁咋都来了？"

妈说："一茬豆角新下来，恁爸来送菜，恁二婶想给猪棚扯点雨布，城里便宜，就一堆儿来咧。正想返回，猛个儿想起你今个儿生，就过来看看。本来想买几个茶鸡蛋，看了几家，嫌成色不好，也贵哩杀人，就没买。"

母亲说话的时候，英子看了一眼她翕动的嘴唇，就把眼睛移开了。可她又不知道该看向哪里。她晃了一圈目光，落到小弟身上。母亲的话讲完了，她什么也没听到。听到什么都不要紧。事实上，她已经有些恍惚了。她不能让自己恍惚。她拍拍小弟的头，说："咋没上课？"

小弟说："今个儿礼拜天。某课。"——某在家乡话里就是"没有"。

二婶说："英真俊嘞。才来城里几天，就换了个模子。婶得多擦几把眵目糊才能认得出嘞。"二婶家在村里开着个小卖部，是数得着的能说会道的女人，英子在家时最喜欢听她云话，可这时，二婶的声音像变异了磁带的声音，叽里咕噜地转着她的耳

269

眼，不知道怎么就那么奇怪。尤其是那个"嘞"字，像把小小的锯子，刺啦刺啦地锯着英子的耳郭。可英子不觉得疼。她只是觉得难受。难受也不能不说话。她还没和爸说呢。她得说。爸通常都是开三轮车送菜的。她就问爸："车嘞?"说这个嘞字的时候，英子在身体里打了个寒战。

爸说："在外头停嘞。"

半轮那边的五个人都沉默着。英子静了静，转过身，用普通话介绍了半轮，又用普通话介绍了家人。介绍只是介绍，她谁都没有称呼。

半轮随着英子的话音站了起来，拉开椅子说："叔叔阿姨坐。"其他的四个人也都跟着站起来，说："坐，坐。"一个女孩子把英子的母亲让到英子刚才坐的主位，说："儿生母死，她的生日就是您的难日，您含辛茹苦地把她养这么大，养这么漂亮，您坐这里，最当之无愧。"

英子的母亲诺诺着，坐下来。英子挨着母亲坐下，父亲、二婶和小弟挨着母亲坐下。半轮挨着英子坐下。朋友们挨着半轮坐下。英子左边五个，右边四个。她看看左右，一桌十个人，真是标准的一桌。坐稳之后，又添餐具，加菜。父亲要的是红烧肉，二婶要的是猪耳朵，母亲要的是大拉皮，小弟也在扭捏了一阵后，眉飞色舞地要了个炒腐竹。加完了菜，这边五个对着那边五个，好一会儿，大家都没话说。大拉皮上来之后，弟弟拿起餐具包说："姐，这是筷子啵?"英子一怔，连忙帮他撕开，拿出筷子和湿巾。她看见父亲母亲和二婶都照样撕开了。她拿出湿巾给弟弟擦了擦手和脸，顿时，四张黑灰灰的湿巾绽放在桌面上。

二婶狠狠地喝了一口果汁，说："怪好喝的，也不知道几个钱一瓶。"就直着脸问英子："可贵嘞?"英子笑了笑，说："你喝就是了。"二婶说："要是不贵，我也想批一箱嘞。"半轮那边就有人笑出了声。英子把目光溜过去，想看看谁在笑，却看见每个人脸上都绷着一道笑边儿，让她分辨不出。吃了一会儿，二婶说："这里恁气派。工资也高啵？"英子不好说少，也不好说多，根本也就不想在这时说工资的事，就敷衍道："瞎干。"二婶说："恁就对二婶说说又咋嘞，二婶也不会借恁的钱。"英子不接二婶的话。现在她每说一句话都很小心。她尽量让自己的话简短，再简短。不论是方言，还是普通话。

半轮提议碰杯，他们就拿起杯，杯碰到了一起。丁丁零零，像是要碎了。半轮这边的人稀稀落落地说着生日快乐，母亲这边的人都沉默。小弟突然用普通话跟出一句："生日快乐！"声音嘹亮得吓人。一桌人都笑了。英子拍了拍小弟的头，一股热流突然在心里汩汩地涌出来。

饭继续吃着。先前点的菜，半轮那边的人吃得多，后来点的菜，二婶她们吃得多。到最后，二婶那边把菜都吃得差不多了，半轮这边还留着大半。话也继续说着。有时是左边的人自顾自地说，右边的人吃。有时是右边的人自顾自地说，左边的人吃。有时是两边的人一起自顾自地说起来。英子两边都吃一些，也都听一些。其实也没吃什么，也没听什么。可她已经很饱了。她左手拿着湿巾，右手拿着筷子，在嘈嘈切切的声音里，脸上呈现出一种暧昧的，很像是幸福的微笑。

突然，咚咚咚，有什么人在轻轻地敲着窗。一屋子的人都回头去看。原来是无声无息就下雨了。雨打在玻璃上，一竖行一竖行地流下来。二婶说："恁看看，咱多会买，扯的雨布和麦场一般大，几个人指定谁也淋不着。"英子母亲说："猪还某用，咱们倒先用。"二婶嘎嘎笑着说："这就对嘞。新崭崭地给畜生用，心里还不得劲嘞。咱们先跑到他们前头披一回，就值嘞。"父亲和母亲一起跟着二婶笑起来。英子没有笑。有什么好笑的呢？如果在村里，她或许会笑。但在这里，她和这些话有什么笑的关系？她真希望二婶的嘴巴能闭上。可二婶不闭，二婶总是有话要说。二婶说："几时看天还好好的，怎么就下嘞？"英子母亲说："也不好啥，死不死，活不活。看样子就不像憋着好货。"二婶说："后来刮的两阵风倒凉唧唧的，我就知道不对乎嘞。屁是屎头，风是雨头嘞。"

英子放下筷子，看看半轮他们，他们也都放下了筷子。父亲端起酒杯，在细细地品酒，每品一口就吧嗒一下嘴，很响。小弟在很认真地追逐着仅剩的几片腐竹，二婶又开始研究那束鲜花。二婶说："这花真中看。铁定是假的嘞。"小弟停下筷，信心十足地说："是真嘞。现在城里都兴送真花。"母亲说："真花有恁好看？"父亲说："掐掐瓣儿就知道。"弟弟马上放下筷子，用指甲在一瓣玫瑰上掐了一下。英子很注意地看着。被掐的那瓣玫瑰立时淌出一道鲜嫩的印迹。那印迹，是暗红色的。她看见，那道印迹越来越暗，越来越暗。

半轮站起来，上了一趟卫生间。回来不久，手机就响了。半轮接了手机，说是有事，就起身告辞。其他四个人也跟着站起来。路过收银台的时候，英子在后面看见，半轮的身子很轻微地顿了一下，向前走去。

英子把他们送出门口，看着他们招了两辆出租车。他们道了再见，潦潦草草，慌慌张张的，仿佛有什么东西在追赶着他们。英子也回复了再见。她是用普通话回的。她说得很安静，很从容，声调轻柔，音质甜美。她说的时候，有两个客人正走进饭店。其中一个很注意地看了英子一眼，对另一个说："这个小妞去当声讯小姐一定很合适。"

　　他们的话，英子没有听见。她回到廊下，习惯性地站在左边2号桌边，看着半轮他们的车越走越远，消失在细纱一样的雨雾中。隔着落地玻璃，她的鼻尖有一种刀锋的清凉。

龙　袍

1

　　在腿站起来之前，老李的胳膊肘先折成了一个直角，然后，他的手按在藤椅的扶手上，胳膊肘开始渐渐扩张成一个钝角：95度，100度，110度，120度……与此同时，他的上身也一点一点升高开来，腿也一点儿一点儿站立起来，随着他手背上的青筋一鼓一鼓跳动的节奏，他的胳膊肘终于成长为一个完全的平角。

　　"雨停了。"他说，"咱们走吧。"

　　"好。"我答应着，没有去扶他。不能去扶。他的动作在我眼睛的分解中破绽百出惨不忍睹，其实在外人看来还算流畅。甚至可以说颇有风度。扶了就意味着他苍迈艰难，不扶就只彰显着他的沉着稳重。这是我和老李之间心照不宣的默契与虚荣。

　　他五十五了。比我大十八岁。老女婿。村里人都这么说。我嫁给这个老女婿已经五年了，这是他第一次陪我回老家。清明时节雨纷纷。一旦阴雨，他的膝关节就开始造反。老寒腿，是寒腿，更是老腿。

　　"咋说就走呢？方才不还说中午在这儿吃饭么？"大哥正指挥着服务员往北厢房里搬啤酒，闻声连忙走过来说，"菜可都安排下了。"

“去上坟。”我说，“你不一起走？”

“我还以为你们上过了呢。”大哥笑道，“我一早就上过了。今儿清明，各家来往的人都多，生意稠。不敢耽误。你看，我又进了多少啤酒？”

北厢房，在豫北乡下，这是一个奇怪的词。豫北平原所有村庄的房子都坐北朝南，既然坐北朝南，那厢房一般就只有东西之分，哪有南北之说？我们杨庄的老宅也不例外。父母都去世之后，我家的几个弟兄按老规矩分家立户，大哥就住在了老宅。长子住老宅，大哥不好出头说什么，大嫂却撕破了脸，和几个兄弟大闹了一场，说老宅又旧又破，太吃亏了。但事情已成定局，闹也白闹。大嫂撕破的脸是从我们村被划进经济开发新区之后才开始缝圆的。经济新区最开始变新的就是道路。道路如同棋盘，制好了棋盘，才好放子儿。在这个巨大的棋盘里，一条南北向的棋线正好从老宅的西侧贴身而过。经过高人指点，我大哥将门向一转，坐东朝西开起了饭店。东厢房就此变成了上房，南北主房随之委屈成了厢房，宛如我的命运：因为我，老李的老婆变成了前妻。前妻一直没有再婚，老李不时偷偷摸摸去看看她。——这可不是大老婆变成了小老婆，小老婆倒是扶了正？

此刻，老李已经走到了凉棚外面的菜地里，瞅着一地绿油油的小白菜，叹道：“多新鲜哪。”

“没打农药。走时带一些。乡下没有啥好的，就是地里的这些。”大哥殷勤地跟过去说。

啤酒一提一提地被服务员们热火朝天地搬着，敢存这么多的货，看来大哥的生意还真的不错。啤酒的名字是“王者啤酒”，一顶顶金灿灿的皇冠在瓶子商标上齐刷刷地闪耀着，很是扎眼。

我记忆中的“杨庄啤酒”呢？

"这是咱们村的啤酒么?"我问大哥。

"嗯。"大哥指指村北。细雨中,一片灰蒙蒙的房子安宁地矗立在那里。那就是我们村的啤酒厂。看起来似乎离村子又近了一些。——就是这样。村子越来越大,村里的房子越来越多,每回村一次,我就感觉啤酒厂离村里又近了一些。

"厂子的产权还是咱们村的?"问出口后,我自己都觉得荒唐。

"早就是个人的了。"大哥笑了一声。

"谁的?"

"小算盘的。你们不是一茬同学么?"

"哦。"我漠然。我和他小学同桌,经常为橡皮铅笔之类的事情打架。去镇上读初中时分了班,他倒是在放学的路上拦住过我,故作大方地给我递过几回纸条,约我到镇西边的小树林里坐坐,被我不动声色地给撕了。初中毕业之后他就辍学回家种地了,我上大学时听说他去城里打了工。我大学毕业那年他结了婚。就是这些。他的面貌我早已经想不起来了,我问的目的不是勾出他。

"其实他也不咋管,厂长是他媳妇。他媳妇也是在城里历练过的,可能干呢。"

"老忠呢?"雨真的停了。我伸出手,只有偶尔几滴如丝的雨落在了手里,"他还在吗?"

"在。"大哥说,"偏瘫了恁些年了。没见他出过门,熬日子呢。死去活来了好几回。有一回死得最像,都没气儿,医生过来压了两压,又缓了过来。时辰没到,阎王不收啊。"

"哦。"我说。"哦"这个字不算是一句话,可我实在不知道该说什么。老忠还活着,这不免让我感到惊讶。在我的意识里,他似乎早就已经死了。

他救过我的命。

2

有生以来，我对老忠的第一个感觉就是：他是我们杨庄的爹。

我是在三岁那年认识老忠的。那是 1976 年。想起老忠，浮现在我脑海里的第一幅图景就是漫山遍野的白花。不，这些白花不是毛主席去世时的白花，这些白花是苹果花。那时我弟弟刚刚出生没多久，妈妈坐满了月子就开始下地干活挣工分。每到半上午和半下午，奶奶就一手拉着我，一手抱着弟弟，挪动着新中国成立前裹就的小脚来田里找妈妈给弟弟喂奶。老老小小，我们走得很慢。不过我的小脚步已经很硬实了，不时地会掐个草叶逮个蚂蚱。路上一定要经过我们村的那个苹果园。春天时分，苹果花正绚丽地开着。奶奶抱着我从苹果园的墙外走过，微风吹来，有一些花瓣因风而起，越过了墙头，飘落在我幼小的眸子上。就是那些绚丽的白花，让我的小鼻子闻到了世界上第一种植物的香气。那种香，清凌凌的，湿润润的，还是蓝莹莹的——我一直固执地认为，苹果花的香气就是有颜色的。它的颜色，就是和天一样，蓝莹莹的。

"老忠！老忠！"走到了田里，奶奶先是像炸雷一样地喊。

然后是一个粗犷的男声喊道："广德家的，孩儿吃妈了——"

很快，妈妈便颠颠儿地跑过来，接过弟弟，掀起衣裳，将鼓胀的乳房塞到弟弟的嘴巴里。弟弟迫不及待地一口吞住，吧嗒吧嗒地吃起来，这时候，妈妈便会长长地嘘出一口气，轻轻地擦着自己额头上的汗珠，脸上露出惬意的微笑。看得出，她很喜欢这个时刻。除了饱胀的乳房需要解放之外，她劳累的身体正好可以名正言顺地休息。

后来我渐渐发现，老忠不仅管着母亲能否喂弟弟吃奶，还管着全村一切事情。上工下工挖井挖河，养鸡养鸭养猪养鹅，种麦收麦种秋收秋，婚丧嫁娶当兵退伍……他可真忙啊。忙得似乎任何时候都可能出现在村里的任何一个地方，只要一出门就有可能看到他那件漆黑的"龙袍"——那是件四个兜的干部装，乡亲们都称它为龙袍。据说很久很久以前他就是穿着它从省里的劳模会上衣锦还乡的，回来之后他就当上了我们的村干部。龙袍的左上兜里插着一支钢笔，笔帽锃亮。他会时不时地摸摸那支钢笔，仿佛在确认它还在不在。乡亲们叫它"玉玺"。老忠成年穿着这件龙袍，还成年都不系扣子。这件衣服几乎就是老忠的代名词，就是他的标志。冬天，他用它罩着一件油渍麻花的棉袄；夏天，他用它罩着一件白得发黄或者说黄得发白的汗褂。它似乎成了老忠的第二层皮肤。

"老忠，这么热的天你这龙袍还不脱啊？"我听见有人这么问他。

"你不懂。越热越不能干晒着。隔层厚布挡挡太阳，正好。"他说。

似乎只有在扬场的时候，他才会把龙袍给脱下来。"耕地两手鞭，扬场两手锨。"在豫北平原，这是对一个农人业务水平的最高赞美。所谓的两手就是左右手。两手鞭会两手执鞭赶牛，能做到这个份儿上的人，一定会把犁沟翻成一条直线。两手锨就是会两手用木锨，能做到这个份儿上的人才能扬场扬得又快又净。都说老忠既是两手鞭也是两手锨，是个结结实实的好把式。他的两手鞭我没见过，他的两手锨我倒是亲眼看见过。想不目睹也不行，麦收时节，每当他转到正在扬场的麦场时，都会情不自禁地露两手。这时候，所有的人都会停下来看他表演。但见他：风大的时候，不远不近地叉开两腿，将腰低弯，以一个低矮的弧度将铁锨里的麦粒送向风的侧逆，左手，右手，右手，左手，一锨一锨又一锨，哗，哗，哗，变魔术一般，麦粒和麦糠就分了家，一会儿就堆成了一座金黄色的小山。忽然，风变小了。微风脉脉中，老忠就变换了腰身，他舒展起了腰背，两腿的距离靠近了一些，站得更踏实了一些，然后将铁锨高高送出，扬出一道长远的弧线，可以清清楚楚地看见，每一道弧线都是扇子面儿的，等这把扇子消失，另一道扇子也随之在麦场的空中绽放，左手，右手，右手，左手，一扇一扇又一扇，哗，哗，哗，像画画一般，麦子就落成一弯金黄色的月牙。老忠英雄一样站在月牙中间，像星星，像月亮，像太阳。

一次，他在我家的麦场表演的时候，我正好蹲在他的龙袍旁边。在众人的心醉神迷中，我偷偷地摸了摸龙袍，还摸了摸那个玉玺。太阳把它们晒得很热，简直就像刚出锅的蒸馍。

后来，后来就是分地了。我们村的地是全乡最后分的。一向工作积极的老忠在这件事情上挨了批评。听大人们说，他去跟乡长说了，说他想不通。乡长喝他："我㞞你娘！不通也得通！"

地当然还是分了。不过终归还是有一块没有分，那就是苹果园。

没分的苹果园年年结果，结的是集体的果。可地都分了，哪个傻瓜还把自己当成是集体呢？在大家伙儿的意思里，集体不就是干的时候人人不管，拿的时候人人有份的物事么？顶顶真儿把自己当成集体的，就只剩下了老忠一个人了。老忠仍然是村支书，一有空他就待在果园里，修枝打杈，喷药追肥。树上开始结果子以后，老忠就让人把果园的围墙都加高了一遍，开始在果园里值夜了。还有一个村长和一个副支书，被老忠拉拢着也排上了班，他们当然远没有老忠那么死心眼儿地"集体"。果子还不能吃的时候，他们只守前半夜的班。等到果子能吃，他们倒是守全夜班了，可是他们守的夜班都没有不丢果子的，不但丢，还丢得越来越多。从三亲到四戚，由五本到六宗，到后来简直不是偷了，就是大摇大摆拎袋拉车地来拿了。我也跟着去拿过。大哥带着我，爹带着二哥，黑漆漆的路上，我们默默地走着。前面看看，有默默走着的人，后面瞅瞅，还有默默走着的人。迎面过来的，也是默默走着的人。大家都不说话，到了地方就摘果子，摘完了果子就回家，回家后把苹果放在床下。那些日子里，我的小木床下经常放着一篓一篓的苹果。苹果园的苹果就两种，一种是黄香蕉，一种是青香蕉。黄香蕉的酸中带甜和青香蕉的甜中带酸在我的床下搅和得匀匀的，就混成了一股迷人的味道，后来我知道，这味道很接近于酒。在这酒一样的味道里，我常常会睡得很香，很香。以至于一直到现在我都习惯在床头放上一个苹果。苹果的作用，对我来说相当于安眠药。

直到那个夜晚。那个夜晚是副支书的班。

后来人们说，那个夜晚肯定是老忠早已经预谋好了的。第一拨进去偷的人准备出来的时候，他已经守在了果园的门口。那些人看见他独一无二的身影，就放下苹果跑回到了果园里。噩耗传开，所有的人都丢下了苹果，找墙低的地方往下跳。墙不是很高，但也不是很低。有一个人跳的时候，脚脖子一软，脑袋朝下扎在了一块水泥板上，死了。

那个人是我爹。

一分价钱一分货，真是至理。这是最新款的路虎，正规名字叫揽胜运动版 5.0V8，161.8 万。路虎，揽胜，这两个名头里流溢着越野车独有的丰沛生机和宽阔美景。我喜欢。当然，车本身好也是很重要的。超顺畅强有力的加速，龙虎低吟般的咆哮，豪华配原始，尊贵配激情，让我一触即爱。

我掉好头，打开车门，看着老李慢慢上车。大哥大嫂在饭店门口郑重挥手。我把车徐徐开动。现在，村里也有几个有见识的人了。这样的好车准会有人认得。哪怕只有一个人认得，就值得我炫一把。不能白担了一个小婊子傍大款的名誉啊。

刚修的路平整宽阔，感觉真好。只是跑不出路虎的漂亮来，有些可惜。我任它拿出英国绅士特有的傲慢和优雅慢慢地溜达着，渐渐发现怠速状态下它小猫一样的温柔居然也别有意趣。

后视镜里，他们夫妇的身影越来越小。我看见大哥还在盯着我们的车若有所思，大嫂的笑容已经很及时地收了回来，正跟一个服务员说着什么。几年不见，她胖了许多。肥大的面容似乎显出了几分慈祥。

——忍不住想起当年他们指着鼻子痛骂我的样子来，那叫一个疾恶如仇：

"不要脸！卖坑的货！"这是大嫂的话。我们这边把女人的那里叫作"坑。"

"你不也把坑卖给我哥了？"我说。

"丢人败兴！我俞你妈！"大哥眼珠子都快瞪了出来。

"你这可是乱伦。才是败兴呢。"我说。

"滚！"他们两口一起说。

我转脸就走。

当然，我很清楚：大嫂说得没错。我和老李的婚姻实质上就是卖。时年我三十二岁，大学毕业已经十年，卖过保险，卖过啤酒，卖过衣服，也卖过自己。在遇到老李这个客户之后，丰富的出卖经验告诉我：这笔买卖很划算。当然对老李来说也一样。他是做化妆品生意的，他常说他把钱挣到了汗毛孔里。像这种能把钱挣到汗毛孔里的人，怎么会亏本？我又年轻又有文化又能应酬又有头脑又懂风情，在他还没有离婚的时候就不辞辛苦忠心耿耿地给他生了个儿子，他有什么理由不要我？就是这样，在相貌脾气缘分和胃口这些软件都凑趣的前提下，我用青春的硬件和老李金钱的硬件扎扎实实地签了这一笔婚姻合同。

但有些事情就是这样，这么说了不能这么做，这么做了不能这么说。大哥大嫂这么骂到了我的脸上，我也只能斩钉截铁地滚蛋。

我也有尊严哪。

我们都很理性。我们是双赢。我们理性地用这笔交易斩获了彼此想要的利润，跟我们的理性相比，大哥大嫂毫无逻辑的谩骂显然很不搭调。——不，不能说他们毫无逻辑，我当时就明白了他们的逻辑。他们的逻辑其实也是钱。大学毕业后这十年，我给妈妈寄了不少钱，妈妈没有花，妈妈跟着大哥过，大哥两口就理所当然地认为这些钱将来会是妈妈留给他们的遗产。后来他们知道妈妈一直忧心忡忡地给我存着这笔钱等我结婚的时候用，他们就开始恼怒了。及至听到我回来说要跟一个糟老头子结婚——那天我穿得比较破旧，看起来有些狼狈——他们的恼怒就立马抵达了万分，不，简直就是怒火万丈，根本不给我一点儿机会来申明一下老李的财产，就急赤白脸地把我撵出了门，好顺理成章地让我羞愧无比地放弃那笔在他们眼里数额不菲的嫁妆。我在他们的谩骂声中离开之后，妈妈当即昏了过去。我一直怀疑妈妈昏过去的成因里，大哥大嫂对她的刺激要远远大于我。

　　遂了他们的愿，我放弃了。但我没有羞愧无比。我只是替他们遗憾：急什么急？等我把话说清楚嘛。其实连一分钟都用不了嘛。看看，一急就断了五年交，五年里老李能给他们多少好处？眼皮子不能太浅啊。这不，眼看着他们来羞愧无比地甜还我了。

　　当然，我也不怪他们。早知如此何必当初的都是神仙范儿，他们都是俗滥得不能再俗滥的凡人，凡人就只能不知如此，所以当初。

　　"你大哥他们，还可以嘛。"老李说。

　　"你要是把饭店给他们翻修成八层，他会更可以的。"我说。

　　老李笑了笑："你听见了？"

　　"不跟我说，倒先跟你说，他们可真知道该从哪儿下口。"

　　"知道你不饶人么。"老李的笑意很温润，"不过是三层，花不了几个钱。钱能花出个人情来就好，就怕花了也白花。"

　　浅雨洒路，路面很干净。爹娘的坟就在啤酒厂的东边。——娘就是妈妈。活着的时候就叫她妈，死了之后统一叫娘。这是我们豫北的规矩。我也不知道是为了什么。娘死了也有三年了。爹死的时候她哭的那个样子让我以为她活不了多久，没想到她又坚持了这么多年。

　　我把车停在田头，给老李打开车门，把他搀了下来。没别人了，我就能这么做了。妈死了三年了，我这三年都没有来上过坟，老李又是"处女来"——现在正流行处女这个词，无论什么事情，只要是第一次，都可以用处女这个词来形容：处女秀，处女行，处女吃，处女看。

我们的祭品准备得很丰厚。一只整道口烧鸡，一大份口福居的红烧肉，一大包好利来蛋糕，二十根肯德基的油条，香蕉苹果梨橘子四样水果，纸制的长袍短褂西装旗袍床单被罩应有尽有。还有品种齐全的冥钞：美金欧元人民币，整的都是亿，零钞也都是一百元起。当然少不了最经典的金元宝和银元宝。

"爹，娘，我是二妞。清明了，我来给你们上坟了。"我把供品摆好，烧上了纸，便开始絮叨。老规矩是不能烧哑纸，不然地下的人听不到。

看老李在一边默然，我连忙又介绍他："老李也来了。我嫁给他有五年了。孩子都会打酱油了。娘，你就别生气了，就认了他吧。"我顿了顿，"不认你们还能有什么办法？"

老李笑了起来，道："行了吧你。"

烧完了纸，最后一道程序是磕头。我跪下了，老李也准备跪下，我没让。跪下起来那一套动作对他来说都是高难度，既难为他，我也不少费劲。又没人看见，何必呢？

"你们村的啤酒，不怎么样。"看着我拍打着膝盖上的土，老李说。

"你是拿它跟青岛比还是跟燕京比？怎么不拿它跟德国的凯撒、英国的宝汀顿、比利时的时代比？"我说。我不喜欢他这么抨击我们村的啤酒。尽管王者已经和杨庄毫无关系。找个老女婿就是这点儿好，想说什么就说什么，说什么他都得担待着。

"我的意思是说，它的寿命长不了。"老李对我这种小尖小刺早都已经习惯了，一如既往地宽宏大量，忽略不计，"我们可以买下来做房地产。你们村处在新区的核心，在周边做房地产必定前景无限。"

"靠谱么？"

"就是想离谱都离不了多远。"老李笑道，"我叫大哥给我约了几个人，中午饭时再聊聊，就更清楚了。"

我们慢慢地往回走。崭新的路虎停在田头的路边，碧绿的麦苗映衬着黑色的车身，有一种怪异之美。不远处有几株树紧挨着啤酒厂的墙外，开着零星的白色花朵，那是我熟悉的苹果树。

4

爹死后，母亲将爹的棺材放在了苹果园门口，天天在那儿哭。直到老忠答应把苹果园所有的苹果都给我们家，才把我爹的尸体下葬。那时候我爹尸体的味道已经足得能够拉几个人给他陪葬了。等我们家把苹果收完卖完，老忠就下令砍掉了所有的果树。没有了果树的这片地仍旧是集体的。用它来干什么呢？只能干集体的事。那时候的乡镇企业多如牛毛：地毯厂、造纸厂、鞋垫厂、家具厂……什么厂子都有，整天面朝黄土背朝天的农民，整天犁、耙、耕、种的农民，似乎一夜之间都成了耍弄机器的技工。我们建的就是啤酒厂。厂长当然是老忠叔，工人们就是村里的人。真是肥水不流外人田哪。

毫无疑问，在分地之后，这个厂子成了村里唯一一块集体乐园。它以它的新奇和博大获得了最高的人气。无论男女老少，只要是能走路的都可以进去随便玩耍——不会走也没关系，可以由别人抱着或者背着进去。起初大家还都有些怕碰见老忠，后来人们发现，无论谁去玩耍，老忠都从来不说什么。人们也就越来越肆无忌惮起来。我第一次进厂的时候就碰见了他，他正披着他的龙袍默默地站在厂门口，人们从他身边穿过时，都不自觉地让步子变得轻了一些，有点儿蹑手蹑脚的样子，仿佛老鼠看见了猫。但老忠这只猫似乎并没有抓老鼠的欲望。他的目光很奇怪，仿佛看着所有的人，又仿佛什么人都没看见。

我顿了顿脚，经过他身边时下大力气看了他一眼。带着挑衅。我恨他。我怎么能不恨他呢？他害死了我爹啊。我一直在力所能及地做着报仇的事。我在他家门口抹过狗屎。大年三十，他家的春联下午粘好，我到晚上就给他撕下来。和他走个对面的时候，我一定会朝他翻白眼。看见他黑漆漆的背影，我一定会大口地吐儿口唾沫。——对了，我做的最得意的一件事就是那年夏天麦收的时候，他在我们隔壁地里表演扬场，我悄悄把他的龙袍拖到一个麦秸垛后面，用镰刀划得稀巴烂。也不知道是龙袍结实，还是我的镰刀锈钝，我吭哧了半天才把龙袍划出个样子来。

第二天，我惊奇地发现他仍旧穿着龙袍，龙袍看上去依然完好。我不信自己昨天做的是无用功，便瞅准机会凑上前去细看：所有被划烂的地方都被细致的针脚耐心地缝了起来。哪里有伤痕哪里就有弥补。唯一让我欣慰的就是衣服显然小了一号。他穿上去简直可以说是捉襟见肘。

但他依然穿着。此刻，他就穿着这件曾经稀巴烂的龙袍接住了我挑衅的目光。

"去吧。"他若有似无地笑了笑，"进去玩吧。"

我不承情地瞪了他一眼，一溜烟儿地跑了进去。现在我仍然清晰地记得第一次看见那个啤酒池时的情形。——我没见过海，在我的想象中，这也应该就是海了。黄海，或者说是尿海。黄澄澄的，真像尿一样，可不就是尿一样么？可是这是多么干净的尿啊。那么漂亮的颜色！那么洁白的泡沫！走近它，一阵怡人的清凉扑面而来。我站在池沿上，入迷地看着这一池奇特的液体，油然而生一种敬畏之感，两个念头同时也涌上了脑子：我要学会喝啤酒。我要学会游泳。

初始，村里人喝啤酒的没几个，啤酒厂的啤酒便供那些人随意免费喝。后来喝得惯啤酒的人越来越多，几乎每家每户每天都撺掇孩子们来打酒，每张餐桌上都摆放着装酒的白塑料壶，拿酒下饭。村里的成年男人有啤酒肚的也越来越多，一开口个个都会蹿出几丝啤酒气。"喝马尿"——那时候，我们那里的人就这么形容啤酒。"又去喝马尿了？""真跟马尿似的。""你还挺能喝马尿的。"对此我推测这些人在喝过啤酒之前都喝过马尿，不然他们凭什么说啤酒像马尿？

马尿被这些人喝得越来越没个规矩了，老忠终于立了章程：村里每月给每家发一张盖了村委会公章的免费酒票，凭着这张酒票，每家每月可以喝一次免费啤酒。酒票用过了，想要多喝就得交钱。当然收费也是象征性的：两升的塑料壶只要五毛钱，五升的塑料壶要一块。只要一有价，疯狂立马就得到了遏制。我由每天去为大哥打酒变成了一个月打一次。只有到了麦收秋收的要紧日子，才会每天都去打。也正是打啤酒这个活计促使我十岁就学会了骑自行车。那时村里能见到的自行车都是横梁的。斜梁车是引领时尚的前沿先锋，只有城里才有。那么大的车子，我怎么能跨过横梁骑上去？只能是把一只腿从横梁下面掏过去，咯噔咯噔半圈半圈地蹬。妈妈开始在家擀面条的时候，我就出发，这么蹬上五分钟，就到了啤酒厂。打完酒再蹬回去，面条就刚好出锅了。

然后就到了那一天。那是个下午，天很热，大哥不知是怎么了，大约是在代销点下棋下赢了，总之他很有些高兴，给了我一块钱，叫我去打酒。天还早，我拿上钱，上身穿着哥哥们打下的小汗褂，下面是一件宽大的小短裤，蹬上自行车就出发了。进了车间就看见了老忠，他正匆匆地朝车间的一个角落走去，那里已经聚了乌压压一帮人了，似乎是要准备开会。在我当时的意识里，他似乎已经很老了，现在想来，也不过四十多岁。看见他，我站住了，照例给了他一个白眼。

"打酒呢?"他问。

我没作声，只把钱递过去。他站了站，没有接钱，道："自己去打。"说着他依然朝着车间的那个角落走去。我傻呵呵地跟着他，仍然递着钱，他走了好几步才发现我还跟在他身后，转脸看了我一眼，摆了摆手，又自顾自地朝前走去。我明白了过来，一阵狂喜。这意味着我可以昧下这一块钱了。对我的私人银行来说，这可是一笔不折不扣的巨款啊。

我恨老忠，但我不恨这一块钱。

我带着一块钱的兴奋朝啤酒池跑去。到了啤酒池边才想起来要找到灌酒的管子。往常灌酒的时候，都是用那根管子往壶里灌的。可是我找来找去都没找着。我当然知道可以找个人问问，但我没问。我的小心眼有算计：要是人家问我交钱了没有呢? 要是因此把那一块钱问没了呢? ——千载难逢，好容易摊上这么一个天大的便宜，我怎么能因为自己的不小心儿把这个便宜弄丢了呢?

经过紧张的思考，我决定直接把壶按到啤酒池里去打。

啤酒池静静的，周围没有一个人。此刻回想起来，那方鲜黄的啤酒仍然是一个不可思议的奇观。小小的我在池边蹲下，有些惶恐，有些害怕。毕竟和我这个人相比，啤酒池有些太大了。而且，周围没有一个人。我寻思着是不是该等一个什么人过来替我打，却又担心他会追究我交没交那一块钱。那宝贵的一块钱啊。

于是，我不吱声。一个工人走过，我不吱声。两个工人走过，我还不吱声。看看前后左右都没有了人，又朝啤酒池的东北角看了看，生怕老忠他们散了会。还好，他们还正扎着堆呢。寂静的车间里，我听见老忠在大声嚷嚷着夜班的事。于是，我就蹲下身子，慌里慌张地把塑料壶按了下去。壶很大，一时间居然按不下去。我便使劲儿去按。不行，还是按不下去，我从不知道一个轻飘飘的塑料壶居然会有这么顽固，于是我使出了全身的力气按了又按，按了又按，正按着呢，不知道怎么使偏了劲，手一滑，壶跑了。

我急得简直要叫出声来。但就在要叫出来的一刹那，我还是很聪明地捂住了嘴巴。现在这个情况，只有大事化小，小事化了。我开始想办法去够那个壶。我拍打着水面——不，应该是酒面，不行，越拍打我的壶离我越远。我朝四周看看，也没有使得上手的树枝和钩子。这可怎么办呢？简直都要急死人了。再看那壶，壶静静地待在酒面上，一动不动。和我的距离也就是比胳膊远一点儿。促狭得很，调皮得很，挑衅得很。

我恨恨地看了它一会儿，立马又想起了一个好主意：用手把住啤酒池的池边儿，将一条腿慢慢地伸向啤酒池。——腿比胳膊长，这个账我还是会算的。我的腿使劲儿伸着，伸着，伸着——眼看就要好了，眼看我的小脚丫就要够着那个捣蛋的塑料壶了，突然，我的腿一酸，挨着了啤酒池里荡荡漾漾的酒。这酒好凉啊，我不由得一激灵，身子一失控，掉进了啤酒池。

因为整天淘气，我的腿脚还算得上是伶俐。但再伶俐的腿脚这时候也无济于事。巧妇难为无米之炊，对于从来没有学习过的游泳技巧，慌乱中的小淘气此时也难以无师自通。在不知所措挣扎了片刻之后，很快我就冷静了下来——没错，我就是让自己在手忙脚乱中获得了最大的冷静。我想到了我最不情愿使用的办法：喊人。但我一张嘴才发现自己喊不出声——一张嘴，酒就灌进了我的肚子。再一张嘴，酒又灌进了我的肚子。于是，我就只有喝水，喝水，再喝水——不，是喝酒，喝酒，再喝酒。于是，我的肚子很快鼓涨了起来。于是，我不再喊了。我努力扑腾着，努力让自己漂浮在酒面上，努力在喝酒的间隙把头朝向啤酒池的东北角，朦朦胧胧地看上一眼。那边乌压压的，老忠似乎还在和那帮人开会。他们的会要开到什么时候啊？会不会等我死了才会结束啊？老忠，求求你看我一眼啊，我是二妞啊。

时间仿佛过去了很久很久，我真奇怪自己怎么还没有被淹死。在挣扎中，啤酒池里仿佛有一双无形的手，先是把我的小汗褂给揪了下来，接着又扒掉了我的小短裤。很快我就成了一只光溜溜的小白鸭，小白鸡，或者是小白鹅。——这是我平生第一次应该也是最后一次在酒池里赤身裸体地游泳。我又羞耻又绝望，无比痛恨老忠、一块钱和这一池啤酒。就在我以为自己再也坚持不到下一秒钟的时候，我听见了老忠的叫喊声。这一瞬间，我知道自己得救了，索性浑身一松，任自己泡在啤酒池里。然后我听见扑通扑通的跳水声。真是奇怪，我知道这些声音应该离我非常近，但不知怎的，听起来却是那么远。再然后，我被抱了起来。我知道那肯定是老忠的手。

然后，我撒尿了。

5

隔着绿色的啤酒瓶往里看，无论王者、杨庄还是燕京、青岛，所有的啤酒颜色似乎都是一样的。只有倒进杯里才看出细微的不同。首先是色。好的啤酒色是浅黄带绿的，有着金子一样明亮的光泽，如孩子的眼睛。其次是沫。好的啤酒只要倒进杯里，立刻就会产生出丰富的泡沫，泡沫洁白，细腻，如美女的皮肤。泡沫从诞生到消失至少要有三分钟的时间长度。泡沫量也会占到杯子的二分之一到三分之二。喝的时候，它还会黏黏地挂在杯壁上。最后是味。好的啤酒喝进口里，会散发出柔和的醇香，还有一种必不可少的苦。这种苦可是好啤酒的宝，净口，开胃，生津，止渴，全都在这苦的精髓里。

我慢慢地喝了一口王者。即便由杨庄进步成了王者，酒的味道依然也很杨庄。颜色晦暗，泡沫稀少，味道寡淡，还有一股让人不爽的铁腥气，果然是一副短寿的样子。我喝了一口就放下了。老李和大哥他们一杯杯地喝着。这样的酒老李喝着就是受罪，不过，很多时候，男人喝酒的时候不是在喝酒。一起入席的还有现任的村委会主任和书记，都是大哥的同茬人，面貌依稀，但叫不上名字。他们兴致勃勃地说着周边的地价、楼市的行情，老李已经将事情细节到了土地审批的手续。每个人的眼睛都亮晶晶的。

我走出包间，来到柜台。正值高峰期，大嫂兼职当了服务员，端茶倒水，点菜收钱。我百无聊赖地搬了张凳子，坐在门口。自从嫁给老李之后，我就习惯了这么空荡荡地坐着。不时有人来买小菜，看见我，往往会狐疑地瞟上一眼，顿一顿，接着再提高嗓门打个招呼：

"这不是二妞么？"

"是。"

"回来啦？"

"回来了。"

"都多少年不见了！走在街上都不敢认了！"

我笑。

"女婿呢？"

我指指里间："喝酒呢。"

"多住几天！"

我再笑笑："饭后就走。"

无非如此。小的长大了，年轻的变老了，瘦的变胖了，胖的更胖了，熟人变生了，亲的变远了，原本就远的基本就不认识了。百无聊赖，我从包里掏出手霜往手上搽着，一遍，一遍，又一遍。

"嗨！"忽然，一个戴着墨镜的男人熟络地在我面前站定，"二妞！"

我控制着脸上的肌肉，让笑意延长："你好。"

"不认识了？"他摘下墨镜，嘴角叼着一丝笑意。面容里的某些东西痕迹犹在。

"小算盘？"我脱口而出。没错，就是他。亏得方才大哥在聊天的时候提到过这个名字，不然想出这个名字对我来说还真是困难。

"你还记得我？真荣幸。"他的口气很洋派，"你这可是衣锦还乡啊。"

"我衣锦还乡，你衣锦在乡。"来而不往非礼也，说这种涮嘴话是我的专长，"你更厉害。"

"哦？怎讲？"

"强龙干不过地头蛇嘛。"

"哪里?！"他大笑，一副很受用的样子，"不就是个啤酒厂么？我那点儿小折腾可不敢跟你的家业比。"他顿了顿，"你家掌柜呢?"

"在里面。"我又搽起了手霜,"有事?"

"听说他有意在咱们这儿投资房地产?"

"耳朵可真长。"

"信息时代嘛。一听这个信儿我就赶快来了。房地产可是个朝阳产业,要是抓住了这个机会,以后可大发着呢。"他靠近我,亲昵地撞了撞我的肩,"我想入个股。多给咱吹吹枕头风,要是真能合作成,咱俩以后不是也能多见见?"

"见你?"我笑意盈盈,"不稀罕。"

"知道。"他眼睛里波光流转,递过来一浪一浪的风情,"谁叫咱没志气?打小就一门心思稀罕你呢。你知道么?你可是我的第一个梦中情人……"

忽悠我?我在心里冷笑。不再理他,只是一门心思地搽着手霜。

"什么牌子的?真好闻。"他顽强地继续搭讪。

"迪奥。"我一边搽一边让他,"你也来点儿?"

"我?"他朝我伸出毛茸茸的手臂,"我一向只搽护发素。"

我大笑。这个小算盘,已经锤炼成了一个炉火纯青的活宝。我们的笑声终于惊动了里间的大哥,他推门叫起了小算盘,小算盘朝我打了个榧子,疾步而入。

远远的,我看见了东街的五婶。我和她二女儿是小学时候的前后桌,一直腻了六年。每年夏天她都用指甲花给我们俩染指甲。她走到门口,看见了我就止了步,眯了眯眼。

"五婶。"我叫。

她一把抓住我的手,泪就下来了:"我看着像你……我家二妞没了……去年,奶子上生了癌,癌又满身跑……今儿清明呢。"

我惶然。此刻，我知道也该让自己的泪落下来。可是，没有。我没有泪。我从口袋里掏出纸巾，递给五婶，她不接。她只是用手背擦着泪。我的泪腺却毫无配合的意思，没有一丁点儿工作的动静。五婶的泪让我为难。好在她很快就停止了哭泣，努力像什么都没有发生似的对我勉强笑了笑，道："回来上坟了？"

　　"嗯。"我连忙找话，"你想要点儿什么？"

　　"好歹是个节，孙男甥女都在家。买几个现成好菜。"她说着走向柜台跟大嫂要了一份海带卷，一份豆腐干，还有一份大拉皮。我跟了过去，又向大嫂子报了大盘鸡、卤耳脆和酱牛肉这三个荤菜，大嫂很快装好了，递给五婶。我让五婶拿走，她不肯，道："你哥嫂做生意不容易，我哪能让他们贴赔？"我说："不要他们贴赔，我给他们钱。"五婶笑得舒展了些："婶我现在有钱了。上头修路正好冲了我家的房子，给了不少钱。"我笑得更加灿烂："婶，不怕你难受，你再有钱能有我有钱？"她有些怯怯道："我知道你有钱，可你再有钱也不能轮到我花啊。"我把她推到门口，更加灿烂地笑道："怎么轮不到你花？我说轮到就轮到。难不成白叫你这么些年婶？"

　　看着她远去的背影，我舒了口气。仿佛方才没哭的愧疚让这几个菜钱给抵了。想了想，我给大嫂塞了几张钞票，说连包间的账都算上。凡是用钱就能掰扯清楚的事，我习惯这样打发。大嫂大惊小怪地推辞了一会儿，也就收了。收了就对了。收了钱的大嫂对我越发客气起来，无事生非地嘘寒问暖，赶趁得让我心烦。我说想在村里随便逛逛，便出了门，大嫂连忙打发她女儿跟上我，说好有个照应。侄女跟着，我的身份似乎得到了鲜明的旁证，被认出的频率大大增加。和我打招呼的人越来越多。我一一应承。

除了人，村里最主要的变化就是在房子上。家家户户不是已经盖好了新房子就是正在盖新房子，最不济的门口也堆着砖瓦水泥，一副跃跃欲盖的模样。有的新房子细致，有的新房子毛糙。当然可以推断出来：这些都是为了恭候拆迁。侄女的说法印证了我的推测。她说冲路冲到谁家，谁家就像中了彩。都巴望着拆迁呢。一来有相当的赔款，一草一木都有钱。二来上头说了，要建双气的移民新区，给每个拆迁户都发一套。要是钱和房子给得不满意，那就跟政府谈条件。政府不答应呢，那就上访，招招都是撒手锏。

"没有比拆迁更划算的了。"小侄女说，"就是拆下来的旧砖瓦也都能卖出去，那也是一笔钱呢。"

"谁要旧砖瓦啊？"我纳闷。

"咦，要的人多呢。价钱不合适还不卖给他们呢。"小侄女笑道，"你没看见那么多家都准备盖房子么？旧材料总比新材料便宜啊。反正盖也是为了拆，要新材料干吗？"

"路不是都冲过了么？"

"新区规划图上，还有一条主干道要过咱们村呢。上头说，咱们村到时候可是市中心广场呢。"小侄女得意扬扬。她说刚才来买菜的五奶奶——就是五婶——为了让她家能碰上拆迁，特特地信了佛，天天在家烧香磕头，大年初五还去五十里外的莲花寺许了愿。后来果然就被拆迁了。她这么一干，村里有很多人就都信了佛，以便能赶上第二次拆迁。

"要是成了广场，恐怕到时候咱们村得整体搬迁呢。人人有份的事儿，急什么？"

"先拿先有呗。上头的事，谁说得准。"小侄女很老到地说。说着说着，她有些兴致勃勃起来，她说第一次拆迁的时候，有的人家在自己家院子里挖了个坑，埋上一个水缸当井，多赔了三百块。第二天镇上的土特产门市部里的水缸就卖光了。她说有的人家把出嫁女儿的电话机都抱了来，因为电话机都有迁移费。

"这么说，咱村家家都盼着拆迁了？"

"是啊。"小侄女坏坏一笑，"万事俱备，只欠拆迁。"她说有更精明的人家，现在就不种庄稼了，都种上了树。因为树比庄稼赔得多得多。

"不种庄稼了，到时候吃啥？"

"买粮食啊。反正粮食啥时候都不值钱。"

"那你将来肯定不会种地了？"

"铁定、必定、一定，以及肯定。"她言之凿凿。

"知道老忠家在哪儿吗？"我问。

"不知道。"她稚气的脸上一片茫然，"谁是老忠？"

"你回家吧。"我说，"我想一个人走走。"

6

那天，老忠肯定知道我撒尿了。

从颜色上看，我排出的液体估计和啤酒也不差什么，可温度不同啊。我的全身都是湿淋淋冷冰冰的，却突然有一股温热从下体汩汩流出，只要不是傻子，就会知道是怎么回事。忽然间，一个要命的问题蹦进我的脑子里：我的尿。我的尿撒在这个池里了。这池啤酒里有我的尿。也就是说，谁要是喝了这池啤酒，就等于喝了我的尿。天哪，我该怎么办啊？我的脑子陀螺一般地转着圈：要不要对老忠坦白罪行，让他把这池酒放掉？他要是把这池酒放掉了，是不是就该我来赔？我当然是赔不起，那就得我家里来赔。这一池酒得多少个一块钱啊，我家里怎么赔得起？转着转着，我的头就蒙了。这么重大的问题，怎么能是我小小的心思能够解决得了的啊。

我真怕老忠会说什么，谢天谢地，他没有。可即使这样我也没办法去正眼看他，只好闭上眼睛装作昏倒。

这当然是最不踏实的昏倒。除了这一池啤酒，我放心不下的东西还有很多，简直是太多了：小汗褂，小裤头，十分重要的塑料壶，还有那无比重要的一块钱。我的眼睛怎么能闭得安分守己呢？自己都感觉到了自己的眼皮颤动得有多活泼。

嗡嗡声越来越大，围观的人越来越多。就在我即将伪装不下去的那一瞬间，伟大的老忠！他适时地把我翻了过去，用他那粗大的手掌使劲儿敲打着我的后背。随着他敲打的节奏，我哗哗哗地开始吐了起来。仿佛把五脏六腑都吐完之后，我顺理成章地醒了。然后，我顺理成章地睁开了眼睛，哭了起来。老忠从身上扯下那件黑皮肤一样的龙袍，裹住了我小小的身体，一边用他粗糙的手掌轻轻拍打着我，一边对着围观的人道："没事儿了，各干各的去吧。"

周围的人都散尽了，只剩下我和老忠两个人。我也停止了哭泣。我们两个短暂地沉默了一会儿。

"衣裳……"我说。

"晾着呢。一会儿就干了。"他很温和地说。我从没有听过他那么温和的声音。

"壶……"我说。

老忠把壶给我递了过来。壶里已经装满了啤酒。

"钱……"我又恬不知耻地说。

那张湿漉漉的一块钱被他递了过来。经过啤酒的浸泡和清洗，那张暗红色的钞票似乎干净了许多。

人们已经各就各位开始了工作。一切似乎都恢复了正常。我看了一眼啤酒池，啤酒池依然黄得那么晶莹剔透，一副无辜的模样。我又看了一眼老忠，他已经走开了，朝别人要了一支烟，正抽得谈笑风生。此时此刻，全世界最无趣的人似乎就是我了，我巴巴地裹着老忠的龙袍，等着自己的小汗褂和小短裤自然风干。

忽然，我在车间门口听见了五婶熟悉的笑声。接着我看见她拎着两个白壶走了进来。她当然是来打酒的。两个壶都和我的壶一样的，都是五升的。

她一步一步地走进了车间，我看着老忠，老忠还在和别人聊天，神情淡定极了。看样子我高估了他的感受力，他根本就没有发现我安放在酒池里的秘密。真是天助我也！我很明智地决定：不说。对老忠不说，对谁也不说。千万不能说，万万不能说，坚决不能说，要像刘胡兰一样，在铡刀下也不能说！

我又看着自己的这壶酒。这壶酒可怎么办呢？要不要对大哥说呢？他毕竟是我亲大哥哪。当然，我马上就得出了结论：不说。

老忠又来到了我身边，看了我一眼，背对着我坐了下来。我直愣愣地看着他的背。真宽厚。

五婶来到了池边。

"五嫂，来客了？"老忠寒暄。

"嗯。娘家哥来了。"

"我说怎么会打这么多酒。"

"嗯，轻易不来，来了还能不叫他喝个够？喝了还不中，还得再带！"

"唉，那还不是该的。"

那只我之前遍寻不见的啤酒管神奇地在池边冒了出来。五婶将管子罩住一只壶嘴，我不能说。壶口开始咕嘟咕嘟地进酒了，我不能说。壶里的酒越来越多，我不能说。越来越多，我不能说。终于满了，我不能说。五婶又将管子罩住了另一只壶嘴，我不能说。这只壶也满了，我不能说。

　　五婶拎着两只壶走了过来，终于看见了我，笑道："哎呀，这个假小子怎么了，这么老实？"

　　"掉进池里了。"老忠说。

　　"那可喝够了。"五婶笑道。说着她放下壶，从口袋里拿出一张绿色的两块钱钞票，朝老忠递了过去。

　　老忠挥了挥手。没有接。

　　"又涨价了？"五婶拉下了脸，又去摸口袋，"喇叭里咋没说？"

　　老忠沉默了片刻，道："走吧。"

　　"不要钱？"五婶诧异了。

　　老忠点点头。

　　"今儿啥日子？"五婶更诧异了。

　　老忠抽了口烟，没有搭腔。

　　"不年不节的，"五婶满面喜色地收起了钱，一边自言自语地纳着闷儿，"咋不要钱啊？"

　　老忠回头看了我一眼。我也正怯怯地看他。忽然，我从他的眼睛里看到了一丝忧伤的笑意。但那笑意转瞬即逝。他马上绷起脸，很严肃地对五婶说："今儿毛主席生日。"

　　"哦——"五婶恍然大悟，眉开眼笑道，"怪不得呢，托毛主席的福啊。"

　　"托毛主席的福。"老忠周周正正地重复道。

托毛主席的福，很快，村里每家每户都拎着塑料壶来打啤酒了。那天，杨庄村的空气里到处弥漫着啤酒的味道。那天，我穿着老忠的龙袍在啤酒池边坐到了暮色初绽。龙袍很硬，很硌人，散发的气息也复杂难闻，但是，它真的有一种无法形容的古怪的温暖。

多年之后的那个夜晚，当我第一次赤裸裸地躺在老李的怀里时，脑子里很奇怪地蹦出了老忠的样子。他是第一个将赤裸裸的我拥抱在怀里的男人。也是在那个夜晚，老李乐不可支地听完我在啤酒池里裸体游泳的故事，好奇地问我：在啤酒池游泳和在水里游泳有没有区别？我说当然有，就像在淡水里游泳和在海水里游泳那样截然不同。老李又问我到底有什么区别，我说我没有能力把那时的感觉保鲜到现在来做比较。与其用幼时的记忆为名来做伪证，不如让我用成年的常识来做推断：一，要黏糊。二，要冷。三，要方便。因为可以随时饮用还可以随时撒尿。四，要有益于美容。因为啤酒本身的营养成分很丰富。

那天回家我查了查日历，是 9 月 11 日。没错，就是这一天，以毛主席的名义，村里的每户人家都喝了一顿免费啤酒。没错，就是这一天，托毛主席的福，我学会了游泳、学会了喝啤酒，还赚到了一块钱外快。

7

这就是老忠家。我没想到，老忠的房子仍然保留着多年以前的模样。现在它已经成了全村最破的房子。那两扇我抹过狗屎的大门已经完全不见了当初的朱红漆色，变得似乎狭窄了许多。透过宽宽的门缝，我毫不费力地看见了南边那座又低又矮的上房，太阳已经出来了，阳光落在瓦上，被一节节隔断，似乎也有了瓦的节律。也许只能用瓦本身来形容这种节律的奇妙：一瓦一瓦。阳光下，一棵棵胖胖的瓦松在瓦楞上天真地摇曳着。原本应该笔直的墙线都已经有些驼了，一块一块掉落的墙皮暴露了它土坯的内里。院子中间靠右的地方是一个生锈的小压泵，这是我们豫北乡下多年以前使用的取水设备。最看不出岁月痕迹的大约就是院子里的那棵泡桐了吧？微风吹来，飘下几朵淡紫色的花。小时候，我喜欢舔它们的花蒂，那是甜的。

很静。似乎没人住。老忠应该早就不在这里住了吧？我悄悄地走进院子。忽然，我看见了那件龙袍。它就挂在院子里的晾衣绳上，那么小。和我划过之后又缝补好时的相比，又小了好几个号。简直就像是一件孩子的衣服。我走近它。阳光下，当初被我划破又缝补好的痕迹已经看不见了，那些划痕仿佛已经随着岁月隐去。它也已经不是黑色的了。黑不黑，灰不灰，白不白。或者说，有点儿黑，有点儿灰，也有点儿白。

我不知道该用什么颜色来形容它。用什么颜色来形容都不合适。

有风吹来，龙袍在晾衣绳上微微荡漾着。在这寂寥的院子里，如一面暗淡的旗帜。我把手伸过去，想要摸一摸它。天啊，这是怎么了？发生了什么？我一摸到衣领，衣领就碎了。我一摸到袖子，袖子就碎了。这件龙袍就在我的手下，一点一点地碎了下去。我摸到哪里，哪里就碎了。

像噩梦一样。

我不知所措。这可怎么办呢？我可怎么向老忠交代呢？我从哪里再给他弄这么一件龙袍呢？

我还是快走吧。

就在我准备离开的时候，仿佛预知到了我要逃走，忽然，我听见屋子里爆发出一阵不明所以的嚷叫。这嚷叫有男人的，也有女人的。非常突兀，气势汹汹。然后，有人推开了上房的门。

　　我连忙转身而去。但脚步声直追而来。传到我耳朵里的声响效果很纷乱，不止一个人，两个，三个，四个……

　　我不敢回头。仓皇地奔回大哥的饭店。我没有再进包间，而是拐进了北厢房。这里已经变成了仓库，没有人，只有啤酒。一摞一摞的啤酒。我扶着啤酒站了好一会儿，才稍微安定下来。

　　但还是有脚步声跟来了。一步，一步，又一步。突然，我听见大嫂惊慌失措地问："咋啦？老四，你这是咋啦？"

　　我控制不住地微微颤抖着。地上有一张拆迁宣传单，我愣愣地看着那张单子。粗糙的画面上，我们村的版图果然成了一片绿茸茸的广场。

　　"我爹死了。"一个带着哭腔的男声说，"先跟你打个招呼，办事那天想借你的大师傅灶上用用。"

　　包间里静了片刻，然后，门被推开了，大哥的声音沉着地响了起来："再去叫叫医生，万一……"

　　"这回是真的。"那个男声将哭腔放弱，认真地说，"他真的死了。"

　　这么说，老忠是真的死了。我忽然觉得一阵奇异的轻快。然后，手一空，我听见啤酒瓶排山倒海般地破碎声。

爱情传说

白蛇今生

　　我是白素贞。没错，我就是那条白蛇。雷峰塔倒掉之后，我的魂魄逃离枷锁，重返人间。这依然是我的杭州城。涌金门、翠屏山、栖霞岭、冷泉亭……双堤仍媚，断桥犹存，江山人面均无异，换的只是人们身上的衣裙和街边的勾栏瓦肆。西湖柳黄了又绿，绿了又黄，我在湖水里游弋着岁月，寻找着我的旧梦许仙。——是的，我知道他的肉体早就化作了一抔黄土，但我深信他的魂魄和我一样，还在这世上游荡，等待着与我再次相逢。

　　那天，小青找到了我，姐妹情厚，悲欣交集。一番倾诉之后，她一下子便猜透了我的心思。她严肃地告知我：对于仙凡相恋，仙界的惩罚不仅没有松动，反而更加严厉。只要爱了，便不会再有法力。闻此，我淡淡一笑，她看出了我的执拗，说你可是几千年的修行啊。我说我认了。

　　"如果你发生了什么意外……"

　　"我为自己负责。"

　　"其实，你还有一条退路。不过，这条路比做人还不如。"她说，"如果对这人间彻底绝望，你可以投身到这个西湖中，做一条失去法力的白蛇。"

"我意已决，只进不退。"

小青摇摇头，离我而去。

终于，我等到了。这是公元2002年的春天，人们都说这一年的春天格外暖。我不管何年何月，总之，这个春天，我终于等到了我的爱。月光下，水波里，我一看见他飘然而来的身影和俊逸依稀的面貌便知是他。于是我纵身出水，化作一个白衣白裙的少女，朝他缓缓走来。这漫长的等待如此艰辛，我的眼里满含泪水。我知道自己眼里的泪如同大宋年间我们初逢时的那场春雨，只要被他看到，便会将他淋湿。而他没有出乎我的意料，果然被我的泪光吸引。

"你怎么了?"他问。是的，这声音是他。

我说我大学毕业之后来到杭州寻找工作，一直没有着落，现在身无分文，走投无路，于是万念俱灰，忧戚哀怨，想要投湖。——无聊之时，在苏堤边、白堤旁和断桥下倾听人间的琐碎话语消遣时光，我学了些许皮毛。一边说我一边简直要笑出来，可他显然是信了，一边温言软语地安慰着我，一边掏出纸巾为我拭泪。他问我学的什么专业，我说是中医。他说他也是学医出身，因为没有觅到合适的去处，就自己开了一家诊所，如果我不嫌弃他的地方小，可以在那里屈就。我含泪而笑：前世，我和他可不是开着一家生药铺么？夫唱妇随，悬壶济世。——果然，果然是他啊。

一切都是那么好。我们恋爱，结婚。没有法海，再也用不着水漫金山。端午节来临，我也可以喝些雄黄酒，再也不必担心会露出原形。——就是想漫也漫不成，想现也现不了，和他的初夜，我下体剧痛，我便知道，我已全部地爱了，于是也就成了真正的凡胎。我再也没有了法力，也没有了妖气。徒留一颗仙人的心，我过上了梦寐以求的人间生活。我们如鱼似水，我们颠鸾倒凤，我们芙蓉帐暖，我们花好月圆，我们点绛唇，我们念奴娇，我们沁园春，我们声声慢。

回想起来，我觉得做仙人的日子，是那么傻。

那天晚上，我和他在苏堤散步，他去给我买冷饮，我独自待在湖边，看见小青在湖浪里袅袅娜娜地游过来。她问我爱的感觉怎样。我说："无法形容。你该试试。只要试了你就会明白，做仙人真的很可笑。不能爱，不懂爱，寿命千载万载有什么用？法高千丈万丈有什么用？"

小青叹口气，说我痴了，眉梢眼角都是甜蜜。

然而，仿佛嘲讽一般，不久，我们看似天衣无缝的婚姻就开了针，绽了线。那天，晚饭后，他在看电视，手机在他的耳边放着。看着看着，他的头歪在靠枕上沉沉睡去。这时的他如孩子般，最是可爱。我调低了电视的声音，依在他身边，久久地偎着他的脸，怎么赏也赏不够。突然，手机的短信提示音脆响起来，在这静谧的时刻，如警笛一般刺耳。我连忙把手机握在手里，怕吵了他。他却还是在一瞬间醒来，朝我手里去夺手机。我本能地躲避着他的手，他惊惶地继续抢夺。可我是蛇，他哪里会有我灵活啊。几次夺空，他停下，神色凝重如铁。

"给我。这是我的隐私。"

"什么隐私？"

"不能说。说了就不叫隐私。"他的眼神里满是软弱和戒备。这样的眼神，除了外遇这个词和另一个女人的存在，我读不出别的。

我追究半夜，他终于承认。说是一个患者。被他医好了感冒之后，也使他患上了爱情的感冒。他说他正在进行自我治疗，很快就会痊愈。

我信了。我知道自己只能信。我也知道自己的信从某种意义上讲只是掩耳盗铃，但能掩就掩，不然还能怎样？

然而，掩耳盗铃毕竟只是掩耳盗铃。铃还在，时时响，丁丁当当，不绝于耳。我以妖精的灵敏感觉搜索着他所有的蛛丝马迹，发现他的感冒居然是最顽固的反复型。这一次刚刚收尾，下一次又登台上演。此消彼长，此起彼伏，一出接一出，让我眼花缭乱，目不暇接。我也知道，在这个轻浮世间，他的所为不过是男人之间最常见的情感症状，是永远没有灵药的流行性感冒，猎艳的习气就是另一种意义的法海，我所受到的干扰是最正常的事情。但我就是不能容忍：我前生今世都在他身上，他怎么可以？怎么可以？

但是，他就是可以。

那天，我们去看越剧《白蛇传》。以我的名字命名的戏，让我看得心如刀割。在白蛇被压到雷峰塔下的那一场，许仙在塔外大段哭诉，我问身边的他："如果我是白蛇，我进塔了，你会怎样？"

"我么，"他笑着摸了摸我的头，"欢娱夜短，寂寞更长，单身的双人床多么难熬，还是多找几个老婆要紧。"

最轻松的戏言里面有着最严峻的答案。我心欲碎。

他如娇弱的患者，我如倔强的医生。他病，病，病，我治，治，治，纷争，和好，和好，纷争……时日久远，他依然兴致勃勃，情肠转动，往来穿梭，乐此不疲。我却倦了。想让自己收手，又不知该如何收，何时收。茫然无措中，我学会了煲汤，给他煲各种各样的汤，送到诊所：

排骨莲藕汤。将猪肋排洗净，顺骨缝切成单根，斩成寸段，焯水捞出，洗去血沫，莲藕洗净去皮，切块。锅内放适量冷水，先放入姜片、葱段、料酒，大火烧开后转小火炖一个小时，再放入藕块。这道汤味甘性平，护胃补血。

南瓜毛豆汤。将南瓜洗净，挖出内瓤，将瓜身切成小块。毛豆剥出豆粒洗净，枸杞用温水泡软。油烧至六成热，放入葱末煸香，再放毛豆翻炒片刻后放入南瓜，倒入适量清汤。大火烧开后小火再煮三十分钟，加入盐和鸡精出锅。这道汤养颜解毒，改善秋燥。

川贝鸭梨汤。将鸭梨洗净，去蒂挖核，切成四瓣。川贝用温水泡软。将这两样同时放入锅中，大火蒸二十分钟后加入冰糖熬炖。这道汤润肺理气，止咳化痰。

……

那天，我给他送过汤回到家之后，突落大雨。我去给他送伞，一推开他诊疗室的门，就看见他和一名新进不久的小护士在诊疗床上鸳鸯双叠。一时间，恍惚中，伞上的雨水滴滴答答落在我的衣上，我居然想起我在前世的船上与他邂逅，我孝头髻，素钗梳，白绢衫，麻布裙。他黑漆巾，白玉环，青罗袍，长皂靴。让我们结缘的那把伞，是清湖八字桥老实舒家的，八十四骨，紫竹柄。拿在手里沉着厚重，如那个年代的爱情。而我手中这把，为何被我轻轻一握就碎成了粉末？

什么是百年修来同船渡？什么是千年修来共枕眠？没有人比

我更明白，也因此，没有人比我更心痛。

我泪落如雨。

怀着最后一丝渺茫的希望，我告诉他了全部真相。期冀他珍爱我前世今生对他的痴，渴望他能救我的命。——我的爱情，就是我的命。

他怔住，冷笑："你说你是白蛇？真编得出来。那你变一条蛇给我看看。仙人不会老，你怎么有皱纹？对了，当年白蛇能从国库里偷银子给许仙用，你能不能从商场里给我偷一枚钻戒，或者是最新款的那部三星手机？……再胡说，我就送你去精神病院。"

我的嘴角流出微笑。我问自己，你在干什么？这是一个相信欲望不相信诚意，相信胡说不相信真话，相信故事不相信爱情的时代，他怎么能相信我？而他又有什么能让我相信？

心如死灰。我决定投湖。我已明白：做女人，不如做一条普通的蛇。

夜凉如水，月光融融。所有的夜晚都相似，每一个人却从不相同。我再次来到断桥边，对着湖水整容理妆。就在我投湖前的一刹那，我清晰地看见，我的妹妹小青正从湖水里凌波而现，她化作了一个妙龄少女，身着一袭青色衫裙，笑意盈盈地朝着一个面目清朗的青年男子走去。

青蛇前世

我是青青。没错，我就是那条青蛇。那一天，我和我的姐姐白蛇白素贞于浓妆淡抹总相宜的西湖边，碰到了许仙。姐姐眼波的流转写满了她的爱恋，于是我挥动衣袖，便有薄云化为细雨，许仙的一把旧伞，撑开了一桩千古姻缘。

雷峰塔倒掉之后，姐姐白素贞重返人间，来到杭州，追寻旧梦许仙。我告诉她：对于仙凡相恋，仙界的惩罚不仅没有松动，反而更加严厉。只要爱了，便不会再有法力。最后的退路，是投身到这个渺渺西湖中，做一条失去法力的白蛇。——后来，她一次次被爱所伤，我全都知道，却爱莫能助。我知道自己能做的，就是等待。等待她为爱绝望。

于是，那天晚上，我在湖里等到了她。看见她在岸边闲坐的表情，我就明了了她的心意——她果然要选择这条最后的退路。我在一棵水草下隐藏了起来，本想等她入湖之后和她亲密絮语，但是，来不及了，我看见了那个人。他来了。

我跃湖而出的瞬间，回头看了看湖面。湖水深处，一道雪亮的光蜿蜒而逝。我清晰地感到，湖面涨了一寸。

我知道，那是姐姐的泪。

可是，我顾不得了。

我和那人行走在堤边，看见姐姐渐渐向我游近。姐姐的身已是一条普通的白蛇，但那心，还是仙界。她用她盈盈欲滴亦焦亦灼的眼睛一句句地问我：为什么？为什么你还要像我一样前仆后继，重蹈覆辙？

我无语。只是转脸向那人微笑如花。如果姐姐能够看清楚那人的容颜，或许会知晓一二吧。我傻傻的姐姐，她只知我是可心的红娘，是娇美的闺密，是伶俐的小鸟，是缠绵的丝带——是她的配角。她不知道：我有我的爱。

那人长得像法海。

我爱法海。

初见法海，是在我们的"保和堂"生药铺门前。已是黄昏，我正埋头算计着今日的流水账目，只听一阵清脆的木鱼声响，抬头便看见了一个灰衫草鞋的年轻僧人，他朝姐姐道："小僧是金山寺和尚，如今七月初七日是英烈龙王生日，伏望施主到寺烧香布施。"姐姐道："那日未必得空，今日先与了你罢。"一边让我将二十两纹银递与他，一边自开柜门道："我这里还有一块好降香，舍与你拿去烧罢。"和尚接了香，又朝我这里接银，我满心欢喜地看着他眉清目秀的脸，正准备给他，又忍不住缩回了手，逗了他一逗，问他："你叫什么名字？"

"小僧法号法海。"他打了个问讯，绯红着脸离去。我朝姐姐嬉笑："还会脸红，他是个尘心不净的小和尚呢。"姐姐却也朝我微微一笑："我只看见一个春心初动的小妮子。"她这玩笑我不依，和她理论了半天，她方才退让道："你既如此小气，我不再打趣就是了。谅你假小子一个，也动不了这个春心。"

以后，这种话她果然没有再说过。可她哪里知道，我之所以在意，恰恰是因为她最初的这话触到了我的痒处。这法海，果真破天荒地动了我的春心。

春心，春天的心。春天的人，春天的风，春天的花香，再照上春天的光暖，才能动了这春天的心。一旦有爱在这春心里播下了种，就会扎根，就会抽叶，会生长，生长得蓬蓬勃勃，夜夜不息。

作为一条修行千年的蛇妖，我不再有冬眠。但是，作为一个女子，我爱情的冬眠却已经持续了太久太久。动了春心之后，我便告别了这漫长的冬眠。爱睡懒觉的我开始早早起床，对镜贴花，偶尔细声细气地念白两句："夜来风雨声，花落知多少啊。"

转眼便是七月初七，我极力撺掇姐姐去金山寺进香。熙熙攘攘摩肩接踵的人流中，我到处寻觅法海，却看不见他的踪影。百无聊赖中，我信步游走，居然顺着一条花木葱茏的小径来到了一所别院，别院里居然还有一处青瓦白墙的禅房。禅房静静，花木静静，果真是禅房花木深呢。

房门虚掩，窗纸雪白，顽皮心起，我捅破窗纸，只见一个背影耿直的僧人正在莲花团上打坐。尽管看不见他的面目，我也知道自己不会认错人——那不是法海是谁？我屏声静气，喉咙微噎，双眼酸胀，一种没来由的欣喜和委屈才下眉头，便上心头。——不是没来由，怎会没来由？我知道我是喜欢了，是中蛊了，是入道了，是爱了。

闻得风声，他亦回头，起身，打开房门。我身要走，心却不动，动不了。眼睁睁地看着他一步步走近我。他已全无生药铺初见时的生涩腼腆，那眉宇间的凛然正气和厚重之风让我战栗，又让我恐惧。而且，他居然有袈裟，有禅杖——他是禅师。

我突然明白：他去"保和堂"布施，只是一个借口。他真正的理由，是在闻得诸多传言之后要亲证一下我们是不是真的妖孽。我们是妖孽。他肯定已经是知道了。那为何还不去除掉我们？……疑惑中，我看见他眼睛中的悲悯一点点弥漫开来。那悲悯是如此广阔，似乎不仅仅涵盖了人，也不仅仅涵盖了妖，还涵盖着万事万物，万性万情。亦包括他自己。

他亦在悲悯自己。

他为何要悲悯自己？

"去吧。"他说。

这是要放过我们了。

"不去。"我说。

"不去会悔。"他说。

"不去不悔。"我说。

一刹那，我看见他的眼睛突然变得闪亮。那眼睛，居然很像我看惯的妖的眼睛。

之后的日子就不太平了，是人尽皆知的凶险与忙乱。我和姐姐盗州府官银，他支使许仙诱饮我们喝雄黄酒。我和姐姐窃了典当行的珠宝栽赃给他们的小僧人，他密令许仙偷下三道符。他囚禁许仙于金山寺，我和姐姐则水漫金山……许仙至苏州，我们便去苏州，他也跟到苏州。许仙至镇江，我们便去镇江，他也跟到镇江。许仙转回杭州，我们便回杭州，他自然也跟回杭州……以许仙为核心，他施法，我们施魔。你来我往，川流不息。

说实话，伊始我和姐姐都有些惊慌。后来发现他的法力并不如传说中的那么厉害，便也逐渐稳下了心和他较量。他主动打我们，我们便硬着头皮迎上。他若不主动，我便悄悄找茬去引他打。总之隔一段时间，便得打一次。看到姐姐为此累得心力交瘁，狼狈不堪，我也暗暗感到愧疚，可我控制不住我自己：若不如此，我就没有理由见他。我是妖。妖若想见魔，除了打斗，没有别的机会。我只有顽劣淘气，只有无事生非，才会和他纠缠不清。因此，哪怕流血、流泪，我也在所不惜。

一次，一场恶战之后，我和姐姐蓬头垢面地坐在荒郊野地，忽然发现对方的头发上满是带刺的小小圆球。姐姐告诉我，这叫苍耳。说这种植物的最大特性就是在你不知不觉的时候会将刺扎在你的身上，强迫着与你亲密，跟着你走。我忽然笑了：这可不就是我对法海的爱么？竭尽全力地想要让他看见我，他对我恨也好，厌也好，只要有温度，就好。——何况，从打斗时他手下留情的程度我也隐约悟出：他对我们并不是那么恨，那么厌。和我们打，他好像也很过瘾。这种打对于我们双方来说，似乎已经成了一种心照不宣的运动。

那天晚上，我耐不住相思之渴，悄悄去金山寺看他。还是那所小小的别院，那个静静的禅房，他已入睡。皎洁的月光下，他相貌安恬。唇边居然有婴孩般的清清涎水。我忍不住笑了。但下一刻，我的笑便止住——我看到了他枕头左边的那只钵。

那只钵，我认得。那只钵，是我们的天敌。哪怕是一个没有任何法力的凡人，只要他在我们面前亮出那只钵，我们就得丢盔卸甲。

但他始终没有亮出那只钵。

为什么？

我终于确认：他想和我们打，想和我们闹。作为一个法力高超的法师，他在这人间，其实是一个寂寞的战士。他太想找到一些水平相当的对手，做一些水平相当的游戏了。从这个意义上讲，我们和他，是敌人，也是友人；是烦恼，也是情谊；是宿命，也是缘分；是痛苦，也是欢乐。他和我们的心灵血缘最为相近，最为亲密。他知道只要妖不害人，妖便是佛。佛若有邪心，佛也是妖。他甚至是我们的知己……

——不，不，不是这样。在他枕头的右边，另一样不同寻常的东西打断了我的遐想：那是初次相见时，姐姐施给法海的那块降香。

我如坠冰窟。

原来，白素贞要吃许仙，早就吃了。她跟着他在人间游荡，只是因为爱。我要逃法海，早就逃了，我跟着他在人间游荡，只是因为爱。法海要镇白素贞，早就镇了。他跟着她在人间游荡，也只是因为爱。

是的，只是因为爱。

我对法海之心，如同法海对姐姐之心。我是另一种意义的法海，而法海是另一种意义的我。我和法海居然是如此的知己。也只能是如此的知己。

我嫉妒。我愤怒。我是道行不深的妖，我无法控制我的劣性。我不想再看见姐姐，她爱情上的丰收让我屈辱。我也不想再对法海温柔，他是让我屈辱的主犯。我更不想看见许仙，这个懦弱摇摆的俗夫……心态的阴冷让我不断作祟，于是，游戏的性质陡变，恶作剧开始升级为悲剧，我们和法海的游戏越来越成为真正的战争。而法海的手腕也逐渐硬，逐渐冷，逐渐握紧了拳头。

最后的时刻来临了。这是我期盼已久的时刻。让一切都毁了吧。既然我和他都得不到。我不愿用我的悲伤映照他人的幸福，即便那人是我的姐姐。

法海终于使出了他的钵。

他饶过了我。我不谢他。我知道，那钵收的，是他的爱。如果他爱我，我将视钵为天堂。

不久，他便坐化在了雷峰塔前。坐化前，他手里，还拿着那块降香。这块香已经沧海桑田，古老无比。轻轻一碰，就成了碎末。

但是，香还是香。如同，爱还是爱。

跃出湖面，我奔向一张酷似法海的脸。我知道他不是法海。

我的法海，已经不在这世间。但是，让我奔向他吧，哪怕只是一天，两天，我都已经满足。我不绝望。因为我从未对爱情抱有希望。我已明白：这人世的爱情有多美丽，就有多残酷。佛怜我前世痴心未偿，在今世便给了我一副法海的躯壳去供我圆梦，这已经是太大太大的仁慈。

英台帕语

祝英台与马公子成婚那天，"舟过墓所，风涛不能进，问知山伯墓，祝登号恸"，忽然间飞沙走石，坟墓裂开，于是祝英台纵身跳进了坟墓。坟墓合上，一对美丽的蝴蝶从坟头翩翩飞出。之后，"晋丞相谢安奏表其墓曰义妇冢"。

初唐梁载言所撰的《十道四蕃志》与晚唐张读所撰的《宣室志》是正史，坊间的口口相传是野史。——总而言之，我知道，众所周知的版本不过如此。

我是谁？我是祝英台的一块手帕。她死的时候，我就在她身上。我知道她所有的眼泪，知道她所有的犹豫与决绝，知道她所有的无奈与悲伤。

是的，最初的最初，她是爱梁山伯，梁山伯也爱她。他们相遇那天，梁山伯在草桥上，白衣飘飘风骨神。祝英台在草桥下，玉树临风正青春。然后便是结拜兄弟，万松书院同窗共读三载。那是百忆不厌的黄金时代。如同唱词里说的那样：一月梅，二月俏，山伯敲冰茶水烧。英台背书记不牢，喝口热茶记性好。三月春，四月红，清风拂面杜鹃闹，英台懒睡不起早，山伯掀被高声叫。五月五，过端午，祭奠屈子粽子包，山伯裹粽手脚笨，全靠英台把手教。六月里来蚕豆笑，英台顽皮偷豆角。农夫提锄追下山，山伯为她挨拳脚，七月七，八月八，明月千里照万家，嫦娥寂寞舒广袖，山伯英台看月老。过了九月是十月，艳阳天里兴致高，四书五经学得好，仕途功名淡忘了。十一十二天寒凉，瑞雪初降盖山腰。彩鸩仔细收藏起，来年春天再逍遥……

走得最急的，都是最美的时光。三年匆匆而过，便是著名的十八相送，难舍难分。她打了无数比方暗示自己的情谊，他却冥顽不化。最后她只好告诉他：家中有个小九妹，未知你梁兄可喜爱？她品貌就像我英台，梁兄你花轿早来抬。

之后呢？

祝英台归家，马家来提亲。马家是名门望族，马家公子马文才对祝英台仰慕已久。

这时祝英台的心还是在梁山伯那里的，但那又怎样？他毫不知情，她还要等多久？原以为天从人愿成佳偶，谁知晓姻缘簿上名不标。没办法的事。祝英台坚持了一些时日，就认命了。她认这个命并不是很勉强。马文才并不是传说中的那么恶劣愚蠢泼皮不堪。他相貌堂堂，有才有貌，有情有金，且有父母之命媒妁之言，这段姻缘名正言顺。——如果说当年和梁山伯一起称兄道弟的祝英台是高飞的风筝，是狂纵的波澜，那么，待嫁马氏的祝英台已经回归了正常的女儿态，成了她为自己拟造的另一个人：小九妹。

这个小九妹，不是为梁山伯预备的。

但是，大婚在即，梁山伯突然来访。接着便是知情，惊喜，提亲，被拒，愤死。惊涛拍岸，卷起千堆雪。

在人们的传说中：

一、祝英台背信弃义，水性杨花。

二、马文才戴上了一顶名义上的绿帽。

三、祝员外夫妇是嫌贫爱富的势利小人。

结论：

一、祝英台必须和马文才退婚，不然就是轻浮玩弄了梁山伯。

二、祝英台必须对梁山伯有所表示，不然就是让梁山伯枉送了性命。

祝英台的生活，再也不能按照预想的流程顺畅地进行下去。

祝英台知道：最可怕的时刻已经到来。

如果梁山伯活着，再娶一个女人，或许一切都会风平浪静。但他偏偏死了。她不能埋怨梁山伯，人死大于天。去埋怨一个死人是不厚道的，且也无用。她也不能去埋怨父母，他们都只是爱她。她更不能埋怨马文才，他更没有任何罪过。

于是，有罪过的就只有她。她活着就成了罪过。

于是，她就只有死。用死来谢罪。

于是，就到了那天。那天笙箫管笛，鼓乐喧天，张灯结彩，喜气洋洋。祝英台是大戏的主角。她在闺房里梳妆许久，不要任何人帮忙。只有我知道她是如何研创着自己的美：璎珞垂珠翠，香环结宝明。乌云巧叠盘龙髻，绣带轻飘彩凤翎。碧玉纽，锦绒裙，钗头凤，金落索。眉如小月，眼似双星。——星光里的泪，把我都沾湿了。

她要盛装把自己出嫁。因为她这一嫁其实是两嫁：她把祝九妹的姓名给了马文才，把祝英台的姓名给了梁山伯。——她把自己分成了两半，一半给了马文才，一半给了梁山伯。给马文才的那半是悲，给梁山伯的那半是剧。悲的沉痛，成全了剧的完整。这就是悲剧的由来吧？

就这样，祝英台外红里白，外艳里素，外新娘内孝妇，坐着马文才的花轿来到了梁山伯的坟前。后人传说中，她在化蝶之前有一段深情告白，说什么"与子偕老生前定，执子之手不了情"；说什么"生死相伴，地老天荒"。

我知道：不是这样的。不是。她说什么我听得最真切。

她说："梁山伯，我来了。我还你的债了。我知道，只有我死了，我才能平静，我的亲人也才能平静。我必须用我的死来清洗你给我们带来的羞辱。但是，我要对你说，梁山伯，你因为得不到我就去死，这种爱与其说是爱我，不如说是爱你自己。你用你的死来逼迫我死，与其说你是一个情种，不如说你是一个无赖。

"现在，我把我还给你。"

于是，我明白了：做节妇的女人，并不是真的想做，而是不得不做。

作为幸存至今的文物，我每天都躺在梁祝博物馆里看白云苍狗，听世事变幻。一次，有一个女孩子突然没心没肺地问："如果祝英台没有去和梁山伯合坟呢？如果她不想化蝶呢？"

周围的人们都笑起来。

我也笑了。如果我会说话，我想告诉她："那时节的人间，容不得她。想不化就成了？不化也得化。亏得她识相，化得还不算太晚。"

田螺之美

到后来，我们都醉了。男男女女的一大群，虽然有半数都是朋友带朋友的初相识，却因为这醉而显得分外肆意。我们不时地抱着，喊着，甚至还胡乱吻着，唯有她和我们近在咫尺，却隔着一层。她不高，看着很平淡的眉眼，笑得也很灿烂，却始终没有失态。有礼有节的矜持中，在一堆醉客里，她这种样子便慢慢地浸出一种骄傲来。

不知怎的，我就斜过身子，将一大杯啤酒浇在了她的身上。她惊叫一声，众人大笑。她也只好笑起来，狠狠地瞪了我一眼。

她是福建人。

再后来，我们就出去唱歌，她唱了一曲《天黑黑》，又说将一首民谣献给我。当她将几句铿锵有力的闽南语甜甜蜜蜜地吟出口时，座中的另一位福建男孩已经笑倒。他边捂肚子边译给我听："垛，垛，垛，哪阿母田螺壳，叮，叮，叮，哪阿母田螺精。"——她在骂我是田螺精的孩子。她是侯官县人，田螺姑娘是那里著名的民间传说。

我抿抿嘴，很惬意。能被女孩子骂，是另一种厚密。我觉得。按照恋爱手册上的说法，这甚至是一种喜欢的暗引。

我没想到，她不喜欢我。

她很干脆地说："没感觉。"

这让我意外。面颊热烫。停顿片刻，我道："做朋友也很好。"

"到了这个地步，就没办法做朋友了。"

第一次见到这样决绝的女孩，我不由微笑，道："你说得对。确实没办法做朋友了。"

我决定追她。

她的确很难追，最初连电话都不接，强送给她的礼物又托快递公司送回去。但难啃的骨头才香。不雅的话往往是真理。我兴味盎然。长她六岁，我有的是经验，也有的是耐心。对于这样的女子，怎么说呢？我简直有些怕她太容易就臣服我。要所爱的女人卸下所有的盔甲，对一个男人来说是另一种建功立业，有莫大的成就感。于是我竭尽所能：鲜花、美食、靓衫……眼见得她一城一城的陷落：开始接受我的饭局，开始关心我的小感冒是否痊愈，开始揣摩我的身高体重，开始体会我对颜色的偏好，开始记住我吃面时的口味，对服务生流畅地叮嘱："要放特辣的辣酱，煮得也不要太久，他喜欢筋道。"

当然，这些当然还不够，此外还要有露水上的月光，月光下的笛声，笛声里的诗句，诗句里的旖旎，直至旖旎里的儿女春情。

半年之后，我便都有了。

芙蓉帐里——不，现在的床都是席梦思，没有芙蓉帐，席梦思更加干脆简洁——她的身体，是真正的柔软无骨，真正的鲜美绝伦。每吻一口，对我而言都是前所未有的佳酿。

当然，前所未有，并不一定是后所未有。呵呵。

而在我的醉中，她也醉了。由裸体之醉，至穿衣之醉。渐渐地，我终于肯定，她彻底爱上了我。男人的示爱是神仙童话，女人的示爱则是人间烟火：她为我洗袜子，挤牙膏，做菜，泡脚……她说她在实习做一个贤妻良母。

问她："为什么当初那么拿架子？"

"有人太爱了，便是大无畏。而有的人太爱了，便是大有畏。我属于后一种。"她认真答，"因为觉得你的爱太好，好得不像真的，所以才一直不敢接受。"

我很满意。这个答案证明她终于被我完全征服。

> 就这样被你征服　切断了所有退路
> 我的心情是坚固　我的决定是糊涂
> 就这样被你征服　喝下你藏好的毒
> 我的剧情已落幕　我的爱恨已入土

那英的《征服》，深得我心。因我深知，歌中的我，不是我。歌中的你，才是我。

我用吻来奖赏她，如一个君王。爱的疆界里，她承恩如一个奴仆。我开始遗憾：她居然不懂得，对于一个男人来说，贤妻良母的定义是爱情，而不是家务。

终于无味。

然后……然后呢？

然后又出现了另一个女子，我发现我又爱上了她。重述海誓山盟令我内心尴尬，所幸程序纯熟。没办法啊，因为不断发现新的爱，所以我不能结婚也不敢结婚——这也是对人对己负责，是不是？而因为久久不婚，我也不断发现新的爱。我承认：在一巡又一巡的游戏中，我愿意做一个浪子。

也许，没有一个男人不喜欢做浪子。不过少有我这般承认的勇气罢了。

她心欲碎。我自然明了。于是绝不面对。即使她的泪如珍珠般透美，在我的视线里，也不过是两滴润眼露，只是让我的眼球清凉瞬间。

"为什么?"她问出了所有女人最愚蠢的话。我转脸看窗。她蒙昧至此，看来爱真的使她盲目——看来她真的爱我爱得无药可救——看来我真的不能再和她玩下去。

"因为不爱了。"我说出了这句最残酷的话。

"如果当初我没有答应你……"

"没有如果。"

她黯然离去，我长舒一口气。如果我是她，我会沉默。我不会失去分手时这最后的骄傲，最后的坚硬，最后的尊严，最后的壳——我忽然发现，我最爱的，只是最初拒绝我时的她。

或许，我爱的，只是那时的她。

一个女人，如果爱上了一个男人，即使爱到了骨头缝里，也千万不要脱掉所有的盔甲。因为黑是因为白才有了意义，高是因为低才有了意义，爱是因为恨才有了意义——这世间一切的软，是因为硬才有了意义。作为田螺姑娘的同乡，她居然不能明悟：对田螺来说，它之所以内肉鲜美，就是因为外壳坚硬。

无原则的退让和无底线的袒露，最终伤害的，肯定是你自己。

可以百分之百爱。但在爱的时候，不要百分之百给。不要抛弃你的壳。因为，你的壳就是你最大的美。这是我，一个无耻的男人，对这个世间所有准备或是正沉溺于爱情的女人们的忠告。

但愿她们的耳朵，在此时醒着。